吃貨嬌娘 1

風文創 346

夕南 著

目錄

序

夕南

從沒有想過有一天會給自己寫序，在寫之前猶豫了很久，好像有很多話想要說，又什麼也說不出來。

會寫下沈錦這個角色，不過是有天和朋友聊天時討論到的一個話題，女人想要幸福，最重要的是什麼？

是愛自己，她可以生活得很艱辛，可以活得很累，但是一定要愛自己，這樣的人才會幸福。

一個人如果連愛自己都做不到，那更別提愛別人了。

所以有了沈錦這個角色，在她出嫁前，她活得小心翼翼，可是她依舊能從中感覺到快樂。

其實算起來，沈錦是一個很普通的女孩，可是她活得快樂，這份快樂是會傳染的，從而遇到了楚修明。在旁人眼中楚修明是殺人不眨眼的，可是當被他護在懷裡，沈錦才真正明白了幸福的滋味。

他們兩個人的愛情並不轟轟烈烈，更多的是相依相伴相互信任，沈錦愛自己，也愛楚修明，能遇到一個這樣的人，很幸福。

挽彼此的手，看盡一生流水年華。

除了沈錦以外，這個故事讓我著墨最多的是瑞王妃，瑞王妃的聰慧造成了她一輩子的不快樂，她愛著死去的戀人，愛著自己的家族，愛著自己的孩子，可是她獨獨不愛自己，她看似過得肆意，卻總把自己圈在那個少年離開的晚上。

花開花謝是一生，在大自然中，有許多許多的花，一生只綻開一次，美得超脫了一切，瑞王妃就像是這般的花朵，她這一生綻放在那個烽火連天的夜晚，隨著少年的死去而落敗。

那是一種傾倒一切的嬌豔，而花期過後，那種絕豔連同著她的生命一起凋謝。

我寫出了沈錦這般鮮活幸福的人，也寫下了瑞王妃這般煙火一般的女子，前者讓人羨慕，後者讓人敬佩心憐。

總覺得自己寫得有些零散，可是唯願所有讀者都像沈錦那般，做一個讓人羨慕的人。

第一章

沈錦繡完最後一針，小心地剪斷繡線，仔細檢查了一番，臉上才露出幾許笑意。

一直守在旁邊的丫鬟笑道：「姑娘繡得真好，王妃定會喜歡的。」

沈錦抿唇一笑，卻沒把丫鬟的話當一回事，如果她這樣的算好，那王府裡的繡娘繡出來的算什麼？

倒是陳側妃聽見丫鬟的聲音，掀開簾子進來了，說道：「可繡好了？讓我瞧瞧。」

「母親。」沈錦聞言讓開位置，有些不安地問道：「也不知道母妃會不會喜歡？」

「傻丫頭。」陳側妃看了屋中一眼，讓伺候的人都下去，就留了貼身的李嬤嬤，才拉著女兒的手說道：「王妃出身趙家，又嫁給了瑞王爺，什麼樣的好東西沒見過？妳就算繡得再精緻又能如何。」

陳側妃嘆了口氣。「都怪母親不爭氣，若是……妳也不用小小年紀就學這些。」

「母親。」沈錦偎進陳側妃的懷裡，嬌聲說道：「女兒不小了。」

陳側妃笑著點了點沈錦的頭。「王妃今日讓人送了兩盆芍藥，顏色漂亮得很。」

「好。」沈錦年紀小，正是愛玩的時候，聞言就笑盈盈從陳側妃懷裡起來說道：「那我一會兒能去花園轉轉嗎？」

「去吧。」陳側妃自己並不愛出院子，倒是不拘著女兒。

沈錦這才叫上丫鬟到外面看花去了，等沈錦離開，陳側妃臉上的笑容就消失了，她看著女兒繡的帕子，緩緩嘆了一口氣。「都怪我不爭氣不得王爺喜歡，才使得錦娘小小年紀就要想辦法去討好別人，許氏……算了。」

瑞王身為當今聖上唯一的同胞弟弟，王府不僅建得很大還很漂亮，沈錦最喜歡的是建在湖中央的小涼亭，特別是六月分的時候，池子裡的荷花剛開。

不過今日有些不巧，亭子裡已經有人了，正是王妃的嫡女長姊沈琦，沈錦一時有些猶豫，不知該不該上前打擾，倒是沈琦身邊的大丫鬟主動過來，邀了沈錦進去。

沈琦見到沈錦就招了招手，叫她坐到身邊，親手拿了塊山藥紅豆糕放到沈錦手裡才問道：「來了怎麼也不過來？」

沈錦剝開外面那一層糯米紙，笑著說道：「因為不知道大姊在幹什麼，我怕擾了大姊姊的興致。」

沈琦聞言一笑，她是家中的老大，下面光妹妹就有四個，就這個三妹脾氣最是溫和小心，不僅軟綿綿的，膽子還小得很，不過也怪不得她，誰讓府中的陳側妃就和個透明人似的，輕易不出院子。

王妃小廚房做的糕點味道極好，山藥紅豆糕還帶著點奶香味卻絲毫不膩，沈錦吃得開心，一口又一口，吃得眉眼彎彎，沈琦看得歡喜，等沈錦吃完以後，又給她拿了一塊。

「謝謝大姊。」沈錦甜甜地一笑。

「吃吧。」沈琦捏了沈錦臉一下，軟綿綿的。

「原來是大姊和三妹在這裡躲著說悄悄話。」沈梓老遠就看見沈琦和沈錦了，當即帶著妹妹沈靜過來，沈梓一身大紅的散花長裙，純金鳳簪，鑲嵌著碩大的紅寶石，明明是華豔的打扮卻不會顯得庸俗，反而襯得沈梓多了幾分奪目的美。

而走在沈梓右後側的沈靜一身碧色長裙，頭戴明珠步搖，雖沒有沈梓那樣耀眼，卻多了幾分嬌俏。

見到兩人，沈錦趕緊放下吃了一半的糕點站起身，先叫道：「二姊、四妹。」

與沈梓和沈靜比起來，沈錦清秀的容貌就不夠看了，只是她隨了生母，皮膚又白又嫩又滑的，而且長了一雙圓溜溜的杏眼，在全部是桃花眼的沈家格外難得，特別是她的眼睛水潤潤的格外清澈，乍一看不如其他姊妹，可是卻很討喜，看久了越發的順眼漂亮。

幾個人打了招呼後才坐下來，沈琦吩咐丫鬟給兩人端茶後才說道：「廚房新作了幾樣點心，妳們也嚐嚐。」

「謝謝大姊。」沈靜先拿了一塊花形的糕點，笑道：「還是母妃那兒的人手巧，這糕點做得真好看，讓人都捨不得下嘴了。」

沈錦只當沒聽出沈靜話裡的意思，拿過剛剛吃了一半的糕點，繼續坐在一邊慢慢啃著，偶爾還捏點碎渣子去餵湖裡的魚。

沈梓端著茶喝了一口，猛地瞧見戴在沈琦腕上那個珊瑚串子，抬頭往沈琦耳上看去，果然是配套的珊瑚耳環，當初她聽說宮中賞了一套紅珊瑚首飾來，就撒嬌想管瑞王要過，可是瑞王並沒同意她，卻不想竟然今日在沈琦身上看到，還這麼隨意戴著。

沈梓的眼神太過露骨，不要說是一直小心翼翼注意著周遭的沈錦了，就連對這兩個庶妹不是很放在心上的沈琦都注意到了，眼神往手腕上一掃就明瞭，心中不禁冷笑，放下手中的團扇，直接取下那串子，拉過沈錦軟綿綿的手，一圈圈幫她纏上。「我瞧著妳身上的顏色素了些，這串子就送給妳玩吧。」

沈錦心中不禁暗自叫苦，她都躲到一邊餵魚了，怎麼還能牽扯到她，可是此時也不好多說什麼，只是舉著手腕晃動了一下，那紅色的珊瑚珠子戴在她手上別提多漂亮了，歡快說道：「謝謝大姊了，我一瞧見就喜歡得很呢。」反正這串子歸了她，已經把沈梓得罪了，總不好再把沈琦得罪。

「三妹還真識貨，這東西在宮中都是難得的珍品。」沈梓捏了下手中的帕子，淡笑道：「妳可要仔細收好，莫丟了才是，怕是側妃也沒見過成色這般好的。」

這話酸的，沈錦都覺得牙疼，不過二姊還真是喜歡紅色的東西，就差沒把自己打扮成燈籠了。

沈琦似笑非笑道：「我們這樣的人家，要什麼東西沒有，這東西也就顏色還不錯，丟了到時候我給三妹找更好的就是了。」

沈梓臉色一變，忽然笑道：「大姊說得是，不過我聽說母妃正在給大姊說親事，這東西莫不是母妃特地準備讓……」

沈錦瞪圓了眼睛，她怎麼不知道這事，原來大姊要說親事了，等等，不大對，這可不是她們姑娘家能說的事情，被王妃知道了可是要重罰的。

果然沈琦皺眉，沈靜也發現不好，趕緊拉了拉沈梓的衣袖，沈梓毫不在意，接著說道：「讓姊姊戴著喜氣的？」

「來人。」沈琦絲毫沒有動氣，面色平靜地說道：「把二妹身邊的婆子丫鬟都給我綁了。」說完就站起身。

沈錦只覺得今日霉運當頭，沒事出來這一趟做什麼，怕是又要給母親惹禍了，沈琦自然是不怕沈梓她們，可沈錦是怕的，而且王妃定不會放過這次機會，不僅二姊身邊的婆子丫鬟，就連許側妃都要受罰的。

「大姊妳要幹什麼？」沈梓氣得站起身來，又急又氣地說道，今日要是被沈琦綁了身邊的人，怕是明天她就要成為府裡的笑話了。

沈靜趕緊說道：「大姊，二姊她只是開玩笑，讓二姊給妳陪個不是，這事就算了吧。」

沈琦看都沒看她們，扶著丫鬟的手往外走去。「二妹還是和我去一趟母妃那裡。」然後看了沈錦一眼，見沈錦眼睛圓圓的，就像是受了驚嚇的小動物，心裡不禁軟了軟。「三妹和四妹就先回去吧。」

沈錦當即說道：「是。」

沈靜想了一下，決定先回去找母親來救場，暗暗給沈梓使了個眼色後，這才離開。

沈錦其實心裡悔得要命，直接到正屋去找陳側妃，顧不得屋中丫鬟，就鑽進了母親的懷裡，緊緊摟著母親的腰，聞著母親身上淡淡的香味，才真鬆了一口氣，這事情還是要先給母親提個醒。

陳側妃見女兒一回來就往她懷裡鑽，就伸手輕輕撫著女兒後背，吩咐道：「李嬤嬤去兌杯蜜水來。」

「母親，我剛剛在……」沈錦低聲把事情說了一遍，然後將手上的串子擼下來放到陳側妃的手裡，問道：「怎麼辦？」

陳側妃心中也暗恨，大姑娘和二姑娘鬥法，怎麼做都偏偏要把女兒牽扯進來，恐怕明日去書房，女兒又要受委屈了，二姑娘也是個不長記性的，許側妃再受寵，這後院當家作主的仍是王妃。

不過此時卻不好再嚇到女兒，只是道：「不要怕，今日的事情和妳沒什麼關係，這珠串既然是大姑娘贈的，妳就戴著好了。」

沈錦從母親懷裡出來，端著蜜水喝了半杯下去。「我也覺得很漂亮呢，對了，那個山藥紅豆糕很好吃。」

陳側妃捏了捏女兒的耳垂，笑著說道：「傻丫頭，喜歡的話，今日就讓廚房做些送來。」

沈錦剛想再說幾句，就見李嬤嬤從外面進來了，眼中露出幾分擔憂。「夫人，王妃派人請三姑娘過去，說是要問幾句話。」

「母親？」沈錦咬著粉嫩嫩的唇。

陳側妃拍了拍她的手。「別慌，王妃問什麼話，妳照實說就是了。」想了一下還是不放心，起身牽著女兒的手。「我陪妳一起去。」

陳側妃帶著沈錦過去的時候才發現，不僅瑞王妃在，就連瑞王都端坐在屋中，而沈梓正趴在許側妃懷裡哭，沈靜站在一旁默默地垂淚。

而沈琦就坐在瑞王妃身邊，見到陳側妃和沈錦微微點了下頭，瑞王看見陳側妃皺了下眉頭，陳側妃帶著沈錦問安後，瑞王妃就開口道：「陳氏和三丫頭先坐下，翠喜上茶。」

瑞王也沒吭聲，他雖然寵愛許側妃，可是後院的事情很少開口，都是交給瑞王妃處理的，而且瑞王妃從來沒讓他失望過。

沈錦坐在陳側妃身邊，低著頭並不主動說話，她雖然也是瑞王的女兒，可是真正能見到瑞王的時候很少。

瑞王妃的聲音很溫和，問道：「三丫頭，王爺和我叫妳來，是問妳點事情的。」

「是，母妃。」沈錦這才抬起頭，看向瑞王妃。

瑞王妃問道：「把今日在花園的事情說一遍好了。」

「是。」牆頭草從來沒有好下場的，想到今日花園裡聽到的消息，沈錦微微垂眸，把事情說了一遍，她並沒有添油加醋，只是老老實實把見到的聽到的說了出來。

瑞王從最開始就猜到，起因怕是沈梓看見沈琦戴那套珊瑚首飾引起的，當初沈梓要，瑞王沒給並不是因為捨不得，而是剛賞賜下來，瑞王妃就打過招呼說是準備留給沈琦的，因為沈琦已經到了該出門的年齡，不管是嫁妝還有出門的東西都要準備起來。

而瑞王雖然疼沈梓，可是說到底沈琦才是府中的嫡女，還是長女，自然應該事事以沈琦為先，不過瑞王也讓人去南邊採買東西了，裡面特意吩咐多買了一些沈梓喜歡的。

可是如今已經鬧了起來，一邊是端莊的正妃，一邊是溫柔小意又漂亮的許側妃，瑞王心知這事情真的追究起來是沈梓的錯，可到底是疼了許久的女兒，瑞王直接皺眉說道：「陳氏，妳是怎麼教育女兒的？」

這簡直是無妄之災，陳側妃什麼話也沒有辯解，起身跪了下來，沈錦眼中含淚，趕緊起身跪在陳側妃的身邊。

瑞王妃給想要說話的女兒使了個眼色，沈琦抿了抿唇到底沒有吭聲，沈錦強忍著淚，開口說道：「都是女兒的錯。」

瑞王咳嗽了一聲，看向瑞王妃說道：「王妃，妳看呢？」

瑞王妃嗔了瑞王一眼，柔聲說道：「陳氏和三丫頭起來吧，都是自家姊妹的小事，談不上誰對誰錯。」

陳側妃這才開口說道：「是。」她覺得當初還不如生下女兒後就直接病死，也好把女兒送到王妃身邊養著。

許側妃此時開口說道：「陳妹妹，妳別嫌姊姊囉嗦多說幾句，三姑娘明明是做妹妹的，瞧見兩個姊姊拌嘴也不知道勸上一勸，而且都是王爺的女兒，怎麼見了東西就想往自己身上扒拉，虧是在自己家裡，若是在外面，丟的可是王爺的人。」說著幽幽嘆了口氣。「梓兒也是看不慣才多說了兩句，這丫頭自幼是個嘴拙不會說話還愛操心的，她只是太重視大姑娘這個姊姊了。」

這話就差沒直接說，沈錦是個眼皮子淺，看見沈琦身上有好東西就想要，而沈梓看不過又關心沈琦這個姊姊，才會說了幾句，可惜嘴笨才讓人覺得話不夠中聽。所有責任都推到了沈錦身上，簡直是在指著沈錦鼻子，罵她是個挑事精。

陳側妃臉色變了變，再多的委屈她都願意受，可是說到她女兒卻不行，不過還沒等她開口，沈錦就主動站出來，許側妃眼神一閃，只要沈錦今日敢頂撞她一句話，她就能死死地把屎盆子扣到沈錦身上，總不能讓自己女兒有絲毫不好的名聲。

誰知道沈錦根本沒有理許側妃，反而對著沈琦說道：「今日這事都是我的錯，大姊也是因為疼我，才把這串子給我的，誰知道竟然鬧出這麼多事情，大姊這串子歸我，是不是我能作主？」

沈琦看著眼睛含淚的三妹，點了下頭說道：「這事怪不得妳，是我瞧著三妹妳可愛，才想送妳的，現在是妳的了，自然由妳作主。」

沈錦對著沈琦一笑，臉上露出小小的酒窩，可是卻讓人覺得心酸得想要落淚，又心疼她懂事可愛。

就連一旁的瑞王心中都有些不是滋味，說到底這件事中最無辜的就是沈錦了，就算再不喜歡陳側妃，沈錦也是他女兒，明明剛剛事情都解決了，偏偏許氏不依不饒，瑞王心中也有些不高興了。

沈錦把手腕上的珊瑚串子擼了下來，白嫩的手指在上面摸了一下，才看向許側妃和她身邊的沈梓，說道：「二姊不要再哭了，我不知道二姊這麼喜歡這串子，我把串子送給二姊就是了，父王、母妃平日裡最心疼我們幾個姊妹，他們看了也會心疼的。」

瑞王妃也在一旁嘆了口氣，輕聲喃道：「這個傻丫頭。」這聲音別人聽不見，可是坐在她身邊的瑞王聽得一清二楚。

沈靜心中已覺不好，趕緊說道：「三姊不要誤會，二姊並非因為這串子。」

「嗯，那就好。」沈錦沒有反駁，反而向前幾步，直接把串子塞進沈梓手裡，說道：「就當妹妹送給姊姊的。」

剛剛沈錦那句話，沈梓也不好再哭，好像她故意讓瑞王心疼似的，可是緊接著就被塞了一串手串，這樣一來就像是她確確實實因為這串子才哭，到手裡了就不哭了，沈梓猛地想到這個可能，又看見瑞王果然臉色不好看，猛地鬆開手說道：「我不要。」

豔紅色的珊瑚珠子啪嗒掉在了地上，沈錦身子顫了顫，蹲了下來，她年紀小身子骨還沒長開，還帶著嬰兒肥，蹲下的時候小小的一團，格外惹人憐愛。

沈梓趕緊站起來說道：「我不是故意的，剛剛……剛剛只是太驚訝失手了。」這也勉強算是個解釋。

「嗯。」沈錦站了起來，那串珊瑚珠子放在她的帕子上，擦乾淨就重新遞給了沈梓。「給二姊。」

沈梓看向母親，卻不知許側妃心裡也暗恨，沒看出來陳氏那個悶葫蘆竟然養出這麼一個奸猾的女兒，也是她一時沒把她們放在心上，今日才吃了這個虧，只得說道：「還不謝謝三姑娘。」

沈梓咬牙接過，開口說道：「謝謝三妹。」

沈錦搖了搖頭，重新回到陳側妃的身邊，低著頭不再說話。

「好了，都退下吧。」瑞王開口道。

許側妃先帶著兩個女兒行禮後離開，陳側妃帶著沈錦走在許側妃的後面，到了正院門口，許側妃似笑非笑地說道：「我以往倒是小瞧了陳妹妹。」說完扭頭就走。

陳側妃拉著女兒的手，此時的沈錦哪裡還有剛剛的鎮定，不僅臉色刷白，連小手都是冰涼的。「妳這孩子……」陳側妃心疼得很，只得拉著她快步往住的地方走去。

等人都走了，瑞王妃才看向女兒說道：「今日罰妳抄三篇《女誡》。」

「是。」沈琦不敢多說，應了下來。

瑞王妃這才說道：「去吧。」

沈琦給瑞王和瑞王妃行禮後就退下去了，瑞王妃看著瑞王說道：「王爺今日處事太過偏頗，有失公正了。」

瑞王心中也有悔意，卻不好意思承認，倒是瑞王妃說了一句後就不再提。「許氏把二丫頭教得太小家子氣了，還不如三丫頭懂事。」

「不如王妃把她帶到身邊？」瑞王也覺得如此，許氏雖然溫存小意，出身卻低，不會教女兒。

瑞王妃嘆了口氣。「我最近要忙琦兒的事情，哪裡有時間，再說帶了二丫頭，四丫頭和五丫頭我是帶還是不帶？」

「不如把皓哥兒送到王妃身邊？」瑞王又想到許氏生的小兒子，如果小兒子被教毀了，那他才後悔呢。

瑞王妃自己就有兩個兒子，怎麼也不可能攬這個麻煩，不過這話卻不能明說，只是開口道：「我的好王爺，你就讓我歇歇吧，皓哥兒才那麼點大，正是離不開母親的時候，等再大些就接到前院了，到時候有王爺和師傅親自教導，差不到哪裡的。」

瑞王一想也是這個理，就不再說什麼。

瑞王妃倒是說道：「這幾日我從宮中請幾個嬤嬤來，到時候教教幾位姑娘也就是了。」見瑞王點頭，瑞王妃微微垂眸，開口道：「其實三丫頭、四丫頭就連最小的五丫頭都是好孩子，只是這二丫頭……王爺我知你喜歡許氏，可是說到底三丫頭也是你的女兒，可不好再這樣了，三丫頭這般懂事，還處處受著委屈。」

瑞王有些尷尬地咳嗽了幾聲。

瑞王妃說道：「這段時間我身子不好，那些下人也都捧高踩低的，我瞧著陳氏……三丫頭身上的衣服還是去年的，陳氏頭上的簪子也有些舊了。」

「這事怪不得妳。」瑞王皺了皺眉頭，他心知因為王妃身體不適，府中的事情大多交給了許氏，說到底許氏小戶人家出身，沒什麼見識。

瑞王妃笑道：「宮中剛剛賞下來的那幾疋宮緞我覺得顏色挺適合三丫頭的，不如一下都給她得了。」

「妳作主就是了。」瑞王雖然還記得許氏說過這次的緞子顏色好，想多要一些給三個女兒打扮一番，可是因為今日的事情，瑞王決定冷著許氏點。「我那兒還有三盒寶石，給琦兒兩盒，給錦兒一盒。」

瑞王妃一一應了下來，又說了一會兒話，瑞王就離開了，沒多久就把說的那三盒寶石叫人送來，瑞王妃打開看了看，色澤都不錯，並沒有像瑞王說的那樣把兩盒留給女兒，而是叫來了沈琦，問道：「知錯了嗎？」

「女兒知錯了。」沈琦低著頭說道。

瑞王妃開口道：「這三盒寶石，妳父王說給妳兩盒，給妳三妹一盒。」

「女兒那兩盒也給三妹吧。」沈琦並不缺這些東西。「今日三妹受了委屈。」

瑞王妃這才點頭。「妳親自送去。」

「是。」沈琦見母親語氣緩和了不少，這才靠過去撒嬌道：「母妃，今日的事情是我太過急躁，以後不會了。」

瑞王妃就這麼一個女兒，自然是嬌寵的，聞言輕輕點了點她的額頭說道：「妳和那人有什麼計較的。」

沈琦哼了一聲。「我就是看不慣，眼巴巴盯著我的東西是個什麼事，我就算扔了也不給她。」

瑞王妃沒有說什麼，只是輕輕摸了摸女兒的臉。許氏不過仗著王爺的喜歡，她那三個女兒也不是什麼好貨色，竟然敢當著她的面在王爺面前上女兒的眼藥，有仇不怕晚報，許氏可是忘了，女兒的親事還在瑞王妃手裡握著。「且等日後。」

「對了，我瞧著永樂侯的嫡子倒是不錯。」瑞王妃柔聲說道。「永樂侯夫人我是知道的，不僅為人和善，與我關係也好，妳嫁過去定會好好照顧妳的。」

沈琦臉一紅。「母親怎麼和我說這個。」瑞王妃笑道：「我就妳這麼一個女兒，總歸要讓妳過得平安喜樂才是。」

「自然要與妳說。」

「母親作主就是了。」沈琦小聲說道。

瑞王妃笑道：「我也見過那孩子，是個穩重的，到時候我與妳父王商量好，事情定下來後，永樂侯就會給嫡子請封，到時候妳嫁過去就是世子夫人了。」

沈琦應了一聲，臉紅撲撲地說道：「我去給三妹送東西。」

瑞王妃點了點頭，沒再說什麼，沈琦抱著三盒寶石就走了。

等沈琦走後，翠喜才掀簾子進來，低聲把陳側妃院中的事情說了一遍，聽到沈錦給她繡了帕子也只是微微點頭，等翠喜說完，又吩咐道：「妳一會兒叫人把緞子送去，把我那套蝴蝶點翠的首飾、掐絲鯉魚步搖收拾出來給陳氏送去，告訴陳氏五日後我帶三丫頭去永樂侯府，也和繡房打聲招呼，先緊著三丫頭的衣服做。」

「是。」

第二章

墨芸院中，看著熟睡的女兒，陳氏滿心的喜悅，親手給女兒掖了掖被子，又吩咐丫鬟好好伺候，這才扶著李嬷嬷的手離開。「李嬷嬷，今日……」

「夫人這也算是因禍得福了。」李嬷嬷想到翠喜來傳的話。「王妃這是要提拔三姑娘。」

「嗯，明天我要好好交代交代錦娘，跟著王妃出去可不許調皮。」陳氏笑道：「對了，還要趕緊給錦娘做幾身衣服出來。」

瑞王妃只帶了自家女兒，而沒有帶二姑娘她們，陳氏心裡明白，怕是許氏要恨透了她們娘兒倆，可是只要能討好王妃，就算她受點委屈又算什麼，只希望王妃能看在她聽話的分上，給錦娘選門好的親事才是。

「姑娘年紀小，也無須用太豔的顏色，老奴瞧著那疋水藍的顏色極好。」李嬷嬷笑著說道：「正好配著正妃賞的那支鯉魚步搖。」

「顏色會不會太素了一些？」陳氏想了一下問道。

李嬷嬷開口道：「那再用石榴紅做條裙子……」

沈錦可不知道這些，她早上醒來後，梳洗了一番，就讓丫鬟給她梳頭了。「今日梳個雙平髻，用母妃昨天送的那對蝴蝶簪。」

瑞王妃送了東西，不管是因為什麼賞下來的，今日去請安的時候都應該戴上。陳氏因為昨天和李嬤嬤商量衣服的配色款式睡得有些晚，所以就起晚了，過來的時候就見女兒已經打扮好了，看見沈錦的妝扮點了下頭，說道：「就該如此，戴著王妃送的東西去，王妃見了也是歡喜的。」

沈錦並不覺得王妃那樣的人會把這點小事放在心上，可面上卻是笑盈盈道：「我知道了。」

陳側妃又檢查了一下，這才讓沈錦拿著給王妃繡的帕子去請安，瑞王妃早就免了她們這些側妃妾室去請安，也不要求幾個女兒每日都去。許側妃每五日才讓三個女兒去一次，小兒子是一次都不讓去的，而陳側妃就算是颳風下雨都會狠下心讓女兒去。

沈錦到的時候，瑞王妃正在梳妝，她直接叫人帶了沈錦進來，笑道：「妳這孩子，怎麼不多睡會兒？」

「已經睡醒了。」沈錦在王妃這裡並不多話，只要是王爺留在這裡的時候，就會晚來一會兒，平常時候是掐著點來的，而且從不會沒有眼色地留在這裡用飯，因為早飯王爺都會來陪著王妃一起用，所以一般時候都是王妃帶著三個孩子。

沈琦也過來，見到沈錦就笑道：「我就知道三妹已經來了，今日母親特地讓人做了珍珠茯苓糕、藕粉桂花糕，就留下來一起用飯吧。」

瑞王妃也打扮好了，聞言笑道：「就妳嘴快。」

「謝謝母妃。」沈錦又不是沒有眼色的，聽到這些話還說要回去用飯才是缺心眼。「我就愛吃這些甜的，可是母親總不讓我多吃，說我胖。」

「妳年紀小正是長身體的時候，如果喜歡的話，每日讓廚房做了就是，可不許一頓用太多。」瑞王妃柔聲叮囑道。

「是。」沈錦笑著應了下來，兩個小酒窩格外的可愛。「我給母妃繡了條帕子，繡得不好，母妃別嫌棄。」

「快拿來我瞧瞧。」瑞王妃聞言，一臉喜悅。

瑞王妃身邊的丫鬟從沈錦手中接過，雙手捧給了瑞王妃，瑞王妃拿在手裡仔細瞧了瞧。「繡得真好，可是費了不少功夫吧。」說著就取下身上的帕子，直接用上沈錦繡的。

沈琦扶著瑞王妃慢慢往外走，路過沈錦的時候，瑞王妃身邊的丫鬟就退開了。王妃伸手牽著沈錦的手，怪不得陳氏說沈錦胖，她很會長，看著並不顯胖，可身上卻是肉乎乎的。

沈錦被瑞王妃牽著的時候心中猛地一跳，不過反應卻不慢，隨著瑞王妃往外走去，說道：「其實不費功夫的，我都是慢慢繡，不過母親總說我浪費東西。」

「為什麼？」沈琦好奇地問道。

沈錦臉一紅，小聲說道：「我繡的東西……總是胖。」

瑞王妃聽了一時沒有反應過來，到了廳裡等瑞王的時候，拿出帕子仔細看，然後就笑了起來，沈琦也湊過去，這一看可不就是胖嗎？沈錦繡的是紅鯉戲荷圖，不僅那荷葉是圓乎乎的形狀，就是鯉魚瞧著也比一般的鯉魚肥。

瑞王進來的時候就聽見滿屋子的笑聲，看見的就是沈琦和沈錦正在一起嬉鬧，而瑞王妃坐在上面不僅不管，還笑個不停。

沈琦正是好年齡，本就漂亮，沈錦年紀小可愛得緊，臉紅撲撲眼睛濕漉漉的，雖然顏色不如其她姊妹，可是那一雙眼卻極有神采。

瑞王妃也沒了平日端莊的樣子，多了幾分輕鬆愜意，臉頰潤紅頗有些嬌豔。

「這是鬧什麼呢？」瑞王走進來問道。

其實瑞王妃早就知道瑞王一般來的時間，沈琦和沈錦趕緊分開，像是有些不好意思地叫道：「父王。」

瑞王並沒在意，坐到了瑞王妃身邊，說道：「妳們也坐下吧。」

沈琦和沈錦這才坐下，瑞王見兩個女兒有些緊張，就笑著問道：「剛剛是鬧什麼呢？」

「錦丫頭給我繡了條帕子。」瑞王妃主動遞上那條手帕，然後指著荷葉和紅鯉給瑞王看。「王爺可看出什麼了？」

瑞王見過的珍品不知有多少，沈錦繡的東西自然比不上以此為生的繡娘，甚至比不上一般人家的，可是沈錦不滿十歲，又是這樣的身分也算是不錯了，就是年紀最大的沈琦都不如她。「嗯……我覺得這荷葉和魚是不是肥了點？」

「看吧，父王也這麼說。」沈琦戳了戳沈錦笑道：「剛剛我說，妹妹還不願意呢。」

瑞王笑道：「倒是繡得不錯，不過別累著。」

沈錦被瑞王忽視慣了，猛地聽到這麼一句話，臉紅撲撲地說道：「父王，我也給您做點東西吧。」

瑞王愣了一下，還真沒有女兒給他做過東西，又見沈錦臉上滿是期待和緊張，聞言笑道：「好。」

瑞王妃在一旁笑道：「還是錦丫頭貼心。」

沈琦說道：「妹妹可別忘了我的。」

「不會忘的。」沈錦蹭到沈琦的身邊，道：「姊姊最好了。」

「真乖。」沈琦有些得意地看了看瑞王，這個樣子反而讓瑞王更加喜愛，畢竟他就這麼一個嫡女。

瑞王妃的兩個兒子平時都是在宮中，就算放假回來也是住在前院，今日吃飯的時候便只有他們四個，也沒有下人伺候。

用完早飯，沈琦就帶著沈錦去上課了。

因為不用上朝，瑞王心中又記掛著進門時看見的那一幕，忍不住抓住瑞王妃的手，瑞王妃臉一紅，微微低頭，帶著平時沒有的風情。

屋中伺候的人也很有眼色地悄悄出去了，瑞王心中滿意，情不自禁拉著瑞王妃親熱了起來，瑞王妃也沒拒絕……

沈梓今日並沒有來，倒是沈靜帶著妹妹沈蓉來了，沈蓉年紀最小，不過先生說過她在琴上很有天分，所以比較偏重這方面來學習。

沈靜見沈琦和沈錦一起來的，眼神暗了暗，不過馬上露出笑容，主動叫道：「大姊、三姊。」

沈蓉也跟著沈靜一起叫完，就坐在一旁看琴譜了，年紀雖小，但是很有幾分才女的清高感。

幾個人學的東西都不一樣，學得最差的就是沈錦和沈梓了，以往教書的先生雖然不會故意為難沈錦，卻多少有些不上心，可是今日看見沈琦親自牽著她過來，心中就有了些計較。

中午時沈錦並沒有再跟著沈琦去正院，陳側妃正在院中等著她，見到女兒，臉上就露出笑容，柔聲說道：「怎麼走得這麼急，都出汗了。」說著就拿帕子幫沈錦擦了擦額頭。

「母親。」沈錦的眼睛亮亮的，臉也是紅撲撲的。

陳側妃本來還想問兩句，可是見到女兒這樣，心裡倒是明白了。拉著女兒進了屋，讓人端了溫水來給沈錦清洗。

「母親……」沈錦清洗完，就湊到了陳側妃的身邊。

陳側妃還像小時候那樣端了水餵到她嘴邊，沈錦喝完了，道：「怎麼是溫的啊？」

「涼的可不好。」陳側妃再疼沈錦，可是對沈錦的身體也格外注意。「好了，吃飯吧。」

「嗯。」沈錦應了下來，這裡的飯菜自然沒有正院的豐盛，可是也不差什麼，反正沈錦覺得有魚有肉有菜有湯的，味道都還不錯，陳側妃再不受寵，到底是為瑞王生了個女兒又是側妃，廚房也不敢怠慢了。

也不知道是不是錯覺，沈錦覺得今日倒是與往日的稍稍有點不同，好像味道更合她的口味了。

沈錦心裡明白，怕是和昨日瑞王妃與瑞王送來的東西有關係，不過她覺得這也沒什麼，以前廚房也沒有剋扣過她們，都是按照分例來，不過真想吃什麼，和廚房打個招呼，他們也是給做的，如今只不過更用心些而已。

吃完了飯，陳側妃就帶著沈錦在小院子裡轉了幾圈，這才讓她回屋休息。因為瑞王很久都沒來過這個院子了，所以沈錦有時候拉著母親一起睡，陳側妃也縱容著，今日就是母女兩個躺在床上，沈錦小聲把在正院的事情告訴了陳側妃。

陳側妃摸了摸沈錦的頭說道：「既然王妃對妳好，妳就要好好孝敬王妃知道嗎？」

「知道的。」沈錦開口道：「我想給母妃做條抹額。」

「那就做。」陳側妃柔聲說道：「母親慢慢教妳就是了。」

「還有姊姊的荷包。」沈錦閉著眼睛嘟囔道。

「好。」陳側妃笑道。

「還有父王的……」沈錦有些迷迷糊糊的，都快睡著了。

「好。」陳側妃側身輕拍著女兒說道：「睡吧，醒了再說。」

「嗯。」沈錦這才放心睡下。

翠喜趁著瑞王妃泡澡的工夫，已經把陳側妃院中的事情說了一遍，瑞王妃心中滿意，她可不想養條白眼狼出來。「不用梳了，稍微綰起來就好。」

「是。」翠喜伺候好瑞王妃，就扶著瑞王妃出去了。

瑞王也梳洗完了，見到瑞王妃就主動上前扶著她一併坐到桌旁，丫鬟這才端了飯菜上來，瑞王難得親手盛了碗湯給瑞王妃。

瑞王妃也挾了瑞王喜歡的菜品給他，兩人一時間竟然比新婚的時候還親密幾分。

用過食物，瑞王就直接在瑞王妃這邊午休了，躺在床上瑞王妃才開口道：「王爺，過幾日我準備帶著錦丫頭去永樂侯府。」

「妳決定就好。」男人吃飽喝足的時候，最是好說話了。

「二丫頭樣貌出眾，四丫頭也小有名氣，五丫頭年紀還小倒是不急，錦丫頭……不過她最是乖巧懂事，可這不好我們明著和人說，總歸要帶著她出去多見見人，以後在親事上才好選擇。」瑞王妃溫言道：「你也知道我每年夏日精神頭都不好，錦丫頭懂事還能照顧我一些，再多帶幾個姑娘，我怕照看不過來。」

「我知妳。」瑞王說道。「我們成親這麼多年，妳把後院打理得很好，放心吧。」

瑞王知道瑞王妃說這麼多，是怕他覺得自己偏心，不過瑞王從沒這麼想過，他也覺得許氏生的那三個女兒不愁嫁，不過三女兒……還真是不夠出色，王妃多為她打算一些也是對的。

「還有，王爺你說，女兒出嫁，公中出多少銀子置辦嫁妝比較合適？」瑞王妃開口問道：「琦兒可是嫡女，總歸是要多點的。」

瑞王聽了不僅沒覺得不對，心中也是贊同的，再說大女兒嫁的人家也不一般，嫁妝少了可是要被笑話的，思索了一下說道：「到時候宮裡還會賞下來不少，不過我的女兒都是郡主封號，太少了也不好看。琦兒是嫡女那就五萬兩，剩下的四個丫頭，就一人三萬兩。」

「嗯。」瑞王妃心中滿意。「琦兒的不用擔心，倒是二丫頭和錦丫頭的早早開始準備了才好。」

「妳作主就好。」瑞王笑道。

瑞王妃也不再說話，雖然都是三萬兩，可是這三萬兩能買的東西可不一樣，古董布料三萬兩和良田商鋪的三萬兩差別大著呢。瑞王妃可不想女兒出嫁後，讓許氏生的那三個女兒整日在王爺面前賣乖，這才捧了沈錦出來。

而許氏？現在蹦躂得歡，等以後有她哭的時候。

所以不管許側妃怎麼炫耀還是籠著瑞王，瑞王妃從來不生氣，因為她根本沒把許側妃當一回事，對手不是一個等級，也是一件讓人惆悵的事情。

瑞王這幾日倒是一直息在瑞王妃這裡，許氏坐不住了，不過也不好明著去，只是打發了三個女兒，讓她們早上去給瑞王妃請安。

沒看見的時候瑞王還不覺得什麼，可是猛地一看見，他忽然想到，這麼久除了大女兒和三女兒每日都來瑞王妃這邊請安，許氏的三個女兒是頭一次來，這麼一想他就皺了皺眉，覺得許氏太過不懂事了。

瑞王妃倒是毫不在意，還吩咐人去準備了沈梓她們愛吃的東西，瑞王聽著瑞王妃竟然記得分毫不差，倒是感嘆果然娶妻娶賢。「妳們平日裡都不來給王妃請安的嗎？」

這話一出，還沒等沈梓她們開口，瑞王妃就說道：「是我不讓她們來的，都是長身體的時候，多睡會兒才是正事。」說完還嗔了瑞王一眼。「不許嚇到孩子們。」

瑞王見瑞王妃這樣，心中的不滿越發深了，沈錦低著頭縮在一旁，覺得這王府裡面最厲害的果然是瑞王妃，就像是母親說的，只要瑞王妃喜歡，就算瑞王不喜歡也無所謂的，而且許氏雖然風光，依然被瑞王妃壓得死死的，這不僅是身分上的問題，還有才智上。

因為今日要和王妃一起出門，沈錦穿了一身嶄新的紗裙，脖頸上戴著金蝴蝶的項圈，鑲嵌著細密的各色寶石，頭上是瑞王新給的寶石打的蝴蝶簪，猛一看去就像是真的蝴蝶落在髮間。

沈梓一開始並沒有注意到沈錦的樣子，還是身邊的沈靜踢了她一下，她才看到的，頓時眉頭一皺，想要說什麼，卻被沈靜偷偷阻止了。

瑞王妃讓人擺好了早飯，沈梓心中不甘，可是因為來之前母親的吩咐和剛剛沈靜的提醒，又不好說話，眼珠子轉了一下，心中有了主意。

沈錦總覺得沈梓她們會選在今日來，事有蹊蹺，是許側妃得了什麼消息？莫非……沈錦抬頭看了瑞王妃一眼，瑞王妃正拉著沈蓉的手，問她平時都做什麼，又讓沈蓉注意身體，還特意吩咐了沈蓉身邊伺候的，一派慈母的樣子。

等吃飯的時候，瑞王妃坐在瑞王身邊，沈琦自然就坐在瑞王的另一側，沈錦就和往常一樣坐在瑞王妃的身邊，沈梓、沈靜和沈蓉就順著沈琦的位置坐。

其實按理說沈錦的位置應該在沈梓的旁邊，不過往常他們四個人用飯都這樣坐，瑞王早就習慣了，也沒覺得奇怪，倒是瑞王妃心中滿意，還特地挾了個三鮮包給沈錦。

沈琦也很有長姊的風範，一直照顧著沈梓她們用飯，瑞王看了心中格外滿意。

幾個人用完了飯，瑞王妃看著沈錦的衣服說道：「這早晚涼，出去萬一吹了風可不好了，翠喜去找陳側妃給錦丫頭拿件披風。」

沈錦坐在瑞王妃身邊撒嬌道：「我忘記了，謝謝母妃。」怪不得母親今日沒讓丫鬟拿著披風，她當時還奇怪，此時也想明白了，既然瑞王妃想要當慈母，那麼她就不能做得盡善盡美，總要給瑞王妃表現的機會。

沈梓聽了瑞王妃的話，眼睛一下瞪圓了，她怎麼不知道沈錦要出去的事情，再說沈錦能和誰出去，還不是瑞王妃？又想起來好像聽人提過，瑞王妃準備去永樂侯府，這一下就對上了。沈梓低頭思索了一下，再抬頭的時候臉上已經露出了幾許羨慕和渴望的神色。「三妹妳今日的衣服真漂亮，還有首飾，我以前怎麼都沒見妳戴過？是新打的嗎？」

沈錦臉一紅，抿唇有些羞澀地露出笑容，並沒有說話。

沈梓見狀，差點沒上去狠狠掐沈錦幾下，不過她只是帶著期待看了眼瑞王，又看向瑞王妃說道：「母妃，這是您送妹妹的嗎？可是我們姊妹為什麼沒有呢？」話雖然是問瑞王妃的，卻是在跟瑞王告狀。

瑞王臉色一黑，沈梓見狀心中得意，繼續說道：「母妃要帶三妹去哪兒？我和兩個妹妹也很久沒出過門了，能帶我們一起去嗎？」

「二妹，母親也沒帶我出門的。」沈琦笑得溫婉。「現在母親心心念念的只有三妹。」

沈錦在一旁裝鵪鶉，她發現大姊果然更厲害一些，想來瑞王妃做事之前肯定已經得瑞王同意了，所以這話聽在知情的瑞王耳中，是幫著沈梓開脫的，可是聽在不知情的沈梓耳中，就像是幫著瑞王妃向瑞王解釋，沈梓哪裡會甘心。

沈梓眼睛一紅，哭得梨花帶雨格外可憐。「母妃，是不是梓兒惹了您生氣，您就原諒梓兒吧。」

瑞王妃嘆了口氣說道：「二丫頭，妳已經不小了，身為王府貴女，莫要學那些小戶人家出身的，動不動哭哭啼啼，反而丟了妳父王的臉面。翠丫，帶二姑娘進內室梳洗一番。」

「哭什麼哭。」瑞王不耐煩地說道：「那是我給沈錦的，許氏是怎麼教導女兒的……」

「王爺。」瑞王妃拉了拉瑞王的衣袖，打斷了瑞王的話，說道：「不要當著孩子的面，說她們母親。」

沈錦在一旁聽著，現在已經確定了，恐怕瑞王妃已經摸透了許側妃和她三個孩子的性格，今日的這場戲瑞王妃沒少推動，而且剛剛那話像是勸瑞王，卻把許氏給坑死了。

「好了，先回去吧。」瑞王妃像是有些為難，然後低聲勸著瑞王。「過幾天宮中的嬤嬤請來，多教教就好了。」

「請幾個嚴厲的，好好教教，像什麼話。」瑞王皺眉說道：「都不如琦兒。」

這話一出，就連沈靜和沈蓉眼睛都紅了，一起拉著沈梓離開，沈錦此時才看出瑞王妃的目的，恐怕等她和瑞王妃回來，整個府裡都知道沈梓她們三個被瑞王罵哭出去。

瑞王妃？這和瑞王妃有什麼關係，瑞王妃這麼端莊溫和，怎麼可能欺負庶女。

瑞王並沒有多留，他也是有事情要做的，準備先去把大女兒的封號請下來，然後還要提提永樂侯府世子的事情，免得女兒嫁過去了，那邊才請了世子，面上就不大好看了。

瑞王妃帶著沈錦去了永樂侯府，路上並沒有交代什麼，其實也有考校的衡量，若是沈錦做得不好，下次自然就不帶她出門了。

誰知道沈錦雖然不愛說話，看著有些羞澀，可是待人處世倒是大大方方的，瑞王妃倒是更喜歡了沈錦幾分。

宮中的嬤嬤很快就來了，既然瑞王開口了，瑞王妃自然不會讓他失望，給沈梓選的嬤嬤最是嚴厲不過，而宮中那些手段，就算受罰了也看不出來，倒是沈錦的這個嬤嬤，雖然嚴厲但是態度溫和。

日子一天天過去，春去秋來，不知不覺已到了沈琦出嫁的時候，因為沈琦的親事，府中停了一個多月的課，沈錦和沈梓她們離得遠，又都忙著學東西，也許久未見了。

沈錦送給沈琦的是自己繡的一套十二條帕子，雖然上面的圖樣還是圓潤潤的，但是比以往精緻了不少。「大姊，妳可不要忘了我。」

沈琦雖然有利用沈錦的心思，到底還是有些感情的，特別是想到馬上就要離開家，眼睛一紅，拉著沈錦的手說道：「三妹，以後有空了就來找大姊玩。」

「嗯。」沈錦應了下來。「大姊今日是新娘子，哭了可就不漂亮了。」

沈琦輕輕擰了沈錦的臉一下，還想說什麼，沈梓、沈靜和沈蓉就到了，她們也都送了一些小東西。也不知道是許久未見還是錯覺，沈錦怎麼覺得沈梓好像木訥了不少，她長得漂亮，以往雖然有些蠻不講理，可是那樣子倒是耀眼鮮活，如今……還有沈靜，總有一種違和感，倒是沈蓉年紀小看不出什麼，不過今日倒是打扮得挺鮮豔。

沈琦出嫁，她們幾個也是不能出後院的，只是看著沈琦的親弟弟沈軒揹著她出門，她們四個關係並不好，也沒再說什麼，都各自回去了。

身為瑞王的女兒，出嫁前瑞王都會請封，沈琦是以郡主的身分出嫁的，嫁的又是侯府世子，十里紅妝都打不住，可謂極其風光。

沈錦雖然羨慕可卻不嫉妒，因為她心知自己的也差不到哪裡去，瑞王丟不起那個臉，瑞王妃更不會在這樣的小事上拿捏。

陳側妃到前面幫瑞王妃的忙，等沈錦都用完飯了，她才回來，沈錦趕緊讓丫鬟打了熱水給陳側妃泡腳，陳側妃看著一天天長大的女兒，感嘆道：「我今日也瞧見那世子了，果然一表人才，就是不知我女兒長大了，王妃會選個什麼樣的人家，也不求多富貴顯赫，對我女兒好，能讓我女兒平安喜樂就好。」

「母親。」沈錦臉紅撲撲的，她如今才十三，說這些還有些早呢。「上面還有二姊呢。」

陳側妃只是一笑，卻沒有說什麼，那沈梓三人以往可沒少欺負自家乖女兒，就憑著許氏的作風，瑞王妃也會替沈梓好好選個婆家的，既讓人說不出閒話，又讓沈梓有苦難言的。

不過這些話陳側妃沒準備告訴女兒，她擦乾了腳，躺在軟榻上，看著拿著小軟錘給自己敲腿的女兒，心中不禁柔軟了起來，只要能讓女兒嫁得好過得開心，她這十幾年的委屈就沒算白受。

「妳大姊剛出嫁，王妃心裡定不好受，妳多陪陪王妃知道嗎？」陳側妃柔聲叮囑道：「可不許淘氣，讓王妃煩心。」

「我知道了。」沈錦乖巧地應了下來。「我前段時間給母妃做的抹額快做好了，這幾日我拿過去。」

「乖孩子。」

第三章

也不知是嬤嬤規矩教得好，還是沈梓長大了，又或者是沈琦出嫁了，沈梓成了府中最耀眼的那個，她和沈錦的關係比較緩和了些，不過沈錦覺得，更可能的是瑞王妃對她越發的好，許側妃叮囑過了沈梓，不讓她再欺負自己了。

特別是這段時間京城發生了一件大事，讓她們姊妹之間多了些談資。

沈梓拿著團扇見家學的老師還沒來，壓低聲音說道：「妳們聽說了嗎？聽說永甯伯打了勝仗，要回京了。」

「天啊。」沈蓉驚呼了一聲。

沈靜年紀大些，也是打了個寒顫。「我聽說永甯伯不僅喜吃生肉，每天還會喝幾碗敵人的血。」

「好噁心。」沈蓉趕緊說道：「四姊別說了，太嚇人了，他回來幹什麼啊？」

沈梓從許側妃那兒聽了消息，說道：「是聖上召他回來的，說是準備給他賜婚，用來獎賞這次的勝仗呢。」

「賜婚？」沈靜瞪圓了眼睛。「誰家姑娘不想活了，願意嫁給他啊，他都剋死了多少未婚妻了。」

就連沈錦都覺得嚥了嚥口水，實在是永甯伯名聲太響，剛想發問，就見師傅來了，她們幾個趕緊坐好，不敢多提了。

陳側妃想過無數次女兒出嫁的事情，可是從來沒有想過竟然這麼快，她臉色蒼白地看著瑞王、瑞王妃，還有坐在一旁幸災樂禍的許側妃。「王爺……您說讓錦娘嫁給誰？」

瑞王心中也有些尷尬，這幾年他雖然沒有像以前那麼喜歡許氏，可是和陳氏比起來，許氏更討他歡心，所以當看見許氏的眼淚和二女兒楚楚可憐的樣子後，就答應了下來。

瑞王妃心中暗恨，她雖然對沈錦好目的不純，可是到底也在身邊帶了幾年，從沈琦出嫁後，沈錦更是時常陪在她身邊，帕子、香囊、抹額、鞋子都做了不少給她，她身子不適也是在床前伺候著，瑞王妃心中也是有感情的，甚至在正院特地收拾了房間讓沈錦下午休息用。

可是就趁著她這次入秋受了寒，身子有些不適，就讓許氏哄著瑞王那麼作了決定……

「咳咳……」瑞王妃忍不住用帕子捂著嘴咳嗽了起來，看著病弱的瑞王妃，瑞王心中又是愧疚又是尷尬，昨天皇兄吩咐下來事情後，因為回來得晚，他就去了許氏那邊休息，當時三個女兒一個兒子都在，瑞王看著懂事的兒女們，一時就把皇兄準備指婚的事情說了，許氏問清楚以後就鬧了起來，三個女兒和一個兒子也哭個不停，弄得瑞王一時心軟就答應了下來。

「陳妹妹，既然王爺已經決定了，妳就不要讓王爺為難了。」許氏帶著悠閒的姿態說道。「還是趕緊給三姑娘準備嫁妝的好。」

陳側妃怒視著許氏，怎麼有這麼狠的人，剛想開口就被瑞王妃阻止了，瑞王妃開口說道：「陳氏，給我端杯水來。」

「王妃……」陳側妃看向瑞王妃，眼底帶著乞求。

瑞王妃說道：「去。」她最是瞭解瑞王，此時的瑞王心中愧疚，可是如果陳氏和許氏吵起來，反而會使得瑞王失去耐性。

陳側妃低頭去給瑞王妃倒了水，然後伺候瑞王妃喝下，瑞王妃這才說道：「王爺，二丫頭有人家了嗎？怎麼直接輪到了三丫頭？」

瑞王咳嗽了幾聲，也不好回答，許氏倒是說道：「也是王爺心疼三姑娘，那楚將軍年紀輕輕就一身戰功，楚家更是因功……」

瑞王妃看著許氏，打斷了她的話。「許氏，是不是也需要給妳請個嬤嬤教教妳什麼是側妃？」

許氏臉色變了又變，不過想到親事落不到自家女兒身上，又高興了起來。

陳氏現在掐死許氏的心都有了，楚家是因戰功封了爵位，楚修明更是年紀輕輕就繼承了永甯伯的爵位，可是他剋妻啊，已經訂親三次了，三次的姑娘不是病死就是意外身死了，最後一次剛交換信物沒多久，那家的姑娘外出上香時，馬車就出了事，連個全屍都沒留下。

不僅是楚修明，楚家人的媳婦，很多都是早殤，都說因為楚家殺戮過重。

楚修明這次大破麗奚，得勝而歸後，將要回京獻俘，聖上就決定要給他指婚，畢竟他還太年輕，聖上也想用他，往爵位上封賞並不適合。

可是當今聖上沒有適齡的女兒，這就把主意打到了同胞弟弟瑞王的身上，誰讓瑞王女兒多。和瑞王打了招呼後，就讓瑞王回家決定下要把哪個女兒出嫁，然後來和他說一聲，他就好下旨了。

不管是按照年齡還是排行，都是許氏所出的二姑娘沈梓合適，開始瑞王也決定是她，可是一不小心說漏嘴了，又被許氏他們哭得心軟，再加上小兒子，心就偏了起來……

「許氏，妳既然覺得楚家好，為什麼不讓妳的女兒嫁過去？」陳氏再也忍不住哭了起來。「錦娘還不滿十四啊！」

瑞王聞言皺了皺眉頭，覺得這陳氏果然不討喜，這話莫不是對他有怨念？

瑞王妃心裡覺得許氏竟然對府中女兒的親事插手，厭惡得很，開口說道：「陳氏，我知道妳就這麼一個女兒，心疼得很。」瑞王已經把奏摺送上去了，就已沒有更改的餘地了，現在要做的就是利用瑞王的愧疚多為錦丫頭弄點嫁妝。「算了，妳們先下去，我與王爺說說話。」

許氏心滿意足地離開了，陳氏面如死灰，走到院子口的時候，許氏還笑道：「恭喜陳妹妹了，楚將軍年少有為，三姑娘馬上也要成為伯夫人了。」

陳氏惡狠狠地看著許氏，說道：「人在做天在看，許氏妳別得意。」說完直接離開。

許氏倒是不生氣，哼了一聲。「別得意，還不知道能不能平安到出嫁呢。」多虧了瑞王說漏嘴，想到女兒差點嫁給那個殺神，許氏都覺得心驚膽戰的，回到院子後，就見沈梓巴巴地守在門口等著她，見到許氏，就追問道：「母親，怎麼樣？」

看著如花似玉的女兒，許氏得意地笑道：「放心吧。」

沈梓鬆了口氣，上前挽著許氏的胳膊說道：「可嚇死女兒了，女兒聽說那永甯伯長得可嚇人，殺人不眨眼還凶神惡煞的。」

沈靜也鬆了口氣。「是啊，女兒也聽說了，說是他第三個未婚妻根本不是意外身亡的，是他不滿意未婚妻的樣貌，所以直接把人弄死了呢。」

「是啊是啊。」沈蓉也說道。「聽說他一生氣就要殺人呢。」

「反正不是我嫁就好。」沈梓笑道。「也不知道三妹能不能挨到出嫁那天呢。」

和許側妃院子中一片歡聲笑語相比，陳側妃這邊只覺得天都要塌了，她摟著女兒哭得傷心，忍了讓了這麼久，為的不就是女兒，可是如今連這點希望也沒有了，許氏他們欺人太甚啊。

「母親。」沈錦還不知道發生了什麼事情，她今日去給瑞王妃請安後，就直接去家學那邊上課了，誰知道回來才發現陳側妃被翠喜請到了正院，好不容易母親回來卻哭成這樣，弄得沈錦一頭霧水。

「我可憐的女兒。」陳側妃哭得肝腸寸斷，就是她身邊的李嬤嬤也沒了往日的穩重，哭個不停。

沈錦急得要命，連連追問道：「母親，到底發生了什麼事情？」

「妳狠心的父王要讓妳嫁給那天煞孤星啊，他們想要了我們娘兒倆的命啊！」陳側妃也是聽說過楚家的事情的，外面更是把楚修明傳得跟鍾馗似的，而且喜怒無常最愛殺人。

最主要的是楚修明早年就一直鎮守邊疆，只怕是粗魯不堪的，那樣一個可怕的人……想想自己的女兒，陳側妃更覺得痛苦不已。

「天煞孤星？」沈錦沒聽懂陳側妃的意思。「母親，我嫁人？二姊還沒有訂親呢，怎麼會輪到我？」

「他們那些黑心肝的人，妳父王的心也是偏的，要逼死我們娘兒倆，我就妳一個寶貝疙瘩啊。」陳側妃雖然覺得不可能，可還是希望瑞王妃能阻止瑞王。

「母親……」沈錦問道：「到底發生了什麼事情啊？」

還是李嬤嬤先冷靜下來，見陳側妃哭得說不出話，趕緊服侍陳側妃喝了茶，然後緩緩把事情說了出來。

「永甯伯？」就算沈錦這樣的閨閣少女都聽說過永甯伯的名聲，永甯伯楚修明在京城可是能讓小兒止啼的名字，據說他自小就上戰場殺人無數，因為在邊疆長大，脾氣暴躁，一有不順就會殺人解氣，身邊甚至沒有人敢伺候。

最開始與永甯伯訂親的李家姑娘，在看見永甯伯畫像沒多久，就抑鬱而終了，有傳聞是被嚇的。

「父王已經決定了嗎？」沈錦此時臉色也不好看。

「王爺說奏摺已經送上去了。」李嬤嬤低頭不忍看沈錦的臉色。

沈錦只覺得渾身一軟，眼前黑了一下。「為什麼是我……」她一向粉嫩的唇都失了顏色。

陳側妃看見女兒的樣子反而不哭了。「錦娘不怕，他們敢逼妳，母親就撞死在王府門前。」

沈錦看著母親，眼淚流個不停。「母親，女兒怕。」說到底沈錦還不滿十四，再懂事也是個孩子。

陳側妃抱著沈錦，母女兩個抱頭大哭了起來。

「王爺，你既然已經把錦丫頭許出去了，那就趁著皇上還沒下旨，把二丫頭的親事定下來吧。」瑞王妃柔聲說道：「否則，外人要怎麼看我們王府？」

瑞王這才想到這一茬，嘆了口氣道：「這事情是我做錯了。」

「許氏生了皓哥兒，王爺總歸要多顧念著點。」瑞王妃反而說道。「不過可憐陳氏，就那麼一個女兒，王爺可見過那永甯伯？」

「倒是見過他小時候的模樣，後來他跟著老永甯伯去了邊疆，已經十幾年沒回京了。」瑞王想到永甯伯的那些傳聞說道：「有些傳言都是莫須有的。」

「王爺，這件事委屈了錦丫頭，還有錦丫頭的嫁妝要怎麼算？」瑞王妃問道：「原本說的是她們四個，每人三萬兩，可是如今……不管永甯伯怎樣，皇上明顯就要重用，嫁妝三萬，會不會太輕薄了些？」

瑞王看向瑞王妃問道：「王妃的意思？」

瑞王妃說道：「無規矩不成方圓，許氏雖然一片愛女心，可到底做得不地道。」瑞王妃柔聲說道：「沈梓她們三個的嫁妝，每個人抽出一萬兩，共五萬兩來給錦丫頭置辦嫁妝，一萬兩不上嫁妝單，給她當私房錢。」

瑞王聞言並沒有開口。

瑞王妃說道：「原本她們出嫁前都會被封為郡主，自有宮中給她們安排嫁妝事宜，不過因為府中疼惜這幾個孩子嫁人以後不比在家中自在，這才多添了銀子給她們，王爺也知道那永甯伯的名聲，錦丫頭……」

「就按王妃所說。」瑞王也想到這些，又想到沈錦給他做的東西，沈錦是第一個親手給他做東西的女兒，想想那些扇袋、腰帶和襪子，不禁有些心軟了。

瑞王妃接著說道：「許氏也不得不罰，不過因為她生了皓哥兒，倒是不好明著罰她。」

「後院的事情都交給妳辦。」瑞王毫不在意地說道。

瑞王妃柔聲道：「這樣吧，這三個月讓她禁足在自己院中。」

「嗯。」瑞王直接應了下來。

瑞王妃說道：「王爺可不許心軟。」

「放心。」瑞王雖然比較喜歡許氏，可也只是比較喜歡，許氏跟著他久了有些情分，不過說到底年紀已經不小了，府中又有不少新鮮的，三個月不踏足許氏那裡而已。

「還有二丫頭的親事，」瑞王妃說道。「如果錦丫頭指婚的聖旨下來了，二丫頭還沒定出去恐怕不好，有人會說王爺的閒話，而且二丫頭以後說親恐怕……王爺是心疼二丫頭，可是外頭人不知道。」

瑞王皺著眉頭沒說話。

瑞王妃起身去拿了張名單出來。「這上面都是對二丫頭有意思的人家，我本想著二丫頭年紀小，所以慢慢打聽，如今卻等不了那麼久了。」

瑞王拿過名單，上面是五個人名，後面跟著家世和排行，思索了一下，直接起身去書桌那兒劃掉了兩個人名，如今就剩下三個了。「這三個中選一個。」

「那不如叫了許氏來？」瑞王妃開口說道。

「王妃決定就好。」瑞王開口道。

瑞王妃說道：「畢竟是二丫頭的終身大事，又急了些，二丫頭那般出色，如今也算是委屈了。」

「好。」瑞王見瑞王妃事事想得妥當，越發覺得只會哭鬧的許氏上不了檯面。

瑞王妃當即就讓翠喜喊了許氏來，許氏其實也剛回去沒多久，只得匆匆裝扮一下就趕過來了，若是只有王妃在，她也不會如此，可是王爺也在，她就不敢耽誤了。

到了以後才知道是說女兒的親事，可是看著那三個人名，她都有些不滿，嬌聲道：「王爺……」她覺得二女兒不僅懂事長得又好，還是瑞王的女兒，嫁進公府都是使得的，可是現在名單上都是些什麼。

「就這三個。」瑞王看向許氏說道：「王妃讓妳看，是給妳臉，如果妳不願意要臉的話……」

「許氏，」瑞王妃開口說道。「我覺得第三家倒是不錯。」那一家門第並不高，而且說親的是家裡的小兒子，可是家裡富貴，當家主母又是皇商出身的。

「梓娘出嫁也會被封個郡主的，這家身分太低不夠匹配。」許氏直接拒絕了，瑞王妃也不再說話。

「快點。」瑞王不耐煩地催促道。

許氏知道這事情沒有轉圜的餘地，只能低頭看去，看見鄭家的時候眼睛一亮道：「我倒是覺得這個鄭家大少爺不錯。」

「鄭家書香門第，到這一代已經有百年了，只是他家清貴……」瑞王妃說道。「而且這個大少爺是嫡長子，他的妻子是要做宗婦，管家的。」

瑞王聽出了瑞王妃的意思，也覺得有些不滿意，只是沒等他開口，許氏聽到宗婦和管家心中就一動，她這輩子就吃虧在是個側室，女兒是王爺之女，又有郡主出身，嫁到鄭家也算是下嫁，他們絕不敢怠慢，說道：「就這個鄭家。」

「王爺？」瑞王妃看向瑞王。

瑞王想了一下，既然三女兒已經要嫁給永甯伯，那麼二女兒也不適合再嫁到權貴世家，鄭家這一代並沒有出仕的人，倒也合適。「就這樣吧。」

「那好，我讓人給鄭夫人送個信，明日就讓他上門，到時候讓二丫頭偷偷見上一面，可以的話就交換信物，再選個好時候把親事定下來。」瑞王妃笑道：「許氏，妳禁足三個月，回去後三個月內就不要出來了。」

「王爺……」許氏看向瑞王。

瑞王揮了揮手，許氏還想再說，就見瑞王臉色一沈，這才行禮後退下。

等許氏走了，瑞王妃就笑道：「王爺也早些去忙公事吧，我這邊無事的。」

「那我晚上再來看妳。」瑞王溫言道。

瑞王妃應了下來，起身親自送了瑞王離開，然後讓翠喜去見了沈錦的母親陳側妃，既然事情已經成了定局，陳側妃也不再哭鬧，開始默默地給女兒準備嫁妝。

很快指婚的聖旨就下來了，那些知道要給永甯伯指婚、家中又有適齡女兒的人都鬆了一口氣，不過也感嘆瑞王果然忠於聖上，還真是捨得。

哭過以後沈錦只能接受這件事，好處也是有的，她提前被封了郡主，還得了宮中的賞賜，就連陪嫁的事情，母親也告訴了她。

沈錦不是怨天尤人的性子，既然接受了，她就開始慢慢準備起嫁妝，很多東西都是由王府中的下人做的，可是她也想做一些。

陳側妃也是同意的。「雖然這門親事不是妳選的，可是日子是妳自己過的，過好過壞，都要看妳。」

沈錦想要把日子過好，在聖旨下來後，已經出嫁的沈琦也回家一趟，算是來開導沈錦的，卻發現沈錦已經想開了。

在瑞王妃的安排下，沈梓倒是偷偷見了鄭家大公子一眼，鄭家大公子長得文質彬彬，才華出眾，只是這才華卻不在仕途經濟之上。

很快沈梓和鄭家大公子訂親的消息就傳了出去，兩家也熱熱鬧鬧交換了庚帖。

永甯伯回京獻俘的那日，京城裡熱熱鬧鬧的，就連一些平日很少出門的大家閨秀都訂了酒樓的包間，畢竟這是件大事，他們都聽說過永甯伯的傳聞，卻沒有真的見過永甯伯。

倒是瑞王府中安安靜靜的沒有派人出去，因為早就得到了消息，永甯伯半路的時候又回返邊關，特意上書請罪了。

聖上倒是沒有絲毫怪罪的意思，畢竟永甯伯是為了邊關的安穩，他就算要怪罪也是怪罪到那些不受教化的蠻夷身上。

不管是沈錦的嫁衣還是沈梓的嫁衣都是交給專門的繡娘來製的，此時的沈梓穿著一身百蝶穿花的紗裙坐在沈錦的房中，說道：「三妹，等妳嫁到了邊關，別忘了寫信回京，和我們幾個姊妹說說邊關的景色。」

身為瑞王的女兒，她們早就得到消息，恐怕這幾年內永甯伯都沒有辦法回京了，所以成親的時候，永甯伯也是趕不回來的，聖上有意直接把沈錦送到邊關去出嫁。

「聽說皇伯父會給送親的隊伍用公主的儀仗，三妹妳可風光了。」沈梓見沈錦沒有說話，就笑著說道：「除了和親的宗室女，還沒有別人有這樣的殊榮呢。」

沈錦正在繡香囊，頭也沒抬地說道：「母妃讓二姊繡的枕套做好了嗎？二姊快要出嫁了，嫁妝準備得如何了？」

沈梓臉色一變，她已經知道自己嫁妝減少的事情，聞言心中不滿，若不是如此，她也不會整日來找沈錦的事情，說道：「三妹還是多關心關心自己吧，也不知道什麼時候永甯伯才能回京，邊關缺衣少食的，三妹還是多準備一些。」

「謝謝二姊關心。」沈錦終是抬頭問道：「二姊還有事情嗎？」

沈梓皺眉說道：「怎麼妳還準備趕我走？」
沈錦笑著把針別好說道：「那倒不是，我準備去給母妃問安，不知道二姊要不要同我一起去？」
「既然母妃有事，那就算了。」沈梓這才起身說道：「我就先走了，我們姊妹能見面的機會不多了，明日我再來找妳敘敘舊。」
等沈梓走後，沈錦臉上的笑容才消失，其實剛剛的話她是騙沈梓的，倒是陳側妃正在瑞王妃那裡。京城也有永甯伯府，按理說應該在永甯伯府中成親的，可是最近蠻族動盪，邊關離不開永甯伯，婚期將近，聖上就和瑞王商議，直接把沈錦送到邊關，就不讓永甯伯回來了。
所以在嫁妝上就遇到了難事，需要重新規整一番，有些是直接送到永甯伯府的，比如大件的家具一類的，有些是要跟著沈錦上路的。
因為眾人都在忙沈錦的嫁妝，對沈梓的嫁妝就有些忽視了，誰讓她們兩個成親的時間靠得比較近。沈梓自然心生不滿，她一直覺得自己比沈錦強，可是本身在嫁妝上就比不得沈錦，如今府中的人又都在忙著沈錦的事情。
可惜是瑞王下的命令，沈梓不敢去找瑞王和瑞王妃的麻煩，就只能整日來找沈錦的不痛快，從永甯伯殺人到邊關環境惡劣，顛來倒去地說，從最開始的心慌到現在沈錦都覺得麻木了。

第四章

身為瑞王的女兒，以郡主之身出嫁的沈梓本來該引來眾多羨慕，可是有時候羨慕是相對的，以公主儀仗送嫁的沈錦才是所有人關注的重點，雖然永甯伯有諸多傳聞，但是足夠神秘。而沈錦的嫁妝一部分被送到伯爵府，一部分隨著沈錦被送到了邊關。

沈錦坐著的花轎出了城門後，就換成了馬車，然後換成水路，再換成馬車，在路上走了差不多三個月才到邊關。

除了不能隨意走動外，沈錦的日子並不算難熬，她本身就能靜得下來，在車上時就看一些書籍。

因為考慮到花費在路上的時間，沈錦的嫁衣被很貼心地準備了兩套，一套是在京城時穿的，一套是厚了許多在邊關時穿的，這並不是多餘的，他們並沒有直接進邊關，而是在離得最近的一個城鎮等待著永甯伯的人來接。

一大早沈錦就被喜娘叫起來，換上那套加棉的嫁衣，然後靜靜坐在驛站裡面等著永甯伯來迎娶。

關於永甯伯有很多的傳聞，生吃人肉這些都已經不新鮮了，沈錦也從很早就開始去想，永甯伯會是個什麼樣的人，她成親後又會過著什麼樣的日子，如果永甯伯脾氣不好，那她怎麼辦？永甯伯長得太嚇人，她要怎麼辦？永甯伯吃生肉，她要不要陪著吃？不過想像了一下生肉的樣子後，沈錦就打消了這個念頭，她覺得可以看著永甯伯吃。

雖然想了很多，可是沈錦從沒有想過，她根本見不到永甯伯！

永甯伯不僅沒有來接親，甚至沒有在邊城裡面，因為他帶兵去突襲蠻族了，所以來接沈錦的是永甯伯的弟弟楚修遠。

而且楚修遠早就得了兄長楚修明的交代，帶著府中的親兵來，抬走了新娘和嫁妝，而那些陪嫁的人一個都沒有帶進邊城。

在沈錦嫁進來前，府中就楚修明和楚修遠兩個主人，而沈錦嫁進來後，府中仍然是這兩個主人，沈錦一天沒得到楚修明的承認，府中的下人一天就不會認她。

倒不是說這些人怠慢了沈錦，而是一種格格不入的感覺，邊城的府邸自然沒有京城的那麼豪華，但是面積很大，沈錦住的也是府中的主院，那些嫁妝在詢問過沈錦的意見後，就被人妥妥當當地安置好了。

府中也安排了伺候沈錦的人，和京城的人不同，這邊的不管是男人還是女人都很高，話不多、動作很利索，只有在沈錦主動詢問的時候，才會回答她的問題。

在瑞王府中，沈錦身邊伺候的丫鬟雖不說滿身綾羅綢緞，卻也差不到哪裡去，可是沈錦發現這邊的人，很少穿很長的裙子，衣服更多是布的，身上的首飾也不多。

陌生的環境，身邊沒有一個熟悉的人，讓沈錦整個人都很無措，最明顯的表現是，沈錦以肉眼能看見的速度瘦了下來。

現在在沈錦身邊伺候的，一個叫喜樂，一個叫安平，而沈錦帶來的陪嫁丫鬟，早就在回京城的路上了。

沈錦不是愛難為人的性子，反而因為在瑞王府中並不得寵，使得她更加懂事，這也多虧了嫁過來的是她，如果換成沈梓，恐怕早就鬧翻了天。

而喜樂和安平跟沈錦又沒有仇，看著沈錦每日蔫蔫的樣子，心有不忍，喜樂和安平打了招呼後，就來府中找了王總管，直接問道：「王總管，這樣對夫人是不是不大好？」王總管不僅是府中的管事，也是楚修明的軍師，因為府中沒有人管家，這才留著幫永甯伯打理內務。

「我們是缺衣還是少吃了？」王總管反問道，他其實是不贊同楚修明娶一個嬌柔的妻子的，因為在這裡有時候遇到戰事，女人也是要上戰場的，而永甯伯夫人，不僅是一個稱呼，而是能在永甯伯不在的時候，自身立起來的人。「因為夫人怕冷，府中還特地加倍採購了炭給夫人取暖。」

喜樂只是一個丫鬟，根本說不過王總管，聞言說道：「又不是夫人非要嫁給將軍的。」她是在邊城的人中特地選出來伺候沈錦的，而在他們眼中，楚修明是帶領他們打勝仗的將軍，而非什麼伯爵。

就連邊城楚修明府邸外面掛著的牌匾也是將軍府，而不是伯爵府。

雖然這麼說，可是喜樂沒有再說什麼，說到底在她們眼中，最重要的還是楚修明兄弟兩個人。

其實沈錦會瘦純粹是因為不適應，不管是伙食還是天氣，都讓她覺得不舒服，沈錦雖然因為想念母親而偷偷哭過，可是並非軟弱的性子。

剛到這裡之時，沈錦是不敢亂走或者亂要求的，實在是永甯伯的傳聞太過可怕，可是在這邊待了一個多月後，沈錦忽然覺得，其實並沒有想像中那麼可怕，就像是一個到了陌生環境的小動物，在最開始那時，總是小心翼翼地觀察著周圍的環境，一點點動靜都能把牠嚇得縮回洞裡。

可是漸漸的，當牠意識到這裡是安全的地方，就會慢慢伸出爪子，然後小小試探一下。沈錦正是如此，在吃了一個多月又清淡又不合胃口的飯菜後，沈錦忽然問道：「喜樂，妳們平時都吃什麼？」

喜樂沒想到沈錦會主動和她聊天，聞言就說道：「我們不大習慣吃米的，倒是比較喜歡吃麵食。」

「哦？」沈錦瘦下來後，她的眼睛更大了，而且水潤潤的，看著你的時候，就像是一隻正在討食吃的小松鼠。

喜樂和安平本身就對沈錦心軟，只不過前段時間沈錦總是沒精神，她們也就不多說，再說邊城的人不管男女都是豪爽的性子，喜樂就給沈錦倒了一杯水，笑著說道：「我愛吃麵條，安平愛吃燒餅夾肉。」

「好吃嗎？」沈錦一臉期待地看著喜樂。

喜樂說道：「我覺得不錯，麵條很勁道，用羊骨頭熬的湯底，上面加上肉片再放點辣子，不僅好吃還很容易吃飽。」

「其實我覺得牛肉麵比較好。」安平把曬出去的被子收了回來說道：「用燒過的牛肉，然後再吃個烤得焦黃的燒餅，很美味。」

「真的嗎？真的那麼好吃嗎？」沈錦更加期待了。

「是啊。」安平笑道。「特別是西城那邊的喬老頭家，味道棒極了。」

「好像很好吃。」沈錦用水潤潤的眼睛看著她們。

喜樂和安平就算再遲鈍也看出了沈錦的意思，兩個人對視了一眼，喜樂說道：「不過口味有點重，夫人您應該吃不習慣吧。」

「我真的不能吃嗎？」沈錦眼中頓時露出了失望的神色。

安平看著沈錦的樣子，頓時心軟說道：「好吧，我讓我弟弟出去買幾個回來，如果夫人不喜歡吃，那我們吃掉就好了。」

沈錦臉上露出驚喜的神色，然後不斷用眼神催促著安平，還問道：「多少錢一個啊？那麼多肉會不會很貴？」

「不貴。」喜樂笑著說道。「在這裡，肉比那些青菜和水果便宜多了。」

沈錦堅持地掏了銀子出來給安平，說道：「不要讓人知道啊。」

「為什麼？」喜樂問道。「夫人要的東西可以走公中啊。」

沈錦臉一紅，手指在裙子上摳了摳說道：「不行啊，外人知道我這麼貪吃，會笑話我的。」

喜樂和安平不禁笑了起來，心中對沈錦親近了不少，她們根本沒有發現沈錦話裡面的陷阱，一句話就把喜樂和安平圈為自己人。這段時間沈錦一直在偷偷觀察這兩個貼身丫鬟的性格，發現她們並不像京城中那些人心裡一堆彎彎繞繞的，收買是不可能的，母親說的恩威並施也不適合在這邊的環境用。

所以沈錦換了一種方法，她不知道永甯伯什麼時候回來，不過她希望永甯伯回來得更晚一些，讓她有時間把府中的局面先打開，不要求他們多尊重多聽話，起碼要博得這些人的好感。

什麼郡主之尊，什麼伯爵夫人的稱呼，在這些人面前一點也不好用，從毫不留情地把那些陪嫁趕走，沈錦就發現了，這裡和京城的民風一點都不一樣，用身分壓人根本沒用，而且這樣的地方她孤立無援，如果沈錦敢不識相的話，說不定沒多久她就因為水土不服病死了……

聖上和瑞王會為了她和永甯伯翻臉？想想都不可能，再說她水土不服病死是身體不好，和永甯伯有什麼關係，恐怕到時候會傷心的只有自己的母親。

不過沈錦發現，安平推薦的燒餅夾肉竟然意外的好吃，外焦裡嫩的燒餅裡面夾著秘製的滷肉，足有沈錦兩個巴掌大的燒餅，她竟然吃了一個半。其實她覺得還能把剩下的半個吃掉的，可能是因為這飯量嚇住了安平和喜樂，兩人死命攔著，並再三向沈錦保證明天還給她買以後，沈錦才依依不捨地放棄了把剩下半個吃下去的決定。

只是因為沈錦一時沒控制住，在晚上吃飯的時候，那些特地做給她的飯菜一口都沒有動，全讓安平和喜樂給吃掉了，而她摸著吃得有點撐的肚子，在屋子裡面繞圈消食。

王總管需要忙的事情很多，不單單是將軍府的內務，還有一些軍隊的後勤，所以當他注意到沈錦那邊的異常時，已經到了月末查帳的時候，他發現沈錦那邊的開銷變少許多，特別是廚房。

沈錦吃飯是有單獨小廚房的，他們雖然不歡迎沈錦這位將軍夫人，可是卻不會留下明顯的把柄，就連沈錦小廚房的廚師都是專門請來會做京城那邊飯菜的。

而且就算是冬天，沈錦每天的青菜一類也沒有斷過，這些開銷自然很大，不過將軍府不差錢就是了。

可是王總管發現，沈錦那邊的用度減少了起碼一半以上，所以特地叫了安平過來，這才知道沈錦直接改了每日的膳食。

「夫人很喜歡吃牛肉麵。」安平開口道。「還有喬老頭家的燒餅。」

王總管問道：「夫人胃口好嗎？」

「很好。」安平把沈錦每日吃的東西都說了一遍，就見王總管面色有些奇怪，問道：「王總管，怎麼了？」

到底是哪裡的消息，說京城的世家小姐每天只吃一點點，喜歡清淡的不愛吃肉，他們的將軍夫人怎麼像是無肉不歡。

「沒事。」王總管說道。「夫人喜歡什麼都儘量滿足。」

「嗯。」安平開口道：「夫人今日還準備吃涮鍋子。對了，夫人那天問我，她能不能上街去。」

王總管皺眉，莫非夫人是想偷偷給京城送信？這麼一想，就說道：「帶著人保證安全就可以。」

安平笑道：「好的，我會安排的。」

王總管問道：「夫人的為人怎麼樣？」

「挺好伺候的。」安平想了一下說道。「就是什麼都不會。」這話說得足夠委婉。「又對什麼都很好奇。」

「妳多注意點夫人。」王總管沈聲說道。「夫人年紀小，妳記得陪著點，也多提醒點。」

「我知道了。」安平應了下來。

王總管又交代了一些事情後，就讓安平回去了。

安平走到門口忽然說道：「其實王總管，我覺得夫人挺單純的。」

「妳難道忘記了當初的那個表小姐？」王總管冷聲說道：「那時候表小姐也很單純。」

安平想說沈錦和表小姐不一樣，可是又不知道怎麼說，就應了下來出去了。

沈錦此時正在院子裡和喜樂她們玩砸沙包，她像是根本沒有注意到安平離開似的，不斷地跳來跳去躲避著沙包，她的笑聲不大卻很好聽，每躲過一次還會得意洋洋地叫道：「笨蛋喜樂，砸不到。」

喜樂經過這段時間的相處，也瞭解了沈錦的性格，聞言就笑了起來，如果不是不忍心看著沈錦被砸到失望的眼神，她們怎麼可能砸不到人，不過是陪著沈錦玩罷了。

安平去廚房端了剛煮好的紅棗茶來，說道：「夫人，喝點熱茶再玩。」

「好。」沈錦應了下來，她正好也累了，就直接跑過來，不過安平沒有馬上讓她喝，而是帶著她進了屋，小丫鬟已經打了溫水伺候著沈錦梳洗，等清洗好了，紅棗茶也正好入口，沈錦捧著茶杯小口小口地喝著。

安平等晚上沈錦用完了飯，才告訴沈錦可以出去的事情，沈錦眼睛一亮，自然喜笑顏開，她趕緊拉著喜樂找出前段時間剛做好的衣服，並不是京城中習慣穿的那種繡花長裙，而是變成這邊的款式，為了方便，袖口是收緊的，上面是小款的上衣，下面的裙子剛到腳踝，更方便活動，而鞋子也是短靴類的，而不是繡花鞋。

整套衣服最漂亮的就是那足有巴掌寬的腰帶了，腰帶顏色豔麗，上面綴著繁複精美的銀飾。

有些事情只要開了頭就很難再阻止，就像是沈錦，邊城的街上隨處可見正在小攤上選東西的少女，這裡不管是少女還是婦女都可以隨意逛街。

沈錦雖然期待出門，可到底心中有些不安，不過在看見這樣的熱鬧後，那些不安也消失了，就像是被放出籠子的兔子，可勁地撒歡。

其實真要說起來，沈錦更喜歡邊城的生活，在京城雖然錦衣玉食，可是她活得很小心，在王府中誰也不敢得罪，王妃和許側妃她一個都不敢得罪，幾個姊妹中，她活得最累。

而且沈錦還需要時刻揣摩王妃的心思，做對王妃有用的人。

可是在邊城，雖然沈錦看出了府中沒有真把她當永甯伯的夫人，但是想來只要自己不觸碰到底線，他們是不會對她下手的，而且在府中她過得很自在，和永甯伯的弟弟誰也不干涉誰。

除了永甯伯的弟弟，整個府中就沈錦身分最高，起碼的體面她是有的，所以她不用再去揣摩別人的心思，去討好誰。

討好真的有用嗎？就像是瑞王爺，難道沈錦真的不如沈梓她們嗎？沈梓她們誰給瑞王做過一次針線，可是……在需要犧牲的時候，瑞王仍是把沈錦推了出去，瑞王妃也沒有幫著沈錦說過一句話。

沈錦玩得很開心，她的臉頰紅撲撲的，眼睛也是亮晶晶的，等回去的時候，還和安平商量著下一次出來的時間。

在沈錦斷斷續續出去玩了快一個月後，王總管再三詢問暗中跟著的侍衛，很失望地發現永甯伯夫人真的只是出去玩，別說偷偷給京裡送信了，就是多問一句也沒有，寫的信都直接透過安平送到王總管這裡。

過年的時候，沈錦再一次看見了永甯伯的弟弟楚修遠，從丫鬟口中得知，過了年他才十三歲，不過看起來很高，楚修遠並不愛笑，見到沈錦也只是點頭叫了一聲嫂子後就不再說話了。

沈錦和楚修遠也不熟悉，所以就算是在一起吃飯也沒有說話，倒是吃完了楚修遠忽然說道：「嫂子，大哥快回來了。」

「啊？」沈錦一時沒反應過來，還想再問，就見楚修遠已經急急忙忙地離開了。

安平倒是聽明白了楚修遠的意思，笑著說道：「二爺這是安慰夫人呢。」

「喔。」沈錦微微垂眸，纖長的睫毛閃動，倒是沒說出什麼不希望永甯伯回來的話，只像是無限嬌羞地說道：「我有些害怕呢。」

喜樂扶著沈錦往院子裡走去，問道：「夫人怕什麼？」

因為永甯伯不在，雖然過年，掛上了紅燈籠，府裡也沒什麼喜氣，安安靜靜的，除了多了一些豔色的裝飾，和平常也沒多大的差別。

「永甯伯那麼厲害，我在京城都聽了不少他的傳聞。」沈錦像是談論自己心中的英雄一樣，咬了咬粉嫩嫩的唇說道：「我笨手笨腳的，怕惹了永甯伯不高興。」

安平看著沈錦的樣子，勸道：「夫人怎麼還這樣稱呼將軍呢？」

「不好意思啊……」沈錦低著頭，穿著粉色繡鞋的腳在地上踢了踢。

喜樂笑著說道：「夫人放心吧，將軍人很好的。」

沈錦期待地看向喜樂，喜樂沒忍住和沈錦說了一些永甯伯的事情，安平猶豫了一下也沒有阻止，連二爺都告訴夫人將軍的消息了，這是府裡人接納夫人了吧，這也是好事，讓夫人多瞭解一些，免得到時候太過生疏。

永甯伯要回來的消息使得府裡氣氛好了不少，就連王總管臉上的笑容也多了起來，只是誰也沒想到，比永甯伯來得更快的是那些蠻族。

邊城可謂全民皆兵，而永甯伯雖然離開了，也留下了人鎮守在這裡，本來應該沒有任何問題的，可是此次蠻族像是很有把握一樣，來勢洶洶的，邊城很多人都已經習慣了戰爭，倒是沒有亂起來。

府中安全是沒有問題的，只是沈錦不再出門，府裡也儲存有糧食，下人們也沒有慌亂的情緒，楚修遠並不在府中，而是跟著王總管出去了。

沈錦從來沒有經歷過戰爭，更沒有離戰鬥這麼近過，她不知道外面的戰況是怎麼樣的，她不懂這些，可是她能看出，安平和喜樂的神色越來越嚴肅，好像情況並不樂觀。

「等將軍回來就好了。」安平咬牙說道：「那些叛徒！」

沈錦不知道自己該不該問，而安平也不會和沈錦說，看了一眼在外面壓低聲音說話的安平和喜樂，沈錦猶豫了一下，到底沒有開口。

其實沈錦是不安的，甚至有些不知所措，因為從來沒有人告訴過她，這種情況應該怎麼做，想來就是瑞王也沒真正經歷過戰爭，甚至離戰爭這麼近。

沈錦第一次認識到，永甯伯在這些人心中的地位，他們都堅信著永甯伯會回來，然後就安全了，事實上已經半個多月沒有永甯伯的消息了。

「夫人，二爺受傷了！」喜樂急匆匆跑了進來。

沈錦看著喜樂，她正在繡花，手裡還拿著繡花針，聞言問道：「怎麼回事？」

喜樂說道：「不清楚，只聽說是中箭了。」

沈錦其實很想問問，告訴她有什麼用？可她只是把針別好說道：「去看看吧，妳去我的嫁妝中拿了人參來，不管有沒有用，先備著吧。」

「是。」喜樂聽完，就跑走了。

安平面上有些猶豫，說道：「夫人……」可是只叫了一聲，就沒有再開口，是王總管讓她們過來的，所以她不知道怎麼說好。

沈錦勉強笑了笑，她從來都明白人有親疏之分，她不知道為什麼今日會告訴她楚修遠受傷的消息，可是……她覺得他們是需要她做一些什麼的。

第五章

沈錦的感覺沒有錯，她還沒進屋就聽見裡面的爭吵聲，她沒聽到王總管說什麼，只聽見楚修遠暴怒地說道：「不可能。」

安平敲響了門，打斷裡面的談話，很快就有人來把門打開了，這是沈錦第一次來楚修遠的房間，和沈錦的房間不同，楚修遠這裡並沒什麼貴重物品，倒是擺放著不少兵器和書籍，床上鋪的也不是錦緞，而是一種細棉。

楚修遠受了傷靠坐在床上，臉色蒼白，見到沈錦進來就說：「誰讓妳來的，回去。」

王總管倒是沒有說話，沈錦看著楚修遠的樣子並沒有生氣，她其實覺得這個少年人很不錯，柔聲問道：「我那兒還有不少補藥，我讓人拿了一些來，總管看看還差什麼，直接和我說。」

「謝夫人。」王總管開口說道。

楚修遠眼睛一紅，忽然說道：「妳回去收拾收拾東西，晚上我讓人送妳走。」

王總管眼中露出幾分不贊同，卻沒有說話。

聽到這句話的時候，沈錦的心猛地動了一下，她很想答應，因為她相信楚修遠說話算話的，可是答應下來她又能去哪裡？如果回京城的瑞王府，恐怕瑞王不管是為了名聲還是不得罪永甯伯，不是把她重新送回來，就是讓她直接病逝了……瑞王可不會管邊城是在打仗還是別的什麼。

所有念頭只是一瞬間的事情，外人並沒有看出分毫，沈錦只是說道：「我不會走的，讓王總管安排人先把你送走吧。」

王總管聞言，神色緩和不少，對沈錦也高看了一眼。

楚修遠直接說道：「我楚家沒有不戰而逃的。」

「你也還是個孩子，而且受傷了。」沈錦的聲音輕輕柔柔的，她在邊城吃得好玩得開心，倒是長高了一些，前段時間雖然瘦下來，不過現在又圓潤了起來，因為骨頭架子小倒是不顯胖，而是一種恰到好處的感覺，臉色紅潤，眼睛水水的，看起來很可愛。「有什麼我能做的嗎？」

沈錦知道，他們不會無緣無故叫自己過來，等別人開口，她被動同意，還不如主動開口。

王總管和楚修遠對視一眼，只是把邊城的情況說了一遍，和沈錦預料的一樣，現在的情況很不好，楚修明早就該帶人回來了，可是不知遇到什麼事情耽誤了，至今沒有歸來，而前段時間蠻族攻城，誰知道城裡竟然出了奸細，留在邊城的將領沒有死在戰場，卻死在了奸細手裡。

提到奸細的時候，不管是王總管還是楚修遠的臉色都很難看，沈錦不懂戰爭，可是她對人心揣測得很多，有一瞬間沈錦都懷疑，這些奸細並不是那些蠻族安排的，而是……沈錦因為這個猜測出了一身冷汗，臉色也變得很難看。

不過王總管還有楚修遠只以為沈錦是被他們的話嚇住了，倒是沒有在意。

「我已經派人求援了，不過援軍至今沒到。」王總管沈聲說道。

沈錦已經猜到王總管找她來做什麼了，可是又覺得不可思議，看了看受傷的楚修遠又看了看王總管。

王總管也是沒有辦法，不過見沈錦猜到自己的意思，心中也有些愧疚，在王總管心中，除了將軍和二爺，沒有什麼是不能犧牲的，包括他自己，他必須替將軍守好邊城。

邊城的風俗和京城不一樣，這裡全民皆兵，不僅是男人，就連女人也能拿起武器戰鬥，在沒有將領的邊城，需要一個人站出來帶領這裡的人對抗那些蠻族。

而憑藉永甯伯在邊城人心中的地位，所有人都願意聽楚修遠的話，可是如今楚修遠重傷，就算沈錦沒看見當時多危險，如今也能看出，他傷得很重，屋子裡是掩不去的血腥味，臉上沒有一絲血色，就連說話都有氣無力的。

現在必須有人代替楚修遠站出來，邊城的情況，和永甯伯相關的，身分能讓所有人聽命令的，也就剩下了永甯伯這位剛過門沒多久的夫人。

沈錦郡主的身分用處不大，但是永甯伯夫人的身分是足夠了。

「我會派人特別保護夫人的。」王總管說道。

沈錦動了動唇，如果保護真的有用，那麼楚修遠怎麼會傷得這麼重。

看著沈錦的眼神，王總管也有些心虛了，想到他們對待沈錦的態度，軟了神情說道：

「不用夫人真的上戰場，只是一個象徵。」

「我知道了。」沈錦嚥了嚥口水才說道：「我知道你的意思。」

「送嫂子走。」楚修遠開口說道。「這是男人的事情。」

沈錦看著楚修遠，此時的她格外清醒，如果楚修遠能動，他們是絕對不會讓自己來的，如果自己在眾人面前嚇暈，那才是致命的打擊，這不是沒有可能的，沈錦這輩子拿過最鋒利的武器，可能就是剪刀了。

王總管說道：「夫人，只要撐到將軍回來就好了。」

沈錦咬牙說道：「好，不過你們也要答應我一個要求。」

「嫂子……」楚修遠滿臉愧色，他帶兵出城本想偷襲敵軍，卻被發現了，周圍的護衛拚死把他救回來，現在他不僅肩上和腹部中箭，就連腿部也都是傷，根本動不了，他明白楚家必須有人站出去，他一直做得很好……否則邊城不可能撐到現在還沒被攻破。

楚修遠重傷得要死都沒有哭過，此時卻紅了眼睛。

「嫂子妳儘管說。」

「不管這件事後，我是死是活，永甯伯要給我生母請封。」沈錦怕死，很怕很怕，更怕她死後母親的日子難過，母親就她一個女兒，如果她死了，那麼母親一點希望都沒有了。「並想辦法在我生母名下養一個庶子。」

如果在平時，這樣的要求提出來，王總管一定會懷疑沈錦居心叵測，可是現在卻沒有開口阻止的意思。

楚修遠沈聲說道：「好，我替我哥答應妳。」

沈錦點了下頭。「你好好養傷。」說完看向了王總管。「需要我怎麼做，你直接告訴我。」

王總管點頭，和沈錦說起了邊城的具體情況。沈錦當初是不知道，如今知道了，索性也大方了起來，直接帶著王總管去放她嫁妝的庫房，把其中的藥材都搬了出來，還有各種的料子，不過沈錦的陪嫁布料多是綢緞這類的，在現在這種環境下，還真是沒什麼用處，倒是那些香料被王總管要走了。

沈錦要做的並不難，就是站出來。領兵抗敵這些事情還真輪不到她去做，自然有王總管這樣的謀士設法，不過沈錦還是寫了幾封信發出去，有送到京城給瑞王的，有用郡主的名義上奏摺說邊城情況的……

這些都是王總管要求的，沈錦需要做的就是抄一遍以後，蓋上郡主的印章。

說到底郡主也是皇親國戚，和後來被封爵位的人家是有區別的。

如果有選擇的機會，沈錦是絕不會站出來的，因為瑞王府的情況，沈錦從小就養成了不爭不搶容易滿足的性子，可是今日，她卻不得不站出來。

永甯伯的威信在這一刻沈錦是真正認識到了，僅僅憑著永甯伯夫人的身分，邊城的人不管是士兵還是百姓都對她很尊重，對她的每一個決定都毫無異議地執行，哪怕是送死……

責任嗎？沈錦不知道，她木然地把王總管讓她背的東西說出來，一道道的命令被執行，現在守城的已經不全是戰士了，也有很多百姓，所有的男人都拿起了武器，所有的女人都自發地開始照顧傷者，家中的存糧也被他們拿了出來，供給需要戰鬥的人。

老人和年紀小的孩子生火做飯，年輕的女人把受傷的人揹到後方，這裡像是沒有男女之別似的。如果不是安平在一旁扶著她，沈錦根本都站不住，那些血肉模糊的傷口，那些被堆積在一起的屍體，腳底下踩的路都被血染紅了。

王總管並沒有為難沈錦，起碼沒有要求沈錦站在城牆上，沈錦穿著一身騎馬服，臉色慘白，安平甚至懷疑下一刻她就會暈過去，可是沈錦撐下來了。

戰事越來越緊張，蠻族像是得到什麼消息似的，他們進攻得更加猛烈。蠻族頂著木驢運送土袋修築魚梁道，用撞城車使勁撞擊著城牆……

騎兵早已經拚完了，如今只能在城牆上死守。

邊城裡面的弓箭用完了，他們就用擂石來回地攻擊，滾木上很多長釘，把敵方士兵碾成肉餅，就算只是碰一下，長釘也能扎出許多血窟窿，扔完以後他們再用轆轤拉回城頭。

滾木也消耗得差不多了，剩下能用的很少，桐油、石頭、兵器都消耗得極其厲害。

當女人都拿起武器站在城牆上拚殺的時候，沈錦第一次主動開口了。「把所有老人、孩子和重傷戰士都挪到將軍府。」

沈錦已經知道，邊城這裡是沒有永甯伯府的，重傷未癒的楚修遠也被人扶著出現在了議事廳。

戰報一封封送到了京城，可是卻沒有一兵一卒被派過來救援，就連沈錦的信都石沈大海，瑞王就像是忘記了她這個女兒一樣。

將軍府裡面幾乎都被搬空了，和邊城所有民宅一樣，能用的東西都搬出來，就連有些家具都被劈開燒火，什麼紫檀木、雞翅木此時根本沒人在意，和所有的木頭一起燒開了熱水，潑到蠻族的身上。

王總管他們用盡了一切辦法，邊城能近三個月沒被攻破，靠的不僅是這裡的士兵。糧食已經統一管理，王總管沒有命人收繳糧食，可是所有的人，都把家裡的糧食搬到了將軍府的門口。

很多老人小孩自覺地開始節省口糧，就是沈錦每日吃的東西也是定量的，開始給沈錦吃得和傷患一樣，是粗麵和細麵混在一起的饅頭，還是沈錦發現後再不肯吃，才和眾人吃的一樣。

一開始沈錦只覺得吞嚥都困難，不過人餓極了，什麼都能吃得香了。

王總管的右臂斷了，不過只是粗粗包上，此時一臉灰白地說道：「最多再守七日，如果沒有援兵……」

「不會有援兵了。」不知何時楚修遠已經成熟起來，那個說哥哥會馬上回來的少年消失了。「皇帝要我們死。」

「將軍會回來的。」王總管說道。

楚修遠忍不住紅了眼睛說道：「他們預謀了這麼久，這麼久……哥哥如果沒出事早就回來了，可是至今都沒有消息，恐怕……」「凶多吉少」四個字到底沒說出來。

沈錦不知道說什麼好，她甚至懷疑，皇上讓她嫁過來，早當她是一枚棄子，說不定就是趁著送親的工夫和這邊的奸細聯絡，然後又和蠻族勾結……她開始還會想，瑞王知不知道，可是後來她覺得不管瑞王知不知道都無所謂了。

楚修遠看向沈錦，說道：「嫂子，王府中修建了一處密室，這幾日妳就躲進去吧。」

王總管也說道：「那處密室足夠撐到將軍回來，到時候蠻族攻進城來，我讓人一把火把將軍府燒了，到時候他們也不會發現少了誰，密室的通風口位置特殊，濃煙也不妨礙的。」

「密室只有兄長知道打開的方法，還有可以從裡面打開，嫂子，到時候除非兄長回來，妳萬不可出來。」楚修遠的聲音嘶啞。

沈錦動了動唇，終是說道：「讓那些孩子躲進去吧。」她不是不怕死或者大義，而是沈錦明白，她死了可能母親能得到更多好處，如果她活下來，永甯伯回來了會怎麼想？他的弟弟、他的屬下都死戰到最後一刻，而沈錦這個名義上的妻子卻躲起來苟且偷生。

特別是她的身分尷尬，做出這些事情的人……就算楚修遠當初戒備沒讓送親隊伍進邊城，也難保不是他們傳遞的消息，恐怕永甯伯早就恨死她了。

可是回京城？京城哪裡還有她容身的地方，沈錦不聰明，但是她看得清楚。

最重要的一點，還沒有到最後一刻，沈錦是不願意放棄希望的，若是他們能撐到永甯伯回來，看在她九死一生的分上，永甯伯也會給她一份體面和活路吧。

「先讓所有老人、孩子和重傷之人進將軍府。」沈錦開口說道。「讓孩子躲進密室。」

王總管看向沈錦，忽然說道：「遵夫人令。」

楚修遠也說道：「嫂子放心，我一定會護著妳，就算死也死在妳前面。」

沈錦眼睛一紅，強忍著淚水點頭說道：「好。」

經過這段時間的相處，沈錦和楚修遠他們的關係融洽了不少，就是對王總管也沒有了先時的厭惡，沈錦看著王總管還不斷滲血的斷臂，她記得王總管的字很好，過年的時候，不少邊城的百姓都會來求王總管寫春聯。

喜樂也求了，還拿給沈錦看，那一手字不比京城大家差，還多了幾分他們沒有的風骨，可正是那寫字的右手被蠻兵砍斷了，為的是救一個給士兵送飯的孩子。

在大是大非面前，那些小恩小怨也就沒那麼重要了，再說沈錦也不傻，在見過朝廷的態度後，也明白了為什麼王總管他們對自己這般防備，不過到底沒有傷她性命，讓人欺辱了她，該給的也都給了。

王總管很快叫來了親信，把大致的事情都說了。「夫人心善，怕是沒有想那麼多，不過……密室躲不進去那麼多人，而且不算隔音，只能選了適齡的孩童進去。」

「適齡？」沈錦看向王總管。

王總管說道：「六歲以上。」

「可是……」沈錦想到還有那麼多孩子。

楚修遠年紀雖小，可是比沈錦明白戰爭的殘酷。「嫂子，沒辦法的，年紀太小的話，先不說能不能撐到兄長回來，就是萬一城破了，他們哭鬧引了蠻子，那就一個人都保不住。」

「密室雖然有通風口，可是為了不引人注意，開得不算大，只能供給日常生活，萬一有人死在裡面，怕是……」王總管沒有說話，沈錦也明白了，屍體腐爛也容易讓人染病。

「可是要怎麼和百姓說？」沈錦不自覺看向了安平，安平的嫂子去年才給他們家添了個兒子，而安平的哥哥，早已死在了城牆上。

「夫人，」安平反而比沈錦看得開，說道：「城裡所有的人都是我們的親人，為了讓多一些的親人活下去，當然是要有犧牲的。」

「夫人太過心軟。」王總管說道。「不如我來吧。」

「我來。」沈錦開口說道。「我也想為這裡做些什麼。」

「夫人做得夠多了。」安平笑著說道。

沈錦搖了搖頭，看向楚修遠說道：「你先休息一會兒，我那兒還有一些阿膠，讓人燉了給你和總管吃吧。」

「我沒事的，嫂子。」楚修遠笑著說道。「放心吧，兄長會回來的。」

沈錦笑著點頭，也不再說什麼，母親曾教過她管家的事情，可是從沒有教過在戰亂的時候如何管家，不過此時也沒有那麼多講究，直接開了將軍府的大門，讓老人、孩子和重傷者都進來，這些重傷者都是動彈不了的，那些只要還能動的，他們都守在城牆上，大多都是和敵人同歸於盡了，所以邊城這邊還真沒什麼輕傷的人。

而這些重傷者，早在幾天前就開始絕食，還是被人硬逼著才吃進去。

楚修遠和沈錦一起來的，畢竟密室的實際位置只有楚修遠知道，撐到現在，不說這些老人孩子，就是沈錦身上也很髒，衣服滿是血跡泥土。

沈錦看著眾人，沈沈開口道：「如果沒有援軍，恐怕撐不過七天。」她本來覺得直接告訴百姓這個消息不好，可是王總管和楚修遠都贊同直接說，因為根本瞞不住，現在連女人都上了城牆。

「將軍府有一密室，此時選適齡兒童躲進去，若是……總不能真被人屠城了，將軍回來也不好看。」沈錦的聲音帶著特有的軟糯感。

楚修遠站了出來，猛地跪下來。「是我楚家沒有護好大家。」

「二將軍！」經過這段時間，這些人已經不再稱呼楚修遠二爺了，而是叫他二將軍，也是另一種形式的承認。「我與嫂嫂定會戰到最後一刻！城在人在，城破人亡。」

「二將軍。」所有還能動的人都哭著對楚修遠跪下了，沈錦帶著將軍府的人跪在楚修遠的身後，沒有開口。

「二將軍，您和夫人才應該進去！等將軍回來了，二將軍記得讓將軍替我們報仇就是了。」

「是啊，二將軍……」

「不用說了。」楚修遠站起來，先是扶起了沈錦，然後一一去扶起城中老人。「我楚家只有戰死的鬼，絕沒有偷生的人。」

「夫人年紀還小，讓夫人躲進去吧。」有人看著沈錦提議道。

沈錦開口道：「我也是楚家的人啊。」一句話堵住了所有人的口。

王總管此時已經把沈錦當作自己人，開口說道：「這是夫人的提議，夫人本想讓所有孩童都躲進去的，不過……」王總管把大致理由說了一遍。

有人抱著年幼的孩子低聲哭泣，可是誰都明白王總管說的是對的，沈錦到底不忍心地說道：「只是以防萬一，還沒有到那一步。」

「夫人放心，我們懂。」一名年過半百的老人站出來說道：「我來選人，你們如果要怨恨就怨老漢我。」

「二將軍和夫人都把活路讓給我們了，誰還能有怨恨。」

「將軍一定會回來的。」

沈錦他們沒有再留下來，外面還有很多事情要佈置，楚修遠忽然遞給沈錦一把匕首，並沒有說話。

倒是沈錦愣了一下，看向楚修遠，楚修遠把匕首放到了沈錦手裡。「嫂子，拿著以防萬一吧。」

安平也說道：「夫人，那些蠻族都不是人，畜生不如的東西。」

沈錦一下明白了，握緊了匕首說道：「嗯。」有時候活著反而不如死去乾淨。

被選出的孩童最大的不過十一、二，最小的也有五、六歲，有男孩有女孩，看起來都很健康。楚修遠帶著他們一起下了密室，那密室的位置就在客房的花園下面，糧食、清水、棉被一類的東西，盡他們所能地給孩子們準備足夠撐下去的物品。

這些東西省著點吃喝，應該能撐上一個月，楚修遠仔細教了他們從裡面打開門的方法後，就把密室的門給關上了。

因為是在地下，所以只有白天的時候有很少的光亮，甚至交代了他們不能隨意點亮蠟燭。

除了這些，楚修遠又安排了人在城被攻破的時候，就直接放火燒了將軍府，那些蠻兵對於廢墟是不會有多少興趣的。

留下的人都做好了赴死的準備，多虧天無絕人之路，在孩子們躲進密室的第四天傳來了好消息。

在很久以後，沈錦依然清楚地記著這一天，那迎風招展的帥旗，和像是小燈籠一樣串起來的人頭被掛在竹竿上，本在攻城的蠻族都停了手，像是瘋了一樣朝著後面的部隊衝去。

「是將軍……」

「將軍回來了！」

歡呼聲不斷從城牆上傳來，他們看著帥旗，有的跪在地上嚎啕大哭，有的互相抱著尖叫……將軍回來了，他們安全了！

「殺出去！」

不知道是誰第一個喊出來的，可是很快就連成了一片，還活著的人拿著武器，楚修遠命人打開了城門，帶頭衝了出去，配合著永甯伯的軍隊，對蠻族夾擊……

「不怕是陷阱嗎？」沈錦從兩天前開始就和安平他們一起幫著照顧傷患，她自然聽見了聲音，問道。

王總管說道：「就算是陷阱又能怎麼樣？」

沈錦發現這段時間，王總管有意無意教了她不少東西，聞言愣了一下，才低頭繼續熬藥，是啊，就算是陷阱又能怎麼樣，情況再差又能比現在差到哪裡。

「真的回來了啊……」沈錦還有一種不真實的感覺。

永甯伯不僅解了邊城之圍，還擊退了蠻兵，殺得他們潰不成軍，殺敵無數俘虜了數百人，這才停止了追擊。

不過這不代表著事情就結束了，邊城的戰損、物資的匱乏、士兵的安葬使得所有人再次忙碌了起來。

哭聲就沒有停止過……

邊城雖說不上十室九空，可是沒有一戶人家是全員都在的，就連那些人見人煩的混混、扒手在這一刻都選擇了戰死。

有的家甚至男人都死絕了，女人也拿起了武器殺敵，有些老人沒有力氣，他們也上了城牆，抱著蠻兵一起跳下去，同歸於盡……

後來沈錦才知道，永甯伯軍隊掛著的那一串串燈籠似的頭顱，是蠻族不少首領、祭司、族人的，他們直接抄了這些人的後方，不管男女老少全部斬殺。

殘忍嗎？如果還是瑞王府的沈錦，那麼她一定會覺得殘忍害怕，可是經歷了戰爭的沈錦，更多的是覺得慶幸，多虧將軍趕回來了。如果是邊城被攻破，那些被掛起來的人頭，就會變成他們的。

直到第三天，沈錦才見到永甯伯，一身看不出顏色的盔甲，滿臉的大鬍子，眼神銳利，居高臨下地看著沈錦。沈錦正蹲在井旁和幾個人清洗棉布，因為是給傷患包紮用的，所以在洗完以後還要用熱水煮一煮。

當見到永甯伯時，沈錦根本沒認出來，還是安平叫道：「將軍……」其實永甯伯也沒有那麼嚇人……不知道是這段時間沈錦的膽子養大了，還是她被傳言誤導，覺得永甯伯應該更可怕一些，所以她一時沒反應過來，反而有些呆呆地看著永甯伯。

還在清洗的人都放下了手中的東西跪下行禮，蹲著的沈錦倒是顯得有幾分突兀。

不過沈錦也很快反應過來，站起身給永甯伯福了福身。「將軍。」

「都起來吧。」永甯伯身邊只跟著王總管，他看著沈錦露出了笑容。「夫人，我來接妳了。」

「謝夫君。」沈錦很有眼色地改了稱呼。

在很久以後，永甯伯和沈錦聊起了第一次見面的情況，永甯伯說當時只覺得沈錦小小的一團，若不是王總管他們告訴他，他怎麼也沒辦法想到，沈錦有勇氣站出來，又追問沈錦對他的印象。

沈錦才說了實話，當時啊……沈錦只希望永甯伯不要笑了，看起來真的又難看又猙獰的。

不過這時候的永甯伯還不知道，甚至自我感覺不錯地伸出了手，沈錦掙扎了一下才把自己的手放上去。她的手早已沒了剛來時候的柔嫩，因為在冷水中漿洗棉布，又要用熱水燙的原因，不僅變得紅腫還裂了口子，看起來格外難看，可是永甯伯並沒在意，反而握緊了她的手。

永甯伯今日親自來接沈錦，也代表了他的態度，這一刻沈錦才真正成為楚家的一員，被而永甯伯承認的妻子。

不過永甯伯只把沈錦接回了將軍府，然後就繼續去忙了，安平還是留在沈錦的身邊，而喜樂……已經死在蠻族的箭下。

孩子們也從密室被放了出來，永甯伯的回歸不僅解除邊城之圍，更是使得所有人心中都有了主心骨。

在第四日，所有還活著能動的人都換上了麻衣，一同去祭奠那些死去的人。

這日，陪在沈錦身邊的是楚修遠，而永甯伯帶著士兵押解那些俘虜，餓了四天的俘虜根本沒有力氣反抗，他們被綁著跪在墳墓前。

所有戰死的人都被埋在一起，他們的名字將被刻在石碑上，那些名字是永甯伯親自抄寫的，這算是邊城的傳統，這邊戰事不斷，所以就特地找人選了風水好的地單獨圈了出來，最好的地方全部留給戰死的人。

逢年過節，邊城的人都會自發地來祭奠這些死者。

酒水灑在土地上，永甯伯沈聲說道：「血祭。」

隨著他的聲音落下，那些俘虜的頭一一被砍下，整齊地擺放在墳前。「我楚修明對天發誓，終有一天用所有蠻族的鮮血祭奠死去的戰士。」

「殺！」

「殺！殺！」

所有人眼睛都是紅的，濃重的血腥味不僅不讓人害怕，反而激起了人們心底的仇恨，這一刻不管男女老少，都大喊出聲，震耳欲聾……就連楚修遠都喊破了音。

沈錦看著站在最前面的那個男人，就算他長相猙獰恐怖，也是一個頂天立地的男人，這就是她的丈夫嗎？一個和瑞王完全不一樣的人，更有擔當……如果他真的很喜歡吃生肉，沈錦覺得她可以陪著他試試，不知道按照魚膾的做法，生肉會不會好吃點？

第六章

沈錦本來已經做好了陪著夫君當野人，以及晚上被那滿臉大鬍子嚇哭的準備，可是如今看著眼前一身錦袍，面如冠玉風姿瀟灑的男子，整個人都傻眼了，然後看了看和男人坐在一起說話的楚修遠，又轉頭看向身邊的安平，最後又看向男人，仍然不敢相信這個男人就是永甯伯，就好像是狂草忽然變成了小篆……

男人注意到了沈錦的表情，那種有些疑惑又有些糾結的眼神把他逗笑了，說道：「夫人，難道不認識為夫了？」

從來沒認識過好不好！沈錦抿了抿唇，到底沒說出什麼話，可是她不知道，她的臉上根本藏不住事情，男人哈哈笑了起來。

楚修遠臉色有些蒼白，不過倒是帶著笑容說道：「嫂子，他確實是大哥。」

說好的面如鍾馗、性格殘虐，喜吃生肉日飲鮮血，沒事殺個人來取樂呢？

沈錦坐在楚修明對面，並沒有說話，倒是笑過以後楚修明就說道：「再過六日，朝廷的人馬就到了。」

「哼，仗都打完了，還來有什麼用。」楚修遠怒道。

「他們不來，物資怎麼辦？」和楚修遠相比，楚修明倒是很平靜，他這樣坐著的時候，就像是畫中的人一樣，沈錦覺得如果京城中那些大家閨秀真見了楚修明的樣子，也不知道會不會後悔。

而且看著舉手投足間的風韻，不像是沒讀過書的……就這樣看，楚修明一點也不像個將軍，倒像是個貴公子。

看著又走神的妻子，楚修明無奈地嘆了口氣，看了弟弟一眼。

楚修遠聳聳肩，他和這個嫂子相處得也不多，倒是沒發現沈錦有這個毛病。「嫂子？」楚修遠加大了聲音，叫道：「嫂子？」

沈錦愣了一下，這才看向楚修遠，好不容易養得稍微圓潤了一些的臉又瘦了下來，顯得她的眼睛又圓又水。「怎麼了？」

楚修明笑著說道：「夫人想什麼呢？」

沈錦動了動唇，臉一紅，她可不好意思告訴楚修明自己想的是什麼。「沒想什麼。」

楚修明沒有追問，只是說道：「等朝廷的人來了，夫人願意幫著為夫接待一下嗎？」

「我？」沈錦看向楚修明，滿臉寫著「不願意」三個字。

楚修明只當自己沒看出來，說道：「是的，為夫和弟弟重傷無法起身，這府中能作主的就剩下夫人，只能麻煩夫人了。」

沈錦看了看「重傷無法起身」的楚修明，又看了看楚修遠，這才應了下來。「喔。」緩了緩問道：「需要我做什麼？」

楚修明開口道：「我會讓趙嬤嬤告訴妳的。」

「好。」沈錦這才應了下來。

楚修明說道：「那就吃飯吧。」

現在的情況，就算是將軍府吃的飯菜也不可能精緻到哪裡去，不過桌上倒是不缺肉，都是一些馬肉，那時候拚殺死掉的戰馬都被規整回來，每人都分有馬肉，而受傷沒廢掉的那些戰馬被好好養在營中，那可都是好馬。

馬肉其實很難吃，特別是這種戰馬的肉，不僅味道難吃還很硬，沈錦吃過一口以後就不願意吃了。

戰事已經結束了，沈錦又變得有些嬌氣，她倒不會浪費糧食，只是不再逼著自己吃那些難以下嚥的東西。

楚修明和楚修遠兩兄弟倒是吃得很香，而沈錦就吃了雜麵的饅頭就著鹹菜湯吃了一些，等幾個人用完飯，安平就去廚房端了一碗燉好的阿膠來放到楚修遠的面前。

「嫂子……」這幾日楚修遠都會單獨得到這麼一碗東西。「我覺得我已經好了。」

「補血的。」沈錦說道。「我問過大夫了，你吃點好。」

阿膠這種東西對女人很滋補，所以沈錦的嫁妝裡有不少，不過它吃起來很麻煩，沈錦嫁妝中藥材一類的都被搬空了，阿膠也還剩下了大半，而楚修遠受傷很重又沒有好好休養，現在年輕沒什麼，老了會一身的傷病。

沈錦在問過大夫後，就開始每天按時按頓讓楚修遠喝阿膠了，這個是補血的，見楚修遠喝得痛苦，就勸道：「過段時間，等別的補藥送來了，我就給你換。」

楚修遠也知道沈錦是一片好心，不過這東西他覺得就該是女人喝的，而家裡看著最柔弱的明明是沈錦。

等楚修遠喝完了，沈錦才站起說道：「那我先回去了。」

「這幾日等人手空出來，妳搬到我院子裡住。」楚修明開口說道。「東西什麼的妳先收拾著。」

沈錦臉唰地一下紅了，她都快忘了這一茬，咬了下唇沒有回答就離開了。

發生戰事的時候，楚修明說的趙嬤嬤並沒在邊城，她過完年沒多久就離開邊城去探親了，這兩天才買了許多糧食一併帶了回來。

趙嬤嬤看起來也就四十左右，很是慈祥的樣子，聽說原來是楚修明兄弟兩個母親身邊的大丫鬟，在楚夫人死後，還奶大了楚修遠，所以在將軍府中很有幾分體面。

不過沈錦和她沒打過什麼交道，沈錦剛嫁過來的那種情況，趙嬤嬤也不會到沈錦身邊伺候，後來她又去探親了。

趙嬤嬤已經得到吩咐在院子裡等著沈錦了，見到沈錦就起身行禮道：「夫人。」

沈錦笑著點了點頭說道：「麻煩嬤嬤了。」

趙嬤嬤說道：「能伺候夫人是老奴的榮幸。」

沈錦說道：「嬤嬤先坐下吧。」

趙嬤嬤等沈錦坐下後，才坐了下來。

沈錦看著趙嬤嬤的坐姿，心中一動，剛剛楚修明稱呼她為趙嬤嬤的時候，沈錦就有懷疑，能被稱為嬤嬤的，一般都是奶過主人家子嗣的，還有一種情況，就是宮中出來的。

如今看來，趙嬤嬤很可能占了兩種，當初瑞王妃給沈錦她們幾個姊妹也請了宮中的嬤嬤來專門教導她們，沈錦學得很認真，所以對這些熟悉，這才一下子就看了出來。

只是沈錦覺得趙嬤嬤和當初教她的嬤嬤有些感覺上並不一樣，好像趙嬤嬤的更簡潔看著自然一些，而當初她學的稍微繁瑣了些。

雖然有疑惑，可是沈錦卻不會開口問出來，就算現在將軍府的態度看著像是接納了她，可是還不一樣，她是瑞王的女兒，朝廷的郡主，而邊城和朝廷之間，也沒有在京城中看的那麼融洽。

安平很快就端了茶水上來，還給沈錦端了紅糖水，這紅糖還是趙嬤嬤帶回來的那批物資裡面的。安平是知道沈錦小日子的時間，可是這次明明該到了卻一直沒來，所以安平就去找管家要了紅糖，讓沈錦喝一些。

趙嬤嬤看了一眼，心中也有數了，楚修明讓她來可不僅是教沈錦一些事情，還要她幫著調理身子，特別說了沈錦的手的問題。

「夫人趁熱喝些。」安平柔聲勸道。

沈錦點頭，這東西在以前並不稀罕，可是在現在的邊城也算是稀罕物了，雙手捧著紅糖水喝了幾口，才笑著說道：「嬤嬤教教我，如果朝廷的使者來了，我要怎麼接待？」

趙嬤嬤有些胖，看起來很溫和，聽見沈錦的話，就道：「夫人為何要擔心怎麼接待他們？」

「他們是皇上派來的。」沈錦看向趙嬤嬤，說道：「是代表著皇上。」

趙嬤嬤並沒說沈錦想錯了，只是道：「那夫人您的身分呢？」

沈錦愣了一下，也明白了趙嬤嬤的意思，她是真正的皇親國戚，有郡主爵位不說，丈夫又是永甯伯和鎮守一方的大將。

「而且這次的事情，如果夫人好酒好菜態度溫和地招待他們，朝廷才會不放心吧。」趙嬤嬤溫和地說道。

「我懂了。」沈錦抿了抿唇。

「城裡也有驛站，讓他們直接住過去就是了。」趙嬤嬤見沈錦明白了，就笑道：「夫人，以您的身分，囂張一些也是應該的，就算在京城，也沒有幾個人能讓夫人低頭的。」

沈錦動了動唇，說道：「我儘量。」

囂張嗎？沈錦想到沈梓的樣子，如果換成自己？總覺得有些……不大對啊。

趙嬤嬤也知道沈錦的身分，雖然是瑞王的女兒，能被嫁到這邊，怕也是不得寵的，雖然趙嬤嬤覺得楚修明兄弟千般好萬般好的，可架不住外面的名聲不好，看來她要教的還多著呢，不過就憑著沈錦對楚修遠的照顧，趙嬤嬤也是心甘情願替她操勞的。

而且趙嬤嬤也聽人說了沈錦在邊城的表現，她覺得沈錦很聰明，是個可造之材……

很快趙嬤嬤就想收回對沈錦的評價了，她覺得沈錦完美地應了一句話，兔子急了還會咬人，沈錦就像隻兔子，只有在危急的時候才會立起來，平時一副軟綿綿的樣子，就算被人拽了耳朵戳了肚子，也不會生氣似的，最多換個地方繼續窩著。

不過當兔子身後站了一隻豹子的時候，被拽耳朵？戳肚子？呵呵，豹子會先咬死你。

在和楚修明共用一頓飯後，沈錦發現每次吃飯的時候，她面前會多一個小碗，有時候裡面是蒸蛋，有時候是炸過的小魚，上次還吃了不知道是什麼的鳥，東西都不多，但是足夠沈錦吃了。

開始的時候沈錦格外不好意思，總覺得楚修明和楚修遠吃那麼難吃的馬肉，她卻吃獨食似的，最後還是楚修遠開了口說道：「嫂子，妳那麼點東西，還不夠我兩口吃的，妳就自己吃吧。」

楚修遠掃了一眼在一旁像是沒注意到這邊情況的兄長，就這麼點東西，可是他大哥每天早早起來弄到的。有的是和人家換的，有的是出城抓的，費了大功夫，不是楚修明捨不得讓家裡人吃，而是能找到這些已經不容易了。

沈錦和他們不同，馬肉這種東西雖然難吃，他們已經吃習慣，也能嚥下去，而沈錦這個嫂子，楚修遠都不知道說什麼好，前段時間蠻族圍城，比馬肉更難吃的，她也吃得很香，一點都不嬌氣，現在好像那些嬌小姐的習慣又冒出來了。

不過這樣的沈錦也不讓人覺得討厭就是，起碼她覺得不想吃就不吃，揀著有她喜歡吃的吃，不會挑三揀四讓人覺得為難。

楚修遠嚥下嘴裡的東西，又看了兄長一眼，恐怕就是這樣，什麼都不要求，反而讓兄長更想寵著點，就算再忙，也要抽出時間想辦法找來這些吃的，不過沈錦吃著碗裡的東西，眼睛都彎了的模樣，還真像當初家裡養過的那隻白貓。

每次小碗裡的東西，沈錦都會分成三份，就算楚修遠說不夠他們一口吃的，仍會用公筷把東西挾到他們碗中。不過如果是她喜歡的，多的那份就留下來，眼裡滿是小得意，不喜歡的就給楚修遠，還會讓楚修遠多吃點好補補。

沈錦的小心思很明白，讓人一眼就看穿了，這樣帶著點狡猾和親近的意味在裡面，沒多久楚修遠都會在沈錦把最後的分給他時，笑道：「嫂子，又是妳不愛吃的？」

「不是。」沈錦可不會承認，一臉我為你好的表情說道：「我見你臉色不好，你要多補補。」

楚修明其實話不多，更多的時候是看著他們聊天，經過這幾天沈錦也發現了，楚修明還真是外面一個樣，家中一個樣，熟人面前一個樣子，外人面前一個樣子，不知道從什麼時候開始，就算有她在，楚修明也很少說話，反而更多的時候靜靜地坐在一旁。

他本就眉目清冷，長相極好，坐著不說話時，沈錦都覺得他滿身仙氣繚繞似的，不過這點沈錦誰也沒有說。

朝廷使者來的那日，沈錦中午剛吃了小雞燉蘑菇，裡面一大半香菇都進了沈錦的肚子，不過那小雞她就吃了兩隻翅膀，剩下全留給了楚修明和楚修遠。

「來了啊。」沈錦算算日子也差不多了，不過中午吃得太飽，被趙嬤嬤逼著在院子裡轉了幾圈，此時有些昏昏欲睡。

趙嬤嬤自然看出來了，這和剛剛逼著沈錦去院子裡繞圈不同，一邊幫著鋪床一邊說道：「夫人休息一會兒吧，那些使者也有人招待呢，他們剛到這邊，也要梳洗一下歇歇腳。」

沈錦聞言眼睛一亮，說道：「還是嬤嬤考慮周全。」也不用安平她們伺候，就自己換了衣服，被子曬得鬆軟，沈錦一臉的滿足。

趙嬤嬤看著沈錦的樣子，心中感嘆這還是個孩子，幫著掖了掖被子又把床幔遮好，說道：「老奴就在外面守著，夫人有事就叫老奴。」

「好。」沈錦已經閉上眼睛，應了一聲就不再開口，她這樣做應該會讓楚修明滿意吧，打了個哈欠，迷迷糊糊就睡著了。

沈錦是被趙嬤嬤叫醒的，剛睜眼趙嬤嬤就讓安平端來紅糖水，一碗喝下去她也徹底清醒了，安平已經備好清水，沈錦梳洗裝扮了一番，看著比平日精細了不少，不過這種精細也只是相對的。

郡主品級的那些物品可是一件都沒戴。

趙嬤嬤在叫沈錦之前，已經吩咐人讓那些使者到大廳等候，一番梳妝打扮下來，他們最少等了半個多時辰，等沈錦出來的時候，臉色都有些難看。

沈錦看了一眼根本沒在意，只覺得這兩個人有些蠢，也不想想現在站在誰的地盤，就敢甩臉給她看，就算她當初以郡主之身嫁進來的時候，也絲毫不敢擺架子。

這兩個人不認識沈錦，他們開始還以為是永甯伯接見，誰想到走出來的竟是個弱女子，他們不是第一次替聖上頒旨，可是這樣的待遇還是第一次。

安平等沈錦坐下後，先給沈錦倒了茶水，才說道：「夫人，這兩位就是京裡來的大人。」

沈錦挑眉看了兩人一眼說道：「兩位大人來得有些遲了。」

「吉時都過了，就算我有心接旨，也不敢接，這可是對聖上的大不敬，讓父王知道，可是要罵我沒規矩的。」沈錦來了這邊以後，第一次提起瑞王就用在這種時候。「行了，回去吧，明早再來，可別再遲了。」

沈錦的神色像是在叮囑和擔憂，可是話裡的意思卻是他們不是不接旨，而是這兩個人把吉時耽誤了不能接，和他們沒有絲毫關係，沈錦說完就起身回去了。

這一番話下來，連個反應的機會都沒給這兩個使者，趙嬤嬤更是高看了沈錦不少，不愧是京城裡的郡主，這氣勢倒是足得很。

誰知道扶著沈錦的手往裡面走去的時候，趙嬤嬤就感覺沈錦的手冰涼，手心還冒著汗，發現這個事實的趙嬤嬤眼角抽了一下，她覺得一輩子可能都看不透這位夫人，明明聽說還在傷兵營照顧那些士兵，那裡缺胳膊少腿的、肚子開口的多了去，就連她看了也很不適。可是這位嬌氣的夫人，硬是一點事都沒有，還親手照顧了不少病人，滿是血的棉布也不知道洗了多少。

誰承想就這麼點小事，就嚇得手冰涼涼，還出了冷汗，她都不知道該怎麼說好了。

回屋後，沈錦又有些得意地說道：「嬤嬤，我剛剛怎麼樣？」

「夫人表現得極好。」趙嬤嬤選擇遺忘那冰涼涼的小手，說道：「夫人這般端著就對了。」

沈錦抿唇，想要繃著點，可是忍不住又露出笑容，臉上的小酒窩若隱若現的，就連眼睛都一閃一閃的。「我跟母妃學的。」

學的什麼？端著還是這樣的姿態？趙嬤嬤看著沈錦，想她接著說，誰知道就發現沈錦不準備再說了，而是去找了那些絲綢錦繡，她現在嫁妝裡能找到的布料就是這幾種，被人嫌棄不能包紮又不保暖的。「嬤嬤，妳說這個配上天青色，繡個扇套怎麼樣？我慢慢做，等到天氣熱了，夫君和弟弟一人一個。」

「老奴覺得極好。」好吧，趙嬤嬤只在沈錦身邊待不足一個月，她覺得比她前半輩子無奈的次數都要多。

後來趙嬤嬤和安平重新溝通後才知道，沈錦是在傷兵營表現得不錯，可是等一回屋，就又吐又哭的，還嚇得直哆嗦。

趙嬤嬤又覺得，估計這位夫人不是屬兔子，而是屬烏龜的，反應真是夠遲鈍了，被人打了半天才會慢悠悠伸出頭看一眼，而將軍？估計就是那龜殼了，敢打沈錦，先讓你嘗嘗疼痛的滋味。

第二天，將軍府倒是規規矩矩接了聖旨，不過楚修明臉色蒼白、一身藥味，還帶著點血腥味，像是傷得很重。而楚修遠根本沒有出來，按照沈錦的說法，就是楚修遠傷得更重，根本起不了身。

兩名使者心中不滿，可也不能逼著楚修遠不顧性命起身。

沈錦一直扶著「重傷」的楚修明，接完聖旨後，楚修明就被人扶進去休息了，由沈錦看著賞賜的東西一樣樣搬進了將軍府。

都是金銀珠寶，還賞了良田別院，就連沈錦都有幾套御造的首飾和不少布料，可是有用的一項都沒有，良田別院都是在京城，首飾布料沈錦根本不缺，金銀珠寶能看不能吃，他們需要的糧食藥材根本提都沒提。

沈錦看著一樣樣東西入庫，忽然問道：「糧草呢？」

使者知道沈錦的身分，昨天更是領略了沈錦的厲害，今日恭順了不少，說道：「糧草物資這些東西，聖上已經下令戶部準備，近期就會運往邊城。」

沈錦就算再不知事，也明白這個近期還真不好說，所以看向了使者。「然後呢？」

使者一臉疑惑，什麼然後呢？

「近期是什麼時候？」沈錦問道。

使者開口道：「下官不知。」

沈錦點點頭，使者剛鬆了一口氣，就聽見沈錦一派天真地說道：「那你寫信回去問問。」

問什麼？是問皇帝還是問戶部尚書？不管沈錦的意思是問誰，都不是他們能惹得起的好不好！

沈錦像是不知道在為難使者似的。「順便幫我給我父王、母妃和兩個出嫁的姊姊送幾封信，反正你們的奏摺也是要送回京城的。」

使者這是明白了，沈錦的意思是讓他們問皇上。

「而且我記得奏摺會比普通信快一些。」沈錦看使者臉色難看，就皺眉問道：「怎麼了？你們是不願意幫我忙嗎？」

其實沈錦皺眉一點也不可怕，反而有些可愛，畢竟她眼睛圓溜溜的又是稚氣未脫的樣子，可是在兩位使者眼中可絲毫不覺得，使者低頭恭聲說道：「聖上有命，讓我等辦完事後就火速回京。」

「寫信又不耽誤時間。」沈錦開口道。「來人，筆墨伺候兩位大人。」

話剛落，就見府中的下人已經把將軍府的大門關上了，然後搬桌子端筆墨紙硯，還很貼心地把紙鋪好。「兩位大人請。」

沈錦說道：「那兩位大人忙，我也進去給父王他們寫信了。」說完就直接轉身離開了，因為要接旨，所以她今日穿了伯夫人的正裝，根本走不快，就算如此兩位使者也不敢上前攔一步。

「伯夫人留步，不如我等回驛站了再寫？」使者提高聲音問道。

沈錦沒有回答，而是看向了趙嬤嬤，趙嬤嬤頭都沒抬一下，只是說道：「夫人一大早起來還沒用膳，老奴已經讓人備了紅棗小米粥。」

最近倒是有不少消息靈通的商人開始往這邊運送貨物，又有楚修明安排的人到周邊採購，將軍府的伙食倒是比前段時間好上不少，起碼沈錦不用看著他們每天吃馬肉了。

「好。」沈錦果斷把兩個使者拋之腦後。

安平並沒有跟著沈錦走，而是留下來看著兩位使者，臉上笑盈盈，態度恭敬地問道：

「不知兩位使者需要奴婢通知廚房準備午膳嗎？」

言下之意，不寫完想出去？怎麼可能。

沈錦回去的時候，竟然發現楚修明正坐在她院中，眼睛都瞪圓了，看著楚修明問道：「你怎麼會在這裡？」

楚修明挑挑眉，並沒有說話，倒是趙嬤嬤笑著說道：「老奴去催著點，讓廚房上菜。」說完就走了，因為邊城正在重建，很多地方都需要人手，所以就算是沈錦院中也沒幾個人，等趙嬤嬤一走，小院中就剩下了楚修明和沈錦。

這還是沈錦第一次和楚修明單獨在一起，心中有些緊張，見楚修明看著自己，雖然沒有開口，不過沈錦也看出了楚修明的意思。

沈錦在瑞王府能留在瑞王妃的身邊，討了瑞王妃的喜歡，就是因為她很會看人眼色，瑞王妃還沒開口，她就能把瑞王妃想要的或者需要的東西拿過來，瑞王妃最喜歡的茶水溫度、喜歡的飯菜口味，更是記得一清二楚。

開始的時候還會弄錯，後來就熟練多了，所以楚修明這樣的，沈錦溝通起來也沒障礙。

楚修明其實早就有所察覺，不過因為弟弟在場，他從沒有表現出來，今日倒是確定了，心中對沈錦在瑞王府的處境也有所猜測，這般有眼色和細心並不是天生就能有的，是長年累月下鍛鍊出來的。

沈錦身為瑞王庶女能練出這樣的本事，可見在瑞王府過的是什麼日子，而且楚修明已經聽王總管他們說了沈錦來邊城以後的表現，心中多少有些猜測，不過這些卻不好直接問出口，只等以後慢慢觀察就是了。
「坐下吧。」楚修明道。
「嗯。」沈錦應了一聲，這才坐到楚修明的身邊。
楚修明像是沒看出沈錦的小心翼翼，笑了一下問道：「剛剛那兩個使者可有為難妳？」
沈錦被楚修明那一笑晃了眼，開口道：「沒有，不過我讓他們寫信回去問問糧草什麼時候能送來，順便幫我給父王他們送幾封信。」像是徵詢楚修明的意見。「你覺得我做的對嗎？」
其實早有人把沈錦在前院的事情告訴了楚修明，他道：「妳都做了，如果我說不對呢？」
沈錦臉色一白，動了動唇。「那怎麼辦啊……」
「我開玩笑的。」楚修明看見沈錦的樣子，放柔聲音說道：「放心吧，妳做得很好。」
沈錦鼓了鼓腮幫子，想瞪楚修明幾眼又不敢，最後還是低著頭不吭聲了。
楚修明輕笑出聲，伸手按住沈錦的手，他的五指修長，比沈錦的手大了不少，一下子就能把沈錦的手全部包著，沈錦一慌，往外抽了抽手，卻發現根本抽不回去，而楚修明輕輕捏了一下，說道：「別氣。」
「沒有。」沈錦臉紅撲撲的，雖然抬起頭，可是眼睛都不敢落在楚修明的臉上。
「那妳準備給岳父寫什麼呢？」楚修明問道。
沈錦這才說道：「要東西。母妃說過，若是我缺什麼東西可以寫信回家，他們會給我送來的。」話裡帶著小得意。「我想要一些補藥、香料，還要告訴他們我吃不慣這邊的東西，讓他們寄點乾菜果乾蜜餞燻肉……我其實比較喜歡吃去年大姊夫送給母妃的那種火腿，有點甜還很香，不知道這次寫信給大姊，她會不會送來一些給我。」

楚修明聽著沈錦嘀嘀咕咕說個不停，沒有絲毫的不耐，反而帶了幾分興味。

「我覺得弟弟肯定也會喜歡那種火腿的。」沈錦怕楚修明覺得自己貪吃，就拉了楚修遠出來。「還有巴掌大的乾蝦，雖然有些鹹，可是很鮮……」

楚修明看著沈錦的眼神很柔和，等她停下來，就伸手捏了沈錦臉一下，果然手感很好，如果再胖點肯定更好。「快些長大吧。」

「啊？」沈錦的手終於從楚修明手裡解放了，捂著臉，一臉疑惑地看向楚修明。

楚修明卻沒有再說，而是看向拎著食盒帶著丫鬟站在外面的趙嬤嬤。「扶夫人進去更衣吧。」

趙嬤嬤把手裡的食盒交給了身邊的丫鬟，道：「是。」

丫鬟們見楚修明點頭了，進來開始擺放飯菜。

第七章

沈錦經過這次的交流，覺得楚修明為人很溫柔，對她也很好，想到楚修明握著她的手，小臉一紅，咬了下唇，眼中露出幾許羞澀，趙嬤嬤把這些都看在眼裡，臉上更多了幾分笑意，說道：「今日將軍特意吩咐廚房蒸了發糕，老奴去瞧了，裡面不僅放了棗子還有一些核桃仁呢。」

「真的有發糕嗎？」沈錦眼睛一亮，倒是忘了羞澀。

趙嬤嬤眼角抽了一下，難道重點不應該是將軍特意吩咐的嗎？

「是的。」趙嬤嬤動作利索地幫著沈錦去了頭上過多的髮飾，說道：「將軍特地著人買的核桃仁，夫人昨天不是說想吃核桃仁嗎？」

「那裡面有葡萄乾嗎？」沈錦接著問道。

趙嬤嬤拿著衣服的手頓了一下，說道：「有的，將軍知道夫人喜歡吃，交代過廚房，裡面放了葡萄乾。」

「太好了。」沈錦滿臉笑容，拿過衣服就自己開始換，還催促道：「那嬤嬤快點，發糕熱呼呼的才好吃，當初我在京城吃了幾次，可惜母妃不愛這東西，我都沒吃過幾次呢。」

這次趙嬤嬤不僅眼角就連嘴角都抽了抽，她覺得將軍大人等夫人長大的路途還很遙遠，也不知她什麼時候才能抱上小主子？總有一種遙遙無期的感覺。

在幫沈錦換完最後一件衣服時，趙嬤嬤才說道：「夫人，老奴有句話不知當講不當講。」

沈錦看著趙嬤嬤的樣子，說道：「嬤嬤請說。」

趙嬤嬤思索了一下才說道：「老奴剛剛在外面，倒是聽到了一些夫人的話，老奴知道夫人一心為了將軍著想，才想著給京中寫信，要東西來緩解邊城的情況。」

沈錦咬了下唇，低聲問道：「我做錯了嗎？」

「夫人是一片好心。」趙嬤嬤伺候了沈錦一段時間，也明白她心思簡單，還真沒別的意思。「可是別人聽了，萬一覺得夫人是吃不了苦或者是嫌將軍府……」話並沒有說完，意思卻很明顯。

沈錦臉色一白。「我不是這個意思。」

「老奴知道。」趙嬤嬤安慰道：「夫人以後多注意一些就好。」她是真心誠意為了沈錦著想，才會提醒這些的。

沈錦也明白，點了點頭。「我懂了。」

「夫人還是與將軍解釋下好。」趙嬤嬤低聲說道：「不管別人怎麼看，只要將軍明白夫人的心意，才是最重要的。」

「好。」沈錦不是不知好歹的人，心裡明白趙嬤嬤的一番好意，她並沒有說什麼，但是心裡記得趙嬤嬤對她的照顧，只等以後有了機會再報答。

趙嬤嬤重新弄水伺候了沈錦清洗，見看不出任何異常了才扶著沈錦出去。

因為楚修明就坐在院子裡沒有動，所以飯菜就直接擺在石桌上，不過因為沈錦沒有出來，都沒有打開而已。

此時見到沈錦和趙嬤嬤出來，丫鬟這才掀了蓋子，一一擺放整齊，楚修明並沒有讓人留下伺候，而是等東西擺放好就讓人離開了。

沈錦吃到了心心念念的發糕，確實如趙嬤嬤所言，裡面放了紅棗、核桃仁和葡萄乾，還多了一些奶香味，味道很好，而小米紅棗粥也熬得軟糯，小菜都格外可口，沈錦雖然有心事，可是吃到喜歡的，眉眼都舒展開了，就沒停過筷子。

楚修明雖然不愛吃甜食，可不知是看著沈錦吃得香還是今日做得好，甚至比平時還多用了一碗粥。

等吃完以後，守在外面的丫鬟來收拾東西了，沈錦才想到趙嬤嬤的提醒，咬了咬唇，偷偷看了楚修明幾眼，見他神色還不錯，看起來心情挺好，才開口說道：「夫君，我讓母妃他們寄東西，是因為我嘴饞，沒有別的意思，你不要多想……如果、如果你不喜歡，我就不要那些東西了，不過補藥這些……邊城這邊一時弄不齊全，聖上也不知道什麼時候才會給……」

沈錦有些語無倫次地解釋起來，臉上帶著不安，楚修明先是愣了一下，才覺得有些無奈和好笑，等沈錦不知道該說什麼了，才用手指彈了一下她的額頭，說道：「放心吧，妳夫君沒那麼小心眼，想要什麼儘管要，有個胳膊肘往家裡拐的媳婦，我開心還來不及的，怎麼會生氣呢？」

「真的？」沈錦眼睛都亮了起來。
楚修明又彈了她額頭一下。「不許質疑夫君的話。」
沈錦這才後知後覺地捂著額頭，皺了皺小鼻子說道：「會疼啊……不要彈。」
「誰讓妳小腦袋想東想西的。」楚修明雖然這麼說，也知道自己剛剛沒用力，還是伸手拿下沈錦的手，給她揉了揉。「好了，去寫信吧，記得妳說的火腿啊、乾蝦一類的不要少了。」
「好。」沈錦笑得眼睛彎彎，格外的可愛，起身說道：「嬤嬤，我們回去。」
「我找趙嬤嬤交代點事情。」楚修明開口說道。
沈錦皺了皺眉頭，看向了趙嬤嬤，趙嬤嬤笑著說道：「夫人先回去，老奴一會兒就去伺候夫人。」
其實沈錦不是怕沒有人伺候，她是有些擔心，此時聞言點了點頭，這才離開。
楚修明見沈錦的樣子，並沒有說什麼，等沈錦離開了，才看向趙嬤嬤說道：「嬤嬤，我讓妳留在夫人身邊，是好好照顧夫人的。」
趙嬤嬤一下子就明白了楚修明的意思，這是猜到剛剛回去自己和夫人提了寫信的事情。
「我覺得夫人現在這個樣子就好，嬤嬤以後多照看著，不讓夫人被人欺負了就行。」楚修明提點道。
「老奴明白。」話說到這裡，趙嬤嬤還有哪點不明白的，將軍喜歡夫人現在的樣子，所以不需要過多指點夫人，只要看著不讓人欺負了夫人就是。

趙嬤嬤揣摩著將軍的心思說道：「夫人實在太過懂事，讓人看了心疼。」

楚修明贊同地點頭。「明事理就好，妳瞧著夫人平日有什麼喜歡的嗎？」

趙嬤嬤低著頭，果然這話合了將軍的心思，好吧，只當是養女兒吧，反正將軍喜歡這個調調。「老奴瞧著夫人挺喜歡動物的，聽安平這丫頭說，當初夫人還養了幾隻兔子，後來因為戰事……就把兔子送給傷患補身體了。」

楚修明應了一聲，站起身說道：「我知道了。」頓了頓，他像是和趙嬤嬤說，更像是在自言自語。「畢竟這算是楚家欠她的，以後還不知道是什麼情況，勝了自然好，敗了的話……總歸讓她過得自在一些吧。」

看著楚修明的背影，趙嬤嬤嘆了口氣也沒說什麼，心裡卻已經懂了將軍的意思，想了一下，去廚房端來一碗洗好的紅棗，這才進了屋。誰知沈錦並沒有在書房寫信，而是在屋中坐著，見了她才嬌聲說道：「嬤嬤，妳快幫我找找那種梅花灑金的紙放在哪裡了，我都找不到。」

這個傻夫人，趙嬤嬤知道沈錦是擔心自己才一直等在這裡，可是偏偏找的藉口這麼粗糙，她都不忍心拆穿了，只說道：「那老奴去幫夫人找，夫人先吃幾顆紅棗。」

「好。」沈錦應了下來後，就往書房走去。「母妃為人風雅，所以需要用梅花灑金紙來寫，我前段時間用乾花做的書籤呢？找出來裝到錦盒裡，送給母妃當禮物就是了。」

趙嬤嬤覺得這禮太薄，說道：「不如再添一些首飾？雖然沒有京中的精緻，卻也別有趣味。」

沈錦想了一下說道：「也好，一會兒我去選幾樣給母妃她們做禮，母妃最喜素雅了，不過大姊喜歡珊瑚，所以給母妃的禮裡面加幾樣珊瑚的，姊妹們就不送了。」

「其實將軍征戰多年，奇珍異寶並不少。」趙嬤嬤聽著沈錦的話，委婉地勸道，她是聽出沈錦的意思了，給大姊的禮物併在了母妃那裡。

沈錦笑道：「嬤嬤，我心裡有數的。」

趙嬤嬤想到楚修明的話，也就沒有再勸。「那瑞王爺呢？」

「我記得夫君不是殺了幾個什麼蠻族的首領嗎？他們不都是有貼身的佩刀？選一柄送去就是了。」沈錦笑盈盈道：「父王一定會喜歡的。」

趙嬤嬤一想也是，男人都是尚武的，這是來自敵人手中的戰利品，送給瑞王爺也算合適，不過心裡倒有些懷疑，莫不是因為這刀是戰利品而不是需要花銀錢買的，夫人才選了這樣的東西？

「再選一把送給聖上。」沈錦開口說道。

趙嬤嬤把放在書桌右上角的梅花灑金紙鋪好，說道：「還是夫人想得周全。」

沈錦笑起來的樣子有些小得意，說道：「反正那些東西放在庫房不僅占地方，還要費功夫保養留著不划算，不如送到京城換些實用的來。」

趙嬤嬤雖然猜到了沈錦的心思，可是沒有絲毫的得意。

沈錦接著說道：「弟弟前幾日還抱怨夫君又把這些東西拿了回來，如今庫房裡的刀也太多了，也是夫君打仗太厲害了，要我說啊，逢年過節還有萬壽節的時候，就送一把過去就好。

「除了佩刀，我聽說還有什麼鉞、斧之類的，每年送幾樣，再配上一些別的就夠了。」沈錦對這種事情很會精打細算，在瑞王府中人情往來多著呢，不過陳側妃和沈錦又不像是許側妃那兒，動不動就有王爺的賞賜，而且陳側妃的家世只能說一般。

不管是出門見客還是府中宴客，衣服首飾都是不能重複穿用，否則傳出去會被笑話的，那時候沈錦還沒得瑞王妃的照看，東西都是王府分例而已，這些分例在普通人家已經算是奢侈了，可是瑞王府這樣的環境，哪裡夠用。

等沈錦大一些，陳側妃就省下自己的那份給沈錦，這才讓沈錦堪堪夠用，還不能像沈梓她們一樣頻繁出去，陳側妃經常把舊首飾重新改動一下，衣服什麼也是如此。

沈錦把這些都看在眼裡，格外心疼陳側妃，可是她們兩個誰都沒有辦法。

趙嬤嬤聽著沈錦絮絮叨叨，一邊寫信一邊說著以往的事情，沈錦口氣裡沒有一絲埋怨也沒有難受，反而帶著點小得意。「那次我把鐲子上的寶石去掉，然後金子重新熔了讓人打了簪子，她們都沒看出來，還誇我的簪子漂亮呢，所以啊，有些府裡用不到的，換個方式送出去……」

沈錦的聲音帶著一種軟糯的感覺，不需要刻意就像是撒嬌一樣，隨著她的話，趙嬤嬤總覺得像看見了一隻小松鼠不停地往家裡搬東西藏起來，而小松鼠身後，一頭坐在寶山上的獅子時不時甩甩尾巴，扔塊寶石出去，然後等小松鼠給搬回來，再扔出去、再搬回來……

沈錦準備送到京城的禮是不能隨著驛站走的，所以選好東西後，就寫了禮單和信放在一起，把信都封好，這才去淨了手，吃著紅棗。

這些紅棗並沒有提前去核，是沈錦特意要求的，她喜歡慢慢啃掉紅棗厚厚的肉之後把棗核含在嘴裡，不知是不是錯覺，沈錦總覺得那層果肉的味道更甜一些。

自從趙嬤嬤來了以後，沈錦就沒再吃到過帶核的紅棗了。就像是在京城瑞王府不管吃什麼水果都是廚房先切成小塊，用銀籤扎著吃，能吃到整個的也就是橘子、荔枝這類的，還很有講究，需用袖子擋著吐到手帕裡面，格外的麻煩，而且像是含著核這樣的行為，是絕對不允許的。

今日這紅棗竟然沒有去核，沈錦開始還以為趙嬤嬤忘記了，偷偷看了趙嬤嬤幾眼，見趙嬤嬤沒有注意去收拾別的東西，才眼睛瞇了起來，把棗核含在嘴裡，又拿了一顆紅棗繼續啃，然後左邊藏幾顆棗核，右邊藏幾顆棗核，不自覺地晃動著小腿，別提多美了。

趙嬤嬤看在眼底，收拾筆洗的手一頓，如果不是將軍今日特地提了，恐怕沈錦依舊吃不到這樣的紅棗。

不過看著沈錦吃一顆，就偷偷瞟她一眼，她稍微一動，沈錦的嘴馬上就不動了，就連腳上綴著小珠子的繡鞋都不晃了的緊張樣，趙嬤嬤絕不會承認她故意在沈錦面前多走了兩圈這件事的。

「夫人，含得差不多就吐了吧。」趙嬤嬤在離開書房去給安平開門前忽然說道，然後看了一眼少了一小半的碗。「開始的那幾顆應該已經沒甜味了吧。」

沈錦眼睛瞪圓了，小嘴微張了下又馬上閉上，下意識地舔了舔棗核，呆呆地看著趙嬤嬤離開。

等趙嬤嬤帶著安平進來的時候，就見沈錦臉紅撲撲的，棗核都被吐到一個巴掌大的碗裡，和裝著紅棗的碗並排放在書桌上。

不等趙嬤嬤她們說話，沈錦就主動開口問道：「安平，他們奏摺寫好了嗎？」

安平並不知道書房剛剛發生的事情，說道：「並沒寫好，奴婢讓人給兩位大人送了飯菜，此時兩位大人正在用飯。」廚房剩下的那些馬肉醃得太鹹，沒有人願意吃，正好燉了燉給那兩位使者和他們帶的下人送去了。

沈錦皺了皺眉說道：「怎麼這麼久，我都寫了六、七封信了，他們一份奏摺都沒寫完。」

安平笑道：「怕是兩位大人不知如何下筆才好，畢竟他們剛到邊城，不瞭解這邊的情況。」

沈錦想了一下說道：「也對，欺君是大罪，若是亂寫了他們也是要擔責任的，這樣吧，嬤嬤妳去問問夫君，他那兒有沒有文采好一些的下屬，讓他們寫一份給兩位大人，兩位大人稍作修改抄寫一遍就是了。」

趙嬤嬤恭聲應了下來，其實她還是小看了夫人，雖然夫人在小事上迷糊，可是大事上倒是分得清楚。「老奴這就去。」

沈錦趕緊點頭說道：「嬤嬤順便讓人給兩位大人傳個話，我一會兒睡醒了就去看他們。」

「是。」趙嬤嬤應了下來，見沈錦沒有別的吩咐才退下。

沈錦聽見關門聲，鬆了一口氣，對著安平招了招手說道：「快來，今日的棗可甜了。」

安平笑著說道：「夫人怎麼一臉心虛？」

「我沒吐棗核被嬤嬤發現了，不過安平妳來得真是時候，我又把嬤嬤給支了出去，等到晚上嬤嬤就把這件事忘記了，不會再念叨我了。」沈錦有些得意地說道。

安平可不覺得趙嬤嬤會忘記，再說這棗核真的不是趙嬤嬤特意留下來的嗎？

趙嬤嬤默默收回了準備敲門的手，她還沒出屋門就想起忘記拿沈錦寫好準備通過驛站寄出去的信了，誰知竟然聽到了這些，果然還是不該對夫人抱太大的希望嗎？默默地嘆了口氣，趙嬤嬤覺得還是一會兒讓個小丫頭來取吧。

因為趙嬤嬤不在，沈錦和安平愉快地把剩下的紅棗分吃完了，安平伺候著沈錦漱了口，忍不住問道：「我聽說每次科舉後，狀元、榜眼和探花都會簪花遊街？」

「是啊。」沈錦換上了柔軟的睡鞋，抱著被子坐在床上。

「多講講吧。」安平雖然穩重，可是實際年紀並不大，從沒去過京城，對這些好奇也是應該的。

沈錦換了個姿勢，安平給她後背塞了個軟墊，讓她能更舒服地窩起來，可是沈錦偏偏不開口，眼神往身後的軟墊上掃了掃，安平無奈地說道：「我明天就幫您縫個大靠墊出來，就按照您上次說的，又厚又軟，靠著能讓人陷進去的那種。」

「好。」沈錦這才說道：「其實我就看過一次，是我大姊帶著我去的……」

門口楚修明制止了要去通報的趙嬤嬤，比劃了一個安靜的手勢後，自己去旁邊搬了個小圓椅子，就坐到沈錦臥房的門口。其實沈錦和安平的聲音並不大，不過楚修明耳聰目明，又因為練武的關係更是敏銳，把她們的話聽得一清二楚。

趙嬤嬤眼角抽了抽，看著面無表情還一派大方坐著偷聽的將軍，她覺得有些對不起早逝的老爺和夫人。

「狀元真是個老頭子？」安平追問道。

沈錦使勁點頭。「我當時也嚇住了，那麼老就算考上狀元了，又能當多久的官？不過那家店做的雞肉很好吃，好像先用油炸過然後再炒的，帶點辣味和甜味，可惜大姊不讓我多吃辣的，又說外面的東西不乾淨，一盤菜只吃了幾筷子，很浪費的……」看著安平的表情，有些無奈地說道：「喔，好吧，接著說狀元，他的鬍子都白了。」

安平滿臉好奇。「那榜眼呢？不可能還是老頭子吧？」猶豫了一下才問道：「那道炒雞真的很好吃嗎？」

「嗯。」沈錦毫不猶豫地說道：「我覺得那道菜裡面可能加了蜂蜜，真的很不錯，可惜姊姊她們都沒吃……榜眼啊，我沒什麼印象啊，不過我記得探花，聽說探花一般都是選最英俊的。」

「真的很英俊嗎？」安平追問道。

沈錦是真的記不清楚了，再說她坐在二樓，又不能趴著窗戶看，還要趁著大姊沒注意到，多吃幾口帶著辣味的雞肉。「應該吧。」

安平聽見沈錦的話，問道：「那和將軍比呢？」

沈錦毫不猶豫地說道：「當然是將軍了。」

門外光明正大偷聽的楚修明眼中露出幾許笑意。

「我沒看清楚那個探花的樣子。」沈錦在綿軟的靠墊上蹭了一下，說道：「不過，我覺得將軍和我想像中不一樣！」

楚修明不自覺坐直了腰。

「我還以為將軍虎背熊腰、目如銅鈴滿臉鬍鬚，皮膚黝黑面容猙獰……」沈錦把所有聽到的謠言篩選總結了一下。「脾氣暴躁以殺人為樂，每日要飲異族鮮血三大杯，生吞鮮肉，偶爾還會嚐嚐人肉……」

趙嬤嬤聽得斷斷續續的，她不著痕跡地往旁邊走了兩步，離楚修明稍微遠一些，下次還是提醒一下夫人，不要在背後提任何人的名字好，這一天就提了兩次，還都被當事人聽到了，什麼運氣。

而楚修明倒是一臉沈思，自己的嬌娘子形容的真的不是野史雜記中的妖魔鬼怪嗎？

「夫人您怎麼會這麼想？」安平一臉驚訝。

沈錦無辜地和安平對視，說道：「我聽到的比這些還多呢，什麼永甯伯府中的椅子下面墊的都是人頭骨，永甯伯最喜歡一人多吃……」

安平聽著聽著，竟漸漸被吸引了，而屋門口的楚修明已經聽到沈錦開始講京城中提起永甯伯的名字能使得孩童止啼，就差沒把他的畫像貼在門上當門神驅鬼鎮宅了。

沈錦正說到楚修明孤身夜闖土匪窩，大吼一聲後所有土匪被嚇得跪地求饒哭嚎不止，他手提一把大刀連砍七百八十六個人頭，就連剛出生的嬰兒也沒放過……

敲門聲忽然響了起來，把沈錦和安平都嚇了一跳，只見臥室的門被緩緩推開了，一身錦袍的楚修明就站在門口，還有表情格外糾結的趙嬤嬤。

楚修明走了進來，先是看了安平一眼，安平馬上站起來，行禮說道：「將軍。」

沈錦只穿了粉色的小衣在被子裡面，她看了看楚修明又看了看趙嬤嬤，唇動了動，問道：「夫君，你什麼時候過來的？」

楚修明沒有回答，而是看向了趙嬤嬤，趙嬤嬤說道：「夫人早些休息，老奴先告退了，老奴會把夫人的信送給兩位京裡來的大人，保證讓信和奏摺一併寄走。」

安平也反應過來了說道：「奴婢告退。」說完就和趙嬤嬤一起退下了，還貼心地關上房門。

沈錦簡直快要哭出來了，楚修明看著整個人都快縮進被子裡面的沈錦，伸手摸了摸她的頭，說道：「既然聽說我這麼可怕，妳為什麼還要嫁過來？」

「不能不嫁啊……」沈錦抽抽鼻子，小心翼翼看了楚修明一眼，發現他並沒有生氣，又看了幾眼確認了一下，這才偷偷往外挪了挪，把腦袋、小脖子和小肩膀露出來，壯著膽子問道：「你什麼時候在門口的啊？」

楚修明側身坐在床沿，也就是這個小傻子會在這時候還實話實說，就像是她說的，嫁給他純屬無奈，是不得不嫁，不過雖然是實話，可是聽起來真不舒服，伸手敲了一下沈錦的額頭，才說道：「從狀元遊街。」

這不是一開始！沈錦瞪圓了眼睛，譴責地看著楚修明，怎麼能偷聽人說話這麼久啊，明明看著是翩翩君子的樣子，怎麼能使這小人行徑！

沈錦雖然沒說出口，可是臉上明明顯顯把想法都表露出來，楚修明忍不住伸出手指，戳著她的額頭，硬生生把她按回床上，使得她眉心中間多了一個紅色的指印，不疼但是感覺有些奇怪，沈錦傻傻地看著楚修明。

「閉眼。」楚修明開口道。

沈錦下意識閉上了眼睛，楚修明的聲音很好聽。「等妳睡醒了，再和安平她們講我如何夜闖土匪窩連殺七百八十六個人。」

紅暈染上了沈錦的臉頰，她兩手抓著被子，閉著眼睛往被子裡面縮了縮，背後說人傳聞還被當事人聽見的感覺好羞恥啊……

「對了，一個人就算是不停揮刀，也不可能一夜之間砍下七百八十六個人頭，不說人會累，就是刀刃都會倦。」楚修明站在床邊，終於不再為難沈錦了，他怕再說一會兒，沈錦不是把自己憋死在被子裡就是被羞死了。「而且七百八十六個人的土匪窩，我一個人是不敢闖進去的。」說完楚修明輕輕捏了一把沈錦的臉，細心地拉下了床幔這才離開。

沈錦聽見了關門聲，這才一點點挪出被窩，眨了眨眼睛，伸出手摸了摸眉心的地方，又摸了摸自己有些燒的耳朵，將軍的聲音真好聽……不過他為什麼一直提七百八十六這個數字呢？難不成是不滿自己才說了七百八十六個？

爬起來把軟墊抽出來扔到一邊，這才重新鑽進被子裡面，打了個哈欠有些迷迷糊糊地想，將軍會來是表示對她今日的滿意吧，所以到底滿意什麼？仔細回想了一下今日的事情，所以說將軍是覺得她對使者的安排是對的？

第八章

這次沈錦是睡到自然醒的，守在外面的趙嬤嬤聽見動靜後，就吩咐安平去小廚房端了溫著的羊奶，裡面加了杏仁去腥氣，邊城的日子緩過來後，將軍府的伙食也上來了，沈錦也恢復了每日可以點菜的日子。

一小碗羊奶喝下去，沈錦才下了床，因為太陽已經開始下山，趙嬤嬤又拿了一件披風給沈錦裹上，這才悠然往前院走去。

兩位使者還沒有寫完，也不知道是下人的疏忽還是別的原因，竟然沒有人給他們準備椅子，從早上站到現在，這兩個人都有點撐不住了。

見到沈錦臉色都不好看，甚至有些屈辱的表情，沈錦先看了看放在一邊涼透了的四菜一湯，這四道菜可都是葷菜，唯一算素菜的是白菜炒肉，可是根本沒被動幾口，皺了皺眉頭道：「你們的奏摺寫好了嗎？」

「郡主，就算您這般折辱下官，下官也不會屈服的。」一位使者說道，另外一位雖然沒有說話，可是面上是贊同的。

沈錦道：「不要叫我郡主了，出嫁以後，你們可以稱呼我伯夫人。」

「伯夫人，您不要顧左右而言他。」使者沈聲說道。「等我們回京後，一定據實稟告聖上。」

沈錦疑惑地看了眼情緒激憤的兩人，思考了一下也沒覺得自己哪裡折辱慢待了他們，都有四菜一湯和米飯呢，前段時間他們三個人才吃兩道菜、一道馬肉一道鹹菜。

京城來的文官，真是不能吃苦，沈錦心中嘆了口氣說道：「邊城苦寒，四菜一湯你們還不滿足嗎？」

「算了，既然不想吃就撤下去吧。」沒等他們開口，沈錦就說道：「對了，兩位的奏摺還沒寫好嗎？」

「妳……」使者簡直要氣瘋了，沈錦看著他們的眼神就像是看不懂事挑食的孩童一樣。

「這東西是人吃的嗎？又酸……」

下面的話在所有將軍府下人的注視下默默地嚥了下去，將軍府這些下人可和京城來的不一樣，不管男女都是上過戰場，是真真正正見過血的。

沈錦臉色沈了下來說道：「放肆！府中上自夫君下至守衛，吃的都是這個。」

永甯伯吃的是這個？兩個使者對視一眼，明顯都不相信，沈錦倒是真的動怒了，看了一眼旁邊的冷菜冷湯，扭頭望向趙嬤嬤問道：「我不是讓夫君的下屬寫一份供兩位大人抄寫嗎？」

趙嬤嬤面色平靜地說道：「老奴親手送給了兩位大人，就在書桌左上角放著，下面還壓著夫人給瑞王爺他們寫的信件。」

沈錦看了看面如鐵色的兩位使者，想了一下說道：「我明白了。」

妳明白什麼？不僅是兩位使者一頭霧水，就連趙嬤嬤她們都鬧不明白沈錦到底在說什麼。

「也怪不得你們不願意寫，我聽母妃說過，文人都有所謂的風骨，你們是不願抄寫別人的文章。」沈錦此時明白了自己失誤之處，態度極好地說道：「是我思慮不周，不過你們不該浪費糧食的。」

兩位使者簡直一口老血要噴出來了，重點根本不是他們不願意抄，而是他們不願意寫，寫了就等著回去被皇帝收拾吧，可是看著沈錦一臉誠懇的樣子……真是氣悶啊，他們真是領略了一把在朝堂上把那些武將堵得說不出話的感覺，如果沒被氣死，能活著回去，他們以後一定對那些武將好點。

「算了，安平讓人送兩位回客棧……」沈錦記得這些京裡來的人因為嫌棄驛站條件不好，就搬到客棧住了，她聽趙嬤嬤提過一嘴，但是真沒記住名字，所以就含糊了過去。

兩位使者還以為沈錦真心悔悟，頓時眼睛一亮。「伯夫人，常言道知錯能改善莫大焉。」

「是的。」沈錦很贊同地點了點頭。「既然你們也覺得浪費糧食不對，那安平讓人把這四菜一湯收拾好了，一併給兩位大人送去，兩位大人可不要浪費了。」

安平聽完，很快就帶著小丫鬟開始收拾，還貼心地選了幾個虎背熊腰的大漢來護送兩位使者及使者帶來的人，雖然人數比不過京中來的士兵，可是邊城這些經歷了無數戰鬥的士兵，一個最少能解決京城的五個，再說這可是邊城全民皆兵，一揮手瞬間小販變士兵。

沈錦接著說道：「麻煩幾位了，一會兒你們在客棧多等一下，等兩位大人寫完了奏摺，連帶著我給家裡寫的信一併送到驛站。」

「夫人放心，這等小事就交給我們了。」侍衛首領一臉嚴肅地說道。

沈錦嘆了口氣。「也是我剛剛想得不夠周全，使得兩位使者受了委屈，你們只當幫我賠罪吧。」說完就看向安平。「拿幾兩銀子給幾位侍衛，當我請諸位吃酒了。」

安平脆生生地應下來。「夫人放心吧。」

沈錦想了一下，覺得自己思考得很周全了，再沒有別的問題就說道：「那就這樣吧。」

書房裡聽完下人稟報的楚修明和楚修遠臉上都有些哭笑不得，怕是沈錦自以為體貼的安排，會讓那兩個使者恨透了她。

楚修遠開口道：「哥，你回來之前嫂子也沒有這麼……」這麼什麼？他竟然找不到一個詞來形容。

楚修明微微垂眸，寫下最後一個字，這才停了筆放到一旁，如果不是手上的繭子，這根本不像一個武將的手，更像是家中嬌養出來的貴公子的手。「那是因為她不說話而已。」

楚修遠想了一下，還真是這麼回事，在楚修明回來之前那段時間，沈錦和他說過的話五根手指都數得出來，他對這個嫂子的印象到現在才真正鮮活起來，以前？他只記得默默地縮在丫鬟身邊的那一團。「不過嫂子瘦了不少。」

瘦了不少？楚修明想到中午時候那細滑柔膩的手感，若是再胖一些的話會更加軟綿吧，晚些時候問問趙嬤嬤，怎樣才能把小嬌妻養得胖……是養得健康一些。

楚修遠看著兄長一臉沈思的樣子，想了想他剛才也沒說什麼難解的問題。「哥，你想什麼呢？」

自己這個小娘子好像有些怕冷，府中有幾張白狐皮，好像不夠做一身衣服的，等今年入冬了再去打幾張皮子或者互市開了和人交換一些來，被毛茸茸、白乎乎的皮毛包裹起來的小娘子……

楚修明眼神閃了閃，神色絲毫不變，平靜地說道：「晚上讓廚房烤隻兔子吃吧。」

因為楚修明說得有些晚了，廚房並沒有提前準備好兔子，所以晚餐時沈錦吃到了烤雞，肉質鮮美不說還帶著一絲絲甜味，沈錦吃得眼睛都瞇起來了，不過她的吃相很秀氣，就算直接拿著整隻雞腿啃，也不會弄得自己滿臉是油，最重要的一點，她吃得很快。

楚修明就看見沈錦小口小口地啃著雞腿，臉頰一鼓一鼓的，吃了一隻雞腿兩隻雞翅膀後，有些猶豫地看了看另一隻雞腿，想了想才拿過一旁安平備好的帕子擦了擦嘴，又就著醃菜喝了一小碗粥。

「吃飽了？」楚修明和楚修遠面前也擺了烤雞，不過比沈錦的這隻大了不少，就像是雞爸爸和雞兒子的區別。

沈錦滿足地點點頭。「吃不下去了。」

楚修明也看出來了，否則按照沈錦的樣子，一定會把整隻雞給啃掉，所以他直接把沈錦面前的盤子端了過來，把雞腿分給了楚修遠後，自己把被沈錦嫌棄的雞胸脯一類的部位給吃了。

沈錦臉紅撲撲的，看著楚修明的樣子，忽然說道：「其實我覺得自己還能吃下一塊雞皮。」

雞皮才是整隻烤雞最好吃的部分，沈錦期待地看著楚修明，自從今日被楚修明偷聽了她和安平的談話又沒有懲罰她後，沈錦膽子就大了不少，就像是一隻被養熟了一些的貓，不再小心翼翼的，反而伸出爪子撓一下，繼續撓，直到主人寵愛地摸摸頭以後……作威作福的日子就來到了！

而楚修明沒有意識到嗎？他早就看出了沈錦這點小狡猾，畢竟她剛到邊城也是這樣的，不過這其中有沒有楚修明故意縱容、或者給沈錦製造機會就不得而知了。

楚修明挑眉看了沈錦一眼，他的眼睛很漂亮，有一種清冷的味道，靜靜看著一個人的時候，就像是天地間能入他眼的唯你一人，眼神掃了掃沈錦的小肚子，沈錦不由自主地挺直了腰收了收肚子，然後屏息看著楚修明。

「哈哈哈！」笑聲從楚修遠那兒傳了出來。「嫂子……」

就連屋中的丫鬟都忍不住露出笑容，沈錦有些迷茫地看向了楚修遠，倒是錯過了楚修明嘴角難得一見的笑容，清淺而短暫，卻如第一縷陽光照在冰面。

沈錦看著笑個不停的楚修遠，又看了看氣質高潔像是不食人間煙火，其實已經吃了兩隻半烤雞的楚修明，紅嫩的唇嚅動了一下，委屈的眼神看向趙嬤嬤，可是趙嬤嬤還在因為楚修明的那個笑容驚訝，根本沒有注意到沈錦，這下沈錦更委屈了，只能看向安平。

安平剛想提醒，就見沈錦憋不住氣了，然後一口氣呼了出來，小肚子也繃不住了，因為憋了半天氣，她的臉頰滿是紅暈，就連眼睛都變得水潤潤的。

還是反應過來的趙嬤嬤，看著沈錦被欺負的可憐樣子，良心發現地說道：「夫人，您不是特地吩咐廚房給兩位爺燉了湯嗎？不如老奴現在讓他們端上來？」

「好。」沈錦趕緊應了下來，然後說道：「我問了廚房，正巧有……」趙嬤嬤把湯端上來後，沈錦還親自動手給他們兩個人盛了。「我母妃告訴我的，這些東西都很有營養，燉了湯最是養人。」

楚修遠嚐了一口，眼角都抽了，這湯不能說難喝，但是味道真的很奇特，根本形容不出來。

楚修明倒是姿態優雅地一勺一勺喝了起來，等他喝完，沈錦又盛了一碗，還很熱情地看向楚修遠，楚修遠畢竟沒有楚修明的定力，喝得越發慢了起來，就算不難喝他也不願意喝這麼奇怪的東西，所以沈錦很可惜地只給楚修遠續了半碗。

不過再多的沈錦沒讓他們喝，沈錦笑得格外可愛說道：「過猶不及，改天我再給你們燉湯喝。」

楚修明喝完最後一口才放下勺子，沒有說話只是點了下頭。楚修遠有心拒絕，可是看著沈錦的眼神又不忍心，抱著反正喝不死，還有兄長陪著受罪的心態，說道：「那就麻煩嫂子了。」說出這句的時候，心簡直在滴血。

因為沈錦晚上吃得有些多了，所以回去的時候趙嬤嬤陪著她慢慢走，說道：「夫人，其實有些東西雖然很滋補，但是放在一起……」

「放心吧嬤嬤。」直到出來了沈錦才想起她今日穿的是一條高腰襦裙，根本看不見小肚子好不好。「我當初給父王燉補湯前特地問過太醫的，太醫說這些東西都是溫性的，不會讓人虛不受補。」

趙嬤嬤也知道，否則不會讓沈錦亂燉了東西給楚修明和楚修遠喝，不過那些又酸又澀又苦又鹹又腥的東西加在一起能好喝嗎？

「除了味道難喝了點，沒壞處。」沈錦很自然地說道。

趙嬤嬤看向沈錦，很想說——「妳也知道味道難喝？」

沈錦並沒有隱瞞的意思，很坦白地說：「我到母妃身邊後，每次許側妃和她的孩子讓我母親受了氣，我就會趁著父王來母妃這邊用飯的時候，親自下廚燉了補湯給父王。」

「……」趙嬤嬤看向沈錦，她明白沈錦話裡母妃指的是瑞王妃，母親才是她生母陳側妃。

沈錦笑得天真燦爛，有些小得瑟和小驕傲。「父王和母妃都很感動，每次母妃都會勸著父王多喝幾碗的。」

趙嬤嬤本想問問瑞王妃嚐過那湯沒有，可是忽然想到沈錦在飯桌上就說了，這湯是瑞王妃教她的。「那許側妃呢？」

沈錦有些疑惑地看向趙嬤嬤問道：「我有父王、有母妃還有生母，為什麼要管許側妃呢？她對我又不好。」

更何況沈錦雖然不喜歡許側妃，可是從來沒恨過她，因為她覺得錯誤都在瑞王身上，說到底不過是瑞王納了母親，又和母親生下了她，卻沒有盡到一個男人和一個父親的責任罷了。

趙嬤嬤不再問了，她覺得把這件事埋在心底，反正除了味道差點，那湯確實養人，而且就算她說了，將軍領不領情還是另一回事。

不知為何，趙嬤嬤覺得看見一隻睡在豹子身邊的兔子，趁著豹子熟睡的時候，伸出爪子費力去撓了豹子幾下，然後趕緊閉眼滿臉無辜地裝睡，當裝睡變成真睡後，本該睡著的豹子才睜開眼，無奈又寵溺地舔舔夢中還得意晃來晃去的兔耳朵，伸出爪子把兔子撥拉到懷裡，繼續閉眼休息。

兩位使者被送出將軍府，就直接讓沈錦拋之腦後，因為剩下來就沒她什麼事情了，此時的沈錦正坐在書房，一邊和趙嬤嬤說話，一邊在紙上畫圖。「我覺得院子裡可以種兩棵桃樹和石榴樹。」桃子和石榴是沈錦比較愛吃的水果，桃花還可以釀桃花酒。

趙嬤嬤想了一下，覺得石榴和桃子的寓意都不錯，一個多子多孫，一個吉祥長久，讚道：「夫人眼光極好。」

沈錦畫了四個圈，分別寫上了桃和石榴。「這邊可以弄上些葡萄。」

趙嬤嬤點頭，葡萄的寓意也好，多子多孫……咦，她的眼神忽然微妙了一下，莫非夫人是想要孩子了？不過也有可能，安平也說過夫人喜歡那些小動物，多生一些也好，楚家太過人丁單薄了。

夫人的身子有些瘦弱，還是再補一補的好，生孩子的事情也不急，起碼等夫人再大一些……

「這邊挖個小池塘怎麼樣？」沈錦眼睛亮亮地問道，當初在瑞王府，她可就羨慕許側妃花園中的那個小池塘，裡面不僅養著魚，聽說還養了小烏龜，而沈錦想要看魚只能去大花園。

趙嬤嬤想了一下勸道：「冬日池水陰寒，恐對夫人身子不好。」

沈錦有些失望地應了一聲，不過也知道這是為了她好，就笑道：「沒關係，反正大花園也有。」而且府中會去看魚玩的也就沈錦一人，沒什麼區別的，不像是瑞王府，沈錦每次去都要揀著沈梓她們不會去的時候。

這麼一想，沈錦又滿足了。「那我可以把這塊地圈出來，然後養幾隻兔子。」

趙嬤嬤還真看不得沈錦失望的樣子，想了一下說道：「不如用過午飯，夫人問過將軍，說不定將軍有辦法。」

將軍曾說過讓夫人收拾東西，準備搬到那邊的院子住，沈錦見楚修明說完以後沒有再提也就沒當回事，可是趙嬤嬤卻記得一清二楚，再說按她對楚修明的理解，所有在乎的人或東西要放在眼皮子底下才會安心。

沈錦笑了笑，並沒有再提小池塘的事情，只是說道：「還不知道什麼時候能空出人手來修呢。」

蠻族圍城的時候，為了固守城門，能用的東西都用上，當時連家具都不知道毀了多少，更別提這些花草樹木了，沈錦屋中的東西是這段時間斷斷續續重新添置的，不管是用的料子還是樣式都沒沈錦陪嫁的那些精細。
沈錦並不會因為這麼點事情覺得委屈，畢竟她知道楚修明能在剛打完仗沒多久給她配齊了一屋子東西，也是費了不少力氣的，而且這些都是新打磨的，並非別人用舊的，她是一個知足的人。
「奴婢去送兩位大人的時候，到外面轉了一圈。」安平放下手中的活計說道：「瞧著已經修得七七八八了，估算著最遲下個月那些工匠就能來府中了。」
沈錦聞言就笑了起來，小酒窩看起來又甜又美。「那太好了，也不知喬老頭還會不會接著賣燒餅了。」
如果不是楚修明下令所有工匠先緊著邊城百姓的地方修補，將軍府也不會至今都淒淒慘慘的樣子。
安平笑道：「過幾日等喬老頭開張了，奴婢就去給夫人買些回來。」
沈錦果然笑得更開心了，趙嬤嬤心中則是估算著再給沈錦選個貼身的丫鬟，喜樂沒了以後，就剩下安平一人。
「其實開互市的時候，那邊新奇的吃食才多呢，我還見過人吃烤蟲子。」安平記得一清二楚，那時候她嚇了一跳。
沈錦瞪圓了眼睛，粉嫩的唇微微張著，有些驚奇又有些疑惑地說道：「什麼蟲子？」
「黑乎乎的，就是外面地上爬的跳的那些。」安平這才想起來，沈錦恐怕真沒見過多少蟲子，也沒有誰沒事幹，特地抓了蟲子來給她看。「我記得有烤蟬的。」

沈錦皺了皺鼻子，有些糾結地問道：「好吃嗎？」

趙嬤嬤有心讓將軍和夫人多親近一些，就說道：「夫人想知道，問將軍就好了。」

「夫君吃過蟲子？」沈錦表情更糾結了，眉頭都微微皺起，難道說夫君愛吃這些奇奇怪怪的東西，只是因為他們需要一起用飯，照顧她的情緒而隱忍著？

趙嬤嬤可不知道沈錦的心思，笑著說道：「將軍吃過很多東西，在外打仗時哪裡有那些講究。」

果然啊，沈錦雖然覺得楚修明愛吃那些奇怪的東西有些……不過只要不逼著她吃，她其實是沒有意見的，如果真要她吃，也不知道這邊的廚子會不會用做魚膾的方法來幫她做生肉呢？

趙嬤嬤本以為說了這些，沈錦會眼睛亮亮地期待著她多說一些將軍的事情，可是卻發現沈錦臉上的笑容沒有了，像是因為什麼事情為難一樣，兩眼茫然，明顯根本沒有注意聽她說話。

對此趙嬤嬤都有些無奈了，倒是安平看見了，也明白了趙嬤嬤的心思，而且她伺候沈錦時間更長，心知就算沈錦此時在發呆，也是能聽見聲音的，笑著說道：「夫人，互市還有不少好玩的，那次奴婢就遇到了賣狗崽的呢。」

「啊？」果然聽了安平的話，沈錦有些驚喜地問道：「真的嗎？」

安平說道：「是啊，很可愛的，不過奴婢的爹不讓奴婢買就是了，說家裡小，狗崽跑不開。」

沈錦的唇嚅動了一下說道：「我這邊院子大。」

「所以夫人喜歡的話，可去和將軍說說，讓將軍帶夫人去。」安平笑著道。

沈錦聞言又有些猶豫了。「會不會太麻煩了？」

趙嬤嬤也覺得安平的主意不錯，就道：「夫人放心吧，就算夫人不去，將軍也是要去的，半年一次大市，每個月一次小市，正好輪到了大市，熱鬧得很，邊城很多百姓都會過去。」

沈錦一聽是順便帶自己去的，便安心道：「那我去與將軍說。」

趙嬤嬤溫言道：「將軍此時並不在府中，不若等晚膳後再與將軍說？」

沈錦此時也想起來，楚修明和楚修遠今日都出門辦事了，在邊城地界，只要楚修明不想，京城來的那些人根本不可能發現他們兩個的蹤跡。

正巧安平提起了邊城的事情，沈錦也不畫圖了，追問道：「好安平，除了那些互市還有什麼？」

安平記得也不大清楚了，她也是小時候去過一次。「很多，而且在那裡可以用茶葉、鹽這類的和人交換呢，夫人到時候自己去轉轉，我說多了就沒有意思了。」

沈錦一想也是，就點了點頭說道：「好。」

「不如夫人接著講那天將軍砍下七百八十六個人頭以後，怎麼樣了吧？」故事聽了一半，安平可是一直記掛著呢。「而且將軍今日不在。」

沈錦也有些心動，不過偷偷看了趙嬤嬤一眼、兩眼、三眼……

趙嬤嬤眼角抽了一下說道：「老奴去瞧瞧廚房的芙蓉糕做得怎麼樣了。」

「嬤嬤辛苦了。」安平趕緊開口道：「晚上我幫嬤嬤捏肩膀。」

剛關上門，趙嬤嬤就聽見沈錦軟糯的聲音從裡面傳出來。「將軍揮刀砍掉七十八個人頭以後……」

「夫人，不是七百八十六個嗎？」安平追問道。

沈錦鼓了鼓腮幫子才說道：「是將軍說的，一個人砍那麼多人頭會累的，所以讓他少砍點。」

「喔。」安平覺得有些不對，可是到底哪裡不對又說不出來。

門外面的趙嬤嬤默默地伸出手指揉了揉眼角，又不是真的砍，就算是七千八百六十六個也無所謂。

楚修明和楚修遠下午就回來了，正巧沈錦午覺睡醒，就被趙嬤嬤打扮一番，讓安平拎上芙蓉糕一併給兩人送去。

趙嬤嬤看著穿了一身水藍色衣裙的沈錦，不知為何總有些內疚，就像是親手把一隻兔子給洗得雪白，然後裝在精美的瓷碗中端給了豹子，而豹子……

再次伸手揉了揉眼角，趙嬤嬤覺得自己可能昨夜沒有睡好，明明是水藍色的衣裙，和白兔子有什麼關係。

楚修遠已經回屋休息了，前段時間傷得太重，就算傷好了也要慢慢養回來的。

「夫君。」這還是沈錦第一次主動來找楚修明，楚修明的院子比她的還要空一些。

楚修明應了一聲，臉上沒有絲毫表情，不過沈錦從他眼中看出了幾許笑意，這才確定楚修明並不反感她來院中找他這事。「嬤嬤做了芙蓉糕，夫君要嚐嚐嗎？」

「好。」也沒有使喚下人，楚修明引著沈錦往裡面走去，趙嬤嬤示意安平把食盒交給了沈錦後，兩個人也沒有跟著過去。

沈錦拎著食盒跟在楚修明身後，他走得並不快，所以沈錦不僅跟得很輕鬆還有空偷偷看看四周的樣子，看得太過專心了，竟然沒注意到楚修明停下了腳步，在撞上去之前，被一根手指輕輕抵住了額頭。

「啊？」沈錦的腳已經抬起來了，又乖乖收了回去。「夫君怎麼了？」

楚修明這才放下手指，從沈錦手上把食盒拎了過來。「喜歡的話，我帶妳轉轉。」

「可以嗎？」沈錦期待地看著楚修明，就像是一隻等著餵食的仔貓，也就這時候會老老實實一副乖巧的樣子。

楚修明一向清冷的眉眼柔和了不少，一手拎著食盒，一手伸到了沈錦面前，手心朝上，沈錦高高興興地把比楚修明小了一圈的手放在他手心裡，雖說楚修明是她夫君……可沈錦臉頰還是染上了紅暈。

如果趙嬤嬤看見，就不會再覺得內疚了，因為兔子還沒等被人端到豹子面前，就已經歡天喜地的自己蹦躂到豹子面前。

第九章

楚修明等沈錦說完一堆關於聽說互市有各種新奇的玩意兒，有可愛小動物的話題，才問道：「想去互市？」

沈錦討好地拿了一塊芙蓉糕遞給楚修明，又親手端著茶壺給他杯中的茶水續到八分滿，這才說道：「夫君，帶我去看看好不好？」軟軟的帶著幾分撒嬌，就像是仔貓嫩嫩的爪子在人手心裡輕輕地撓。

楚修明慢條斯理地端著茶喝了一口，又把芙蓉糕吃了，這才說道：「好。」

幸福來得太快，沈錦都沒反應過來，等意識到楚修明答應了，就露出兩邊的小酒窩。「夫君最好了。」

楚修明眼底帶著笑意，其實就算沈錦不開口，他也準備帶她去的，邊城正在重建，將軍府一時騰不出人手來修整，使得沈錦每日只能在屋中待著，趙嬤嬤都說了幾次，就算沈錦沒抱怨過，也讓人看得心疼。

沈錦目的達到也不再討好楚修明了，心滿意足地吃著芙蓉糕，茶水都是楚修明給她倒的。「對了，京城中很多我的傳聞？」

「嗯。」沈錦嚥下嘴裡的糕點，道：「有很多，很嚇人的。」

楚修明雖然沒有說話，可是眼底透露著讓她講講的意思。

沈錦想了想道：「特別是夫君上次說回京獻俘，半途中又離開後。」

沒等楚修明再問，沈錦就選著一些流言說了起來，楚修明把只剩下小半的糕點盤端到一旁，就見沈錦下意識拿糕點的時候撲了個空，不過她也沒在意，還沈浸在講故事中，邊說還偷樂。「說夫君面目猙獰，第一個未婚妻僅是見了夫君的畫像，就生生被嚇死了，第二個貌似是病死的，第三個是因為夫君不滿意那家姑娘的樣貌，就給弄死了……

「若是夫君真回了京城，想必這些流言就不攻自破了。二姊怕是要後悔了，還說夫君喜喝人血，生吃人肉，一日不殺人手就癢癢的難受呢，夫君你愛吃蟲子嗎？」

楚修明就算聽了這麼多不利自己的話，面色也不動分毫，不過在沈錦最後一句話中，沒忍住彈了她額頭一下。「我為何要愛吃蟲子？」

「那你吃過嗎？」沈錦再次問道。

楚修明微微垂眸說道：「吃過，就連那鼠肉都吃過。」

沈錦臉上又是驚訝又是好奇地看著楚修明。

楚修明無奈開口道：「那年我吃了敗仗，僅剩數十人藏在林中，餓了自然是把能看見的都抓來吃了。」

九死一生的事情被楚修明就這般簡單地說出，沈錦也像是沒有意識到其中的驚險，只是道：「多虧我不用吃那些蟲子和鼠肉。」

看著沈錦臉上的慶幸，楚修明又彈了她額頭一下，這時候難道不應該好奇為何會吃敗仗或者關心他那時是否受傷嗎？

「這些流言大概六、七年前開始傳起來的。」沈錦思索了一下道：「等我知道的時候，已經是眾人皆知了，不過那時還沒有這麼多，也沒有這麼過分。」

楚修明挑眉看著沈錦，他還以為小妻子很樂意在邊城也散播一下那些流言呢。

沈錦鼓了鼓腮幫子道：「又不會有人信，京城是因為大家都沒有見過你，每日又過得太無趣了，總是要找些談資。」

楚修明也想到那七百八十六個人頭這事，也就騙騙那些沒見過殺人的。

沈錦嘀嘀咕咕說了不少，有用的很多，沒用的更多。「不過很奇怪，京中並無小叔的傳聞。」她口中的小叔正是楚修遠。

楚修明眼中露出幾分譏諷，很快就消失了，弄得沈錦都以為自己看錯了，也沒有在意，既然夫君不想讓她知道，那就不知道的好。因為快到晚膳的時刻，沈錦就沒有再回去，而是留在楚修明這裡，和他一併去了廳中。

楚修遠已經到了，見了他們就笑道：「大哥，嫂子。」

「嗯。」楚修明應了一聲，就在丫鬟端來的水盆中淨手，安平也給沈錦備了水，兩個人洗完才坐下來，楚修遠也在楚修明身邊坐下。

丫鬟很快就把飯菜端上來，當看見那盤雞丁時，眼睛亮了一下，她已經聞到了淡淡的辣味和甜香，盛了滿滿一勺放在碟中。雞丁是被炸過的，帶著些許的甜辣，就著熬得稠乎乎的白粥，別提多香了。

等用完了飯，楚修明就牽著沈錦的手把她送回院子，沈錦心中也覺得夫君人好，也不計較他上次偷聽自己說話的事情了，晚上用艾草泡腳的時候還和趙嬤嬤感嘆道：「夫君真的是好人。」

趙嬤嬤都不知道說什麼好了，平日裡說再多將軍的好話，沈錦都能走神，今日倒是一道菜就能讓沈錦感嘆半天，安平笑道：「夫人喜歡就好。」

「其實我還吃過一道菜，那肉不僅又滑又嫩，就是裡面的配菜味道也是極好的。」沈錦期待地看向趙嬤嬤，又仔細形容了一下味道，就差沒直接說，趙嬤嬤快去跟將軍說，想到過幾日自己的飯桌上就會出現這道菜，沈錦心裡就美滋滋的。

安平和趙嬤嬤都看出了沈錦的意思，趙嬤嬤開口道：「若是夫人開口，將軍一定會吩咐下去的。」

「不行啊。」沈錦想也不想地道。「那會顯得我太愛吃了。」

不僅趙嬤嬤，就連安平都有些無言以對了，難不成不是親自開口要的，就不會顯得太愛吃了嗎？

趙嬤嬤心中又是無奈又是好笑，只得道：「是，老奴知道了。」

沈錦滿足地送上甜甜的笑容，不過晚上睡覺的時候，她就因小腹脹疼鬧醒了，也不知是不是目的達成還是這段時間趙嬤嬤的調理有效果，沈錦停了許久的月事突然而至。這次月事疼得她小臉煞白，每日只能抱著手爐窩在床上被趙嬤嬤灌著紅糖水。

不過這月事來得也是時候，正好趕在開互市之前結束了，整個人都鬆快了不少。天還沒亮就被趙嬤嬤叫起來，迷迷糊糊灌了一碗杏仁羊奶，這才清醒過來。沈錦出門後，就見一身褐色短打的楚修明已經站在外面，見到沈錦就伸出手，沈錦把自己的手從披風裡鑽了出來，放在楚修明的手心上。

楚修明的手熱呼呼的，驅散了清晨那些涼意，他伸手把兜帽給沈錦戴上後，這才牽著她往後門走去，趙嬤嬤見此，就把拎著的小包遞給安平，安平拎著跟在沈錦的身後。今日安平並不跟著去，不過她已經告假了準備回家看看。

開互市的地方離邊城不算遠，騎馬一個時辰就到了，沈錦是和楚修明同乘一騎的。楚修明先把沈錦抱上馬，這才接過小廝遞來的披風穿上，翻身上馬坐在沈錦的身後。

楚修明幫沈錦調整了一下位置，讓她坐得更舒適後，這才用自己的披風把她裹在裡面，另一隻手把披風裡面的暗扣繫上，然後緊緊摟著沈錦的腰身。

沈錦有些不樂意地將上面的暗扣解開了一顆，頭鑽了出來，說道：「我都看不見外面了。」

楚修遠也上了馬，聞言就在楚修明旁邊說道：「嫂子，大哥是怕馬跑起來，妳喝了風。」

沈錦這才知道誤會了楚修明，軟軟道：「那一會兒我再鑽進去好了。」

楚修明並沒有生氣，見所有人都準備好了，就道：「走。」然後用手把沈錦再次按到懷裡，確定沈錦把扣子繫好才策馬前行。

沈錦是騎過馬的，不過那時只是坐在馬上被下人拉著走了一圈，後來王妃他們就沒再允許過，說姑娘家騎馬不好，因為腿會變得難看，到底沒忍住好奇，又解開了一顆，扯出一條縫往外看去，今日的邊城格外的安靜。

等出了城門馬就跑了起來，沈錦發現不僅看不清什麼景色，風吹得臉也有些難受，這才乖乖躲進楚修明的懷裡。覺得有些餓了，就打開趙嬤嬤準備的袋子，從裡面掏出用油紙包好的肉乾和糕點慢慢啃了起來。

楚修明和楚修遠兩人並肩前行，後面跟著的是府中的侍從，漸漸地人多了起來，都是去互市的人，楚修明他們的速度就慢了下來。

楚修遠本想和楚修明說話，可是就看見自家兄長披風動了動後，先鑽出了一條胳膊，手裡還捏著一塊肉乾，然後往楚修明的臉頰上戳去，楚修明眼中露出幾分無奈，在楚修遠以為兄長會拒絕的時候，就看見他低頭把那塊肉乾吃了下去，然後拍了拍披風裡面該是腦袋的位置，這次動得更厲害了，胳膊收了回去，然後換成腦袋拱了出來。

楚修明也沒再把她按回去，反而讓馬慢慢跑了起來，楚修遠看了看楚修明，又看了看沈錦，忽然想到，那塊肉乾不會是嫂子為了賄賂自己兄長拿出來的吧？

其實這一路上除了人也沒別的可看，靠在楚修明的懷裡，又被披風裹得暖呼呼的，不一會兒沈錦就有些犯睏，伸手揉了一下眼睛，她重新把頭鑽進披風裡面，這次不用楚修明，自己就把裡面的暗扣繫上。楚修明身上暖呼呼的，沈錦半睡半醒中小臉不自覺在他身上蹭了蹭。

楚修明的胳膊頓了一下，才輕輕捏了一下沈錦的腰。啪！沈錦已經快睡著了，揮手拍了楚修明的手背一下，扭動了一會兒，含含糊糊地嘟囔道：「癢，討厭……」

說著指責的話卻像是撒嬌一樣，楚修明低頭，下頷抵在沈錦的頭頂，很輕微地蹭了一下。「蠢東西，怎麼還不長大。」

等沈錦被叫醒時，他們已經到了市集外面，這裡有專門歇腳和存放馬匹的地方，楚修遠已經下了馬，道：「哥，嫂子呢？」

「睡著呢。」楚修明回答道。

楚修遠擠了擠眼，壓低聲音說道：「你是不是捨不得叫醒嫂子？」

楚修明似笑非笑地看了楚修遠一眼，楚修遠瞬間不敢亂說了，他小時候被楚修明收拾了無數次怕得要命。楚修明鬆了韁繩，單手攬著沈錦的腰，然後……姿態優雅地翻身下馬。

楚修遠下意識地捂住了眼睛，雖然他看不見披風下面的情況，可是在沈錦沒有清醒的情況下，就這樣突然把她弄下馬真的好嗎？

嬌軟的驚呼聲從披風下面傳了出來，沈錦睡得正美，忽然感覺到自己往側面滑去，像是要被摔下去一樣，眼睛還沒睜開就先叫出來，然後扭身緊緊抱著楚修明，連腿都盤到了楚修明的身上，楚修明很體貼地托著沈錦的小屁股，道：「走吧。」

「……」楚修遠、眾侍衛一臉愕然。

總覺得有什麼不對勁，可那是兄長、將軍，算了，反正披風擋著，什麼也看不見。

沈錦也被徹底嚇醒了。「咦……」她覺得有些不對。「等等！」

楚修明聞言停了下來，沈錦感覺到她正坐在楚修明手上之時，臉唰地一下紅了。「放我下來。」

「好。」楚修明眼神閃了閃，這才鬆了手，扶著她的腰讓她平穩地站在地上，沒等沈錦再次開口，就主動解開了披風的暗扣。

沈錦也不知是睡的還是因為剛剛的事情，眼尾帶著紅暈。「到了啊。」

「嫂子，睡醒了？」楚修遠站在一旁笑著說道。

沈錦瞪了楚修遠一眼，可是沒有絲毫的威嚇感，倒是楚修明那輕輕的一掃，就讓楚修遠果斷收起笑臉，說道：「對了，我只是和嫂子說一聲，我先去逛了，妳和大哥好好玩。」說完就帶著兩個侍衛走了，一時間就剩下沈錦和楚修明兩人。

楚修明抬頭幫沈錦整理了一下頭髮和衣服，才牽著沈錦的手說道：「餓了嗎？」

「不餓啊。」沈錦歪頭想了想，楚修明一眼就看出此時的沈錦還沒有徹底清醒過來，所以反應慢上一些。楚修明牽著她的手往市集走去。

市集裡面很熱鬧，沈錦整個人都清醒了過來，也忘記了剛剛下馬的事情。「夫君，好多人。」

楚修明應了一聲，要買的東西他都交代給了楚修遠，今日就是帶著沈錦來玩的。「慢慢逛。」

「好。」沈錦從進市集後，臉上的笑容就沒消失過，市集的人很多，有賣東西的也有像是他們這樣來逛的，而且也有不少衣著奇怪的人，沈錦就看見一個露出小腿和胳膊，還掛了許多銀鈴鐺的少女，還有穿著沒有任何腰身，像個筒子一樣裙子的……

沈錦拉了拉楚修明的手，道：「有些餓了。」

楚修明低頭看了沈錦一眼，那眼神中明顯寫著不是剛說不餓嗎？

沈錦臉一紅。「就是餓了。」

「好。」楚修明的聲音很好聽，特別是帶著幾分寵溺的時候，就像是陳年的桃花釀，又香又醉人。楚修明帶著沈錦往吃的地方走去，解釋道：「市集分了四個區，大致上是按照衣食住行來分的。」

沈錦見楚修明願意說，趕緊問道：「可以過夜？」

楚修明應了一聲。「互市開一個月。」然後看了沈錦一眼。「妳不會想要留在這裡住的。」

「為什麼？」沈錦追問道，她覺得一天肯定玩不夠啊。

因為人越來越多了起來，楚修明伸手把沈錦摟在懷裡，護著她往吃的那個區走去。「妳算算這裡有多少人，市集就這麼大，又只是劃分出一部分來安排住宿。」他和楚修遠曾經留下來過夜，味道簡直讓人無法忍受。

沈錦眨了眨眼，又看了看周圍的人，默默地不再提留下來的事情了，不過要開一個月呢，夫君會再帶她來吧？抬頭看了楚修明一眼，因為整個人被護在他懷裡，只能看見楚修明的下巴，而且沈錦注意到了，有不少姑娘偷偷看楚修明，更多的是光明正大地看，可惜了這個男人是她的夫君，這麼一想沈錦又有些得意，不禁更往楚修明懷裡蹭了蹭。

楚修明腳步頓了一下，低頭看她一眼，伸手輕輕拍了拍她的後背。「再忍忍，馬上就到了。」

哎呀，她太不知羞了，不過這是她的夫君，這裡又是很特別的地方，而且不只他們兩個如此，很多丈夫都護著自己的妻女……咦，剛剛夫君說了什麼……忍什麼？

算了，不管了，那個攤子圍了好多人，是賣什麼的啊？一邊想著一邊應了一聲，路過那攤子的時候還伸頭看了看，卻因為個子不夠高，什麼也沒看見。

楚修明以為沈錦餓了，但是又怕走得太快，沈錦會跟不上，剛想低頭問她還有沒有肉乾先填填肚的時候，就看見沈錦一臉羨慕地往右後方看去，楚修明也停下步子扭頭看了一眼，就見有個男人雙手托舉著妻子，好讓妻子越過人群看到裡面，楚修明眼神一閃，問道：「很喜歡？」

「嗯。」沈錦也注意到楚修明停下來，她伸手指了指那個很多人的攤子。「那邊。」期待地看著楚修明，想拉著他過去湊湊熱鬧。

誰知楚修明一臉真拿妳沒辦法，在外面這麼撒嬌我很無奈的表情，動作熟練而迅速地把沈錦舉了起來，還沒等沈錦反應過來，就被楚修明一扔一轉，然後平穩地坐在他的肩膀上，胳膊環著她的腿。沈錦後知後覺地驚呼了一聲，楚修明問道：「行了吧？」

「可是……」沈錦臉都要燒起來了。「可是……不是這樣啊……」

「舉著會擋路，這樣方便。」楚修明又調整了一下沈錦的位置，確定她坐穩了以後說道：「扶好，走了。」

沈錦不自在地動了動腿，她覺得所有人都在笑話她，這次不僅臉紅了，就連脖子都紅彤彤的了。「不好啊……」軟綿綿的聲音一點說服力都沒有。

楚修明倒沒覺得哪裡不好，他反而覺得這樣剛剛好，沈錦自己沒注意到，可是楚修明卻敏銳地發現，他們一進市集，就有不少人的眼神流連在沈錦身上。沈錦皮膚白嫩細緻，眼睛又清澈又漂亮，純然天真又生機勃勃的樣子格外特別，沈錦坐在他肩膀上雖然看見的人更多了，可是也告訴了所有人，這個小女人是他的，就像是一隻雄豹總是帶著一種占有和炫耀的心態。

沈錦快急哭了，可是忽然發現在她坐到楚修明肩膀上後，也有不少女人坐在了男人的肩膀上，而且這個位置的視野格外好，就算很多人圍著的攤位，她也能看見裡面的東西，眼淚還沒有落下就消失了，沈錦開始興致勃勃地打量四周，咦，那邊那個人中間禿禿的都沒有頭髮！等等，她好像聞到了烤肉的味道……

楚修明不愧是習過武，三轉兩轉就馱著沈錦找到了那家烤肉攤子，並且眼疾手快地占好位置。

沈錦坐在小木凳上，一邊吸著氣一邊努力嚼肉，她身前的小桌上鋪著一張油紙，上面放著切成塊的烤肉，只吃一口沈錦就被辣得受不了，眼睛和鼻子都紅彤彤的，對著楚修明小聲抱怨道：「好辣啊……」她本來以為自己夠能吃辣椒了，所以在賣烤肉的人問她的時候，才很肯定地說要辣的，多放點！

「吐出來吧。」楚修明有些無奈地說道，把手伸到她面前。

沈錦一手拿著竹籤一手捂著嘴，就連咀嚼的速度都加快了些，在外面把嘴裡的東西吐出來這樣的事情，沈錦根本做不出來，特別是吐到楚修明手上，太羞恥了好不好！

楚修明也不勉強，只是倒了一杯涼茶，等沈錦剛把肉嚥了手放下後，就餵到她嘴邊，沈錦趕緊小口小口喝了起來，她覺得嘴巴燒燒的，一杯喝完楚修明又給她倒滿。

沈錦不管是在京城還是在將軍府吃的辣椒都是去了籽的，所以並不會太辣，不僅如此辣椒的品種和種植的地方都有分別，楚修明知道可是沈錦不知道，只不過為什麼沒有提前告訴沈錦……看著沈錦白兔一樣的眼睛，楚修明的眼神越發柔和了。「讓人再給妳烤點不放辣椒的。」

「嗯。」沈錦喝了兩杯茶，還是覺得嘴裡難受，又倒了第三杯。「少要點。」

楚修明阻止了沈錦，他招呼了一下烤肉隔壁的攤主，讓人送了一大碗杏仁茶來，那是滿滿一碗杏仁茶，上面鋪著黑白芝麻、碎花生、山楂等物，十分誘人。「吃這個。」楚修明把東西攪勻了，才推到沈錦的面前，沈錦應了一聲，杏仁茶有些熱，味道又酸又甜，沈錦連喝了幾口以後，嘴裡的辣味就消滅了。

「好喝。」沈錦滿足地笑了起來。

楚修明狀似無奈地嘆了口氣，用竹籤扎著被沈錦嫌棄的烤肉吃了起來，說道：「有地方人口味重，所以妳吃不慣。」

「那我下次吃東西前先問你。」沈錦既乖巧又狗腿地說道。

楚修明這才點了點頭，像只是因為沈錦要求才無奈同意的。

新的烤肉已經被送來了，沈錦拿著竹籤吃了起來，看著楚修明問道：「你都不怕辣嗎？」

楚修明看了一眼有辣椒的烤肉，又看了一眼沈錦面前沒有辣椒的，最後挑眉看著沈錦，沈錦趕緊討好地雙手端著喝了一小半的杏仁茶。「夫君最好了，喝點這個就不辣了。」

兩個人把烤肉給吃完，一碗杏仁茶也分吃了才重新往前走，不過這次楚修明沒有再讓沈錦坐在他肩膀上，而是牽著她的手，帶著她沿路吃起了東西，因為種類太多，很多東西就買了一小份不說，楚修明還不讓沈錦多吃，剩下的都進了楚修明的肚子。就算是楚修明，一路吃下來也有些受不住，拉著依依不捨的沈錦往皮貨類的地方走去。

市集分的衣食住行，衣並不是單單指布料衣服一類的，而是所有能用的東西，沈錦看見這裡不僅有賣皮子，還有賣香料的甚至藥材也有，擺在外面的人參品相都不是很好。「我記得母妃的嫁妝裡有一根七兩多近八兩的人參。」沈錦小聲說道。「那時候大哥病重，母妃就切了人參熬湯，太醫都說了，若是沒有那株人參，大哥恐怕都救不回來。」

沈錦的語氣很平靜，不過這段記憶很深，因為大哥病重的時候，整個瑞王府都人心不安，就連陳側妃和沈錦吃的膳食都被敷衍了，那還是沈錦第一次吃到冷的飯菜，可是誰也不敢鬧，大哥沈軒不僅是嫡子還是長子，是瑞王和瑞王妃最看重的，在病好後瑞王就請封了世子。

楚修明應了一聲。「怎麼會病得那麼重？」

「我不知道。」沈錦和楚修明挨得很近，不時攔著他去攤位上看看那些小東西。「我記得……是在外面被抬回來的……」那時候她年紀還小，記得不大清楚了。「我聽大姊提過一次，好像是和哪個皇子出去的，那株參用了大半，後來又養了很長時間，不過大哥身子還是有些虛，每年秋冬交替的時候，母妃都會格外擔憂。」
雖然都是瑞王的子女，可是沈錦這樣的庶女是不怎麼進宮的，和那些皇子公主也很少見面，而沈琦、沈軒和沈熙倒是經常和那些人打交道，隔三差五也會進宮陪著皇太后、皇后說話。「大姊每次從宮中回來，都會把宮裡賞賜的東西分下來，不過第二天就要小心二姊了，她嫉妒大姊可是又不敢找大姊的事情。」說完還皺了皺鼻子。「很討厭啊。」
雖然沈錦沒有說，楚修明卻聽出來了，不敢找大姊的事情，那怎麼撒氣？總不能用親生妹妹來撒氣吧，可不就剩下沈錦這個出氣筒了，也怪不得沈錦覺得討厭。楚修明淡淡道：「以後不會了。」
不過這件事倒是藏得很深，沈軒和皇子出門回來差點喪命，怕是遇到什麼事情了，如果和皇子有關，就更有意思一些了。
沈錦笑得眼睛都彎彎的了。「我也不會傻傻地讓二姊欺負，有大姊在呢，後來大姊出嫁了，我就被王妃帶在了身邊。而且我嫁給夫君的消息傳開以後，宮中就時不時賞賜不少東西呢。」
楚修明看著容易滿足的小嬌妻，也不再說什麼，牽著她的手到專門賣皮貨的攤位上，問道：「有白狐皮嗎？」
攤位的主人是一個看起來又黑又壯的男人，他身邊還站著一個有些嬌小的女人，女人五官不算精緻皮膚也不夠白，卻帶著一股說不出的韻味，像是開得正盛的花，美得豔麗而火熱，笑起來的時候又帶著一種爽朗的味道。「是給你身邊的小娘子準備的吧？白狐皮倒是有，不知道客人要幾張？」

「有幾張？」楚修明問道。

「還是先看看貨吧。」那個男人彎腰從下面翻出了一張完整的白狐皮。「是冬天獵的狐狸，毛色又密又好。」

楚修明也看出來了，他家的狐皮確實不錯，而且收拾得也好。沈錦看著滿攤子毛茸茸的皮子，眼睛都亮了，有些想摸兩下卻又不好意思。等白狐皮拿出來，就忍不住用手指摳了摳楚修明的手心，見楚修明沒有反應，又摳了幾下，她還沒見過這麼多皮子。

瑞王府每年都有分發皮子，可都是按分例給的，又不像是許側妃得寵，瑞王總是私下多給許氏很多，沈錦在瑞王妃身邊也得了額外的，可到底瑞王妃還要給女兒和兩個兒子。楚修明低頭看向沈錦，沈錦說道：「會不會很貴啊？」

「不會。」楚修明開口道。「很喜歡這些？」

「嗯。」沈錦開口道。「母親攢下的皮子都給我了。」

楚修明應了一聲。「那就多買些，給岳母送去。」其實原來家中庫房就有不少，不過被圍城那會兒拿出來用掉了，現在剩下的都是他新帶回來的，因為要打仗，所以並非所有皮子都帶回來，只留了珍貴的。

不過沈錦竟然不知道家中庫房有，楚修明也這才反應過來，家中庫房的鑰匙還沒交給沈錦。其實邊城中最不缺的就是皮子了，反而布料要比皮子貴些，而他不過是想給沈錦弄一整套的白狐皮衣服，這才需要在外面買。既然沈錦這麼喜歡皮子，等明年天冷的時候想來又能攢不少皮子了，給房間裡都鋪上厚厚的皮子沈錦一定會喜歡的，不過楚修明卻沒有說，等著天冷了再給她一個驚喜就是了。「總共有多少白狐皮？」

「四張。」女人開口道。「這東西狡猾得很，不好抓。」

楚修明說道：「多少錢？」

「不要錢，要茶和鹽。」女人早就看出這兩個人不一般，茶和鹽這類是朝廷管制的，只能從官府買，而他們買不到官鹽，只能買私鹽或者等互市開了來交換。

楚修明並不意外，只是點了下頭說道：「多少？」

女人說了一個數，楚修明皺了皺眉頭說道：「高了，天氣轉暖，今年是用不上了。」這是實話，卻又不算實話，皮子只要收拾得好，多放兩年也是無礙的，特別是白狐皮這樣的。

「可以商量。」女人開口道，她看了看一臉無辜的沈錦，又看了看楚修明，心中暗道，果然是小白臉靠不住，不是說天啟的男人很愛面子，很喜歡在女人面前表現的嗎？

楚修明這才應了一聲。「再拿一些出來選。」

女人聞言就讓男人把那些收起來的好皮子拿出來，楚修明低頭看著沈錦說道：「妳自己來選送給岳母的。」

「好。」沈錦的聲音又軟又糯，她剛剛都是一臉迷茫地聽著楚修明和人交流。女人的口音很重，最開始的那句連矇帶猜倒是理解了，可是自從楚修明不知道說了哪個地方的話後，女人和楚修明用了她聽不懂的話交流。不過楚修明和沈錦說話的時候，又換了回來，所以她又能明白了。

沈錦不僅給母親選了，也給瑞王和瑞王妃選了，因為母親還留在瑞王府，總歸是離不開瑞王妃的照顧的。

等沈錦選完了，楚修明又選了一些，然後和那兩個人溝通了幾句，就牽著沈錦離開了，沈錦乖乖跟著走，還柔聲說道：「還有很多地方賣皮子的，我們慢慢選就是了。」她以為交易沒談妥，楚修明不要了呢。

楚修明腳步頓了一下，笑道：「放心吧，那些皮子都是妳的，我讓他們直接把東西送到邊城將軍府。」

沈錦應了一聲，也不再多問了。

楚修明又陸陸續續買了不少東西，有的直接用銀子，有的像那些皮子一樣，讓人送到將軍府。後來見沈錦累了，就又讓沈錦坐在自己肩膀上，有過一次經驗後，沈錦坐得更加安穩，還悠閒地晃了晃腿。

很快地楚修明就把要買的東西給買齊了。去了騾馬市，那裡不僅賣馬，還有各種活的小動物，沈錦坐得高，老遠就看見楚修遠，低頭給楚修明指了指，楚修明就帶著她過去。

而看見楚修明和沈錦的楚修遠整個人都愣住了，先仰頭看看嫂子，又看了看兄長，最後看了看身後的兩個侍衛，他兄長這算是被人騎在頭上了吧？

楚修明的臉色太過平靜，沈錦的表情也很理所當然，楚修遠覺得自己不應該這麼大驚小怪。等楚修明把沈錦抱下來，主動開口道：「大哥，這有匹母馬已經懷崽了，不過要價高而且不知道公馬是什麼品種，你來看看。」

「好。」楚修明雖然把沈錦放下了，可是手仍沒有鬆開，那匹揣崽的母馬被單獨拴著，肚子挺大，看著就像是快要生了一樣，沈錦還是第一次看見。

離得遠看不出什麼，楚修明想了一下，才鬆開沈錦的手說道：「不是想買小東西嗎？讓修遠帶妳去別處看看。」

「我在這裡等著你。」沈錦格外乖巧地說道。

楚修明聞言心中一暖，剛想說什麼就聽見楚修遠說道：「嫂子，那邊有賣雪兔的，我剛看見了有一窩呢，小兔子還沒我手大。」

沈錦眼睛亮了起來，更加乖巧懂事地說道：「夫君你忙吧，我在這裡你容易分心，辦完事記得來找我和修遠。」

楚修明看著沈錦無辜的樣子，竟覺得無言以對，頓了下才說道：「去吧。」

「大哥放心，我會看好嫂子的。」楚修遠保證道。

楚修明揮了揮手，等沈錦開開心心地和楚修遠走了，還不斷催促道：「快些走，萬一被人買走了怎麼辦？」

「嫂子放心吧，那東西吃得多還沒二兩肉，沒人要的。」楚修遠笑道。

楚修明面色不變，說道：「走。」

留下的兩個侍衛格外同情地看了將軍的背影一眼，又轉頭看了一眼毫不留戀的將軍夫人，原來在夫人心中，將軍的地位還不如一窩兔子。

第十章

因為這邊賣的都是活物，地上難免有些動物的糞便，和楚修明一起走時，他總是會選乾淨路面走或者直接把沈錦抱起來，而楚修遠可不會注意這些。沈錦踩著腳底軟乎乎的東西，簡直不敢去想到底是什麼。

不過這些不舒服在看見楚修遠說的那窩兔子當下，全部消失了。這些兔子很可愛，耳朵比平常的兔子要短，尾巴更短，眼睛又大又圓，兩隻稍微大一些的兔子蹲踞著，四、五隻小兔子就在牠們身邊，楚修遠說道：「妳別看牠們現在毛色不好看，到冬天後就變成白色了，而且這幾隻小兔子，應該出生不到二十天。」

「小兄弟知道得真多。」賣兔子的人開口道。「本想賣皮的，誰知道這兔子揣了崽，就殺不得了，我家又不想養，索性就直接拎來，母兔是路上生的，小崽子今日才十一天。」

「你怎麼知道牠們不滿二十天呢？」沈錦有些好奇地問道。

「因為滿二十天的兔崽，大兔子就不會和牠們那麼親近了。」楚修遠說道。「嫂子要嗎？」

賣兔子的人聽見楚修遠的稱呼，才知道少女已經嫁人了，他還以為這兩個是兩小無猜來玩的。

「我能摸摸牠們嗎？」沈錦看著賣兔子的人問道。

「可別被牠們傷著了就行。」賣兔子的人道。

沈錦點了點頭，眼睛睜得大大的，楚修遠差點笑出來，因為籠子裡兩隻大兔子也是睜著大眼睛看著沈錦，他們就像是隔著籠子在交流，眼睛都是又圓又亮。沈錦伸出手指順著籠子的間隙戳了兔子一下，馬上把手收了回來，盯著兔子，見兔子沒反應，才又伸進去戳了一下，兔子這次有反應了，被戳的兔子慢悠悠動了一下，然後用短短的尾巴對著沈錦。

「多少錢？」沈錦滿臉喜愛，她決定回去後，單獨圈個地方種很多青草來給兔子吃！她記得前蜀韋莊的〈尹喜宅〉中就有兩句——「濛濛暮雨春雞唱，漠漠寒蕪雪兔跳。」寫的正是這種兔子。

賣兔人也沒多要，就說了一個數，沈錦看向了楚修遠，楚修遠點了下頭說道：「我們買了。」

沒等楚修遠掏錢，沈錦就付了錢，楚修遠也沒有去爭，不過在沈錦付完錢後，就主動拎起兔子，這麼多隻大大小小的兔子加起來，也是不輕的，讓沈錦拎著被自家兄長看見了，回去還不得收拾他。

當楚修明辦完了事情，找到楚修遠和沈錦的時候，就見楚修遠拎著個籠子，說道：「大哥一定不會讓妳養的。」

「為什麼？」沈錦看著籃子裡的那隻狗崽，純白的毛憨頭憨腦的樣子，別提多可愛了。

「夫君為什麼不讓我養？」耳朵還耷拉在腦袋上，眼神無辜地看著楚修遠。

「這狗會長得很大。」楚修遠開口道。「妳沒有發現牠的爪子很厚實嗎？」

沈錦也不是蠻不講理的人。「大狗我也可以養啊。」

「這位小娘子，妳不如問問妳夫君再決定？」賣狗的人開口道：「這是自家狗生的崽，雖然不是什麼名貴的品種，可是能放牧的。」

「怎麼了？」楚修明走過來問道。

沈錦見到夫君，就滿臉期待地問道：「夫君，我可以養小狗嗎？」

「大哥。」楚修遠其實也挺喜歡這小狗崽的，不過怕最後長得太大傷了沈錦。

楚修明沒有馬上回答，而是走過來先看了看那隻狗崽，狗崽可不像剛剛那樣無害了，弓著背毛都要炸起來，小聲地對著楚修明嗚嗚叫。「是和狼配的？」

沈錦發現她又聽不懂楚修明的話了，而且這次的口音和買皮子的時候還是有些差別。

「夫君很厲害啊。」

「大哥會說很多地方的話。」楚修遠低聲說道。「我就有些聽不懂沿海那邊的話。」

沈錦點頭。「我也聽不懂。」其實她都沒聽過，只會官話而已。

「是的。」賣狗的人一聽，臉上的神色真誠了不少，能說他們那邊話的人，一般都是朋友，而且他是第一次看見這隻小狗這副模樣，平時都是半死不活的樣子。「我也不騙你，那一窩生了三隻，這隻身體弱，顏色也不好。」白色好看可是太顯眼了，進林子裡不如深色的狗管用。

楚修明點了下頭，伸手捏著狗脖子，把狗拎了起來，那狗與楚修明對視了一會兒，才嗚嗚叫了起來，也不掙扎了，格外老實，看得沈錦在一旁目瞪口呆的。然後楚修明就把狗崽放進沈錦的懷裡，小狗嗚嗚了兩聲，看了看沈錦，低頭舔了舔沈錦的手不動了。沈錦只覺得小狗又胖又軟，除了眼睛、鼻子和小黑嘴唇，剩下的部分都是白色的，像團棉花。

楚修遠也覺得喜歡，伸手就要去摸小狗，就見在沈錦懷裡又乖又軟的小狗，理都不理楚修遠。

「這狗很聰明，我要了。」楚修明開口道。

賣狗的人也不多說，報了價錢，楚修明直接付錢，然後接過賣狗人遞來的籃子。

楚修明看了下天色，直接說道：「回去了。」

沈錦買了兔子又買了小狗，心中很滿足，點了點頭說道：「好。」

楚修明見沈錦兩隻手抱著小狗，眼神暗了一下，把空籃子遞給楚修遠後，就伸手摟著沈錦的肩膀，半抱著她走，而楚修遠跟在後面一手籠子一手籃子的，剛剛還挺老實的兔子不知為何開始擠成一團，稀稀拉拉尿了起來，又騷又臭的。

沈錦抱著小狗坐在楚修明的馬上，可惜今日兔子們不能一起帶回去，連帶著他們買的不少東西都託給了車馬行的人，他們明日會將東西送到邊城將軍府。

伸手摸了摸小狗身上軟軟的毛，沈錦微微垂眸，並沒有問既然有這樣的行當，為什麼楚修明還特地讓一些商販把東西親自送到將軍府。還有這個市集到底是誰在管理這樣的事情，沈錦發現互市開的時候，可以聽到不少消息，她都聽見有人討論，好像有的部落發生了戰爭，所以這次互市沒有人來，還不只這些，因為有些人說話沈錦聽不懂，可是楚修明呢？

沈錦戳了戳小狗的肚子，這個夫君很神秘的感覺，第一次見面那個滿臉大鬍子同門神一樣，然後在外人面前爽朗沒心機的樣子，在府中沈默少言的樣子……還有不說話那種不食人間煙火的樣子，總覺得……捏了捏狗尾巴，沈錦不再去想，不管怎麼樣，她都嫁給了這個男人，而且這個男人會讓她坐在肩膀上，護著她為她遮風擋雨，這就足夠了，還會給她買小狗，偷聽她說話後一本正經地糾正她，又讓廚房給她做吃的……

沈錦抱著狗躲在楚修明的披風裡面，問道：「夫君，趙嬤嬤會給我們留飯嗎？」

楚修明嗯了一聲並沒有開口說話，因為馬跑得快，一開口就是滿嘴的塵土。

沈錦滿足地窩在楚修明的懷裡，捏了捏小狗的尾巴，小狗不耐煩地甩了甩，沈錦想了一下說道：「夫君，你說小狗取什麼名字好呢？」

楚修明沒準備回答，他已經發現，這個小嬌妻有時並不是真的問對方意見。

「不如叫小不點吧？」

雖然早就有了心理準備，可是當聽見這個名字時，楚修明眼角還是抽了一下，沈錦還在訴說著自己美好的心願。「雖然修遠說牠會長得很大，可我還是希望牠不要太大，要不我就抱不動了。」

「小不點，你可不能長得太大，不過你長大了我也很喜歡你的。」沈錦給小狗摸了摸肚子又撓了撓下巴，嘀嘀咕咕說了起來。

太陽落山前，幾個人趕回了邊城的將軍府，這次楚修明沒再欺負沈錦，先解開披風，然後自己先下去，才把沈錦抱下去，說道：「讓牠自己跑吧。」

「好。」沈錦抱了一路胳膊也痠了，就蹲下把小不點放到地上，小不點到了新的地方很戒備，緊緊跟在沈錦的腳邊，根本不亂跑。

楚修遠看著小狗雪團一樣的小身子，問道：「哥，要不要先讓人馴養段時間？」

「不用。」楚修明開口道。「我來。」

楚修遠看著小狗的樣子笑道：「這狗養得精細點，長大了絕對是條好狗。」

「嗯。」楚修明也發現了，最主要的是這狗很聰明，馴養好了留在沈錦身邊，也能護著點，就是底子有些差，養得費事還費錢。

「對了，給這狗取個名字，一定要威風點。」楚修遠眼中露出嚮往。「嫂子以後我去打獵，妳把牠借給我用用啊。」

「好。」沈錦聽見小狗不會被帶走，就笑著說道：「牠已經有名字了。」

楚修遠問道：「叫什麼？」

「小不點。」沈錦很高興地說道。「你說牠會長得很大，我還是希望牠小點，我能抱得動。」

「哥，你覺得名字怎麼樣？」楚修遠看向楚修明，眼中露出指責。

「很好。」楚修明看都沒看楚修遠一眼。「夫人的狗，叫什麼都行。」

「嫂子，就算叫來福、招財也好。」楚修明有些為小狗抱屈了，這狗以後個頭肯定不小的。

沈錦甜甜一笑，毫不猶豫地拒絕了。「不要，來福、招財這樣的名字不好聽。」

楚修遠覺得自己可能不會想帶著牠去打獵了，一定會被人嘲笑的。

府中已經備好熱水，楚修遠很憂鬱地看了小不點一眼後，就先回院子清洗了，而楚修明把沈錦送回去，到院門口說道：「小不點我先帶走。」

「不能在我院子裡嗎？」沈錦有些不捨地問道。

楚修明挑眉。「妳會養嗎？」

沈錦還真不會養，蹲下身又摸了摸小狗的頭，抱起來放到楚修明的懷裡，這才說道：「那好吧，你不要再拎牠脖子了。」

楚修明沒再說話，沈錦幾步一回頭地進了院子。等沈錦進去後，楚修明就拎著狗脖子往自己院中走去，還是得讓工匠加快一些速度，夫妻住這麼遠像什麼話。

小不點知道楚修明不好惹，認命了似的，像是一條死狗般動也不動被拎著走，尾巴偶爾晃動一下，才讓人覺得牠還是個活物。

趙嬤嬤笑道：「夫人如果捨不得，就去將軍院中看就是了。」

「喔。」沈錦應了一聲。「對了，夫君那裡有給狗狗睡覺的地方嗎？」

誰也不知道將軍和夫人會抱隻狗回來，所以府中並沒有準備狗窩，趙嬤嬤說道：「夫人放心吧，一會兒老奴吩咐人去找了小褥子縫在一起，先給小狗睡。」

沈錦想了想，就把她床上安平剛做好沒多久的大軟墊交給安平說道：「給將軍送去，說是讓小狗睡在墊子上，軟乎點。」

安平應下後，沈錦就去清洗了，畢竟走了不少路，不僅衣服鞋子髒了，她身上也染上了味道。

趙嬤嬤一邊幫著沈錦洗頭，一邊說道：「今日那兩個使者大人派人來傳話，說是準備這兩日就動身回京覆命。」

「可是夫君買了一些皮子，我準備送到京城給母妃他們一些，不過那些人要明日才能送來，怕是來不及讓他們順便帶回去了。」沈錦開口道：「不如和他們商量下，再晚些時候？」

「那老奴一會兒讓人去傳話。」趙嬤嬤開口道，反正那兩個越晚回去對將軍府越有利，而且將軍的摺子應該已經送到京城了。可是那兩位大人先是被沈錦光明正大地關在將軍府，後來又直接派人看管起來，根本來不及給京城寫密信，更何況他們一點將軍府的消息都沒探查到。最美妙的是沈錦根本沒意識到她幫了將軍多大的忙。

沈錦打了個哈欠。「有些睏了。」

「老奴讓廚房燉了粥，夫人一會兒用些再休息。」趙嬤嬤說道。「將軍提前吩咐了，讓廚房備著好消化的膳食。」

沈錦應了一聲。「對了，我買了一窩雪兔，讓人把我原來養兔子的那塊地收拾出來，等牠們送來了，就放進去。」

「老奴知道了。」趙嬤嬤見沈錦累了，就加快了動作，給沈錦沖洗乾淨換了新的常服，安平已經送好墊子回來，把吃食都擺放整齊了。「安平，妳幫著夫人擦頭，我去給夫人鋪床。」

「好。」安平應了下來，小心翼翼幫著沈錦擦著秀髮，溫熱的粥下肚，沈錦反而提起了些精神。

等沈錦吃完，頭髮也擦乾，沈錦回房中洗漱好，安平也把她的頭髮梳順，沈錦直接就可以躺在床上休息了。真躺在床上，沈錦覺得又沒那麼睏了，就問道：「安平，妳今日回家了還好嗎？」

「還好。」安平隔著被子給沈錦揉腿，說道：「房子都修好了。」

「喜樂家……還好嗎？」沈錦有些猶豫地問道。

自從喜樂死了後，沈錦除了在邊城解困後，讓人給喜樂家送了東西和銀子，就再也沒提過喜樂。安平還以為沈錦已經把她拋之腦後或者還在生氣，畢竟那時候喜樂為了家裡，在蠻族攻城不久就哭著求了沈錦歸家，最後是在給家裡大哥送飯的途中，被流矢射中沒了的，現在聽沈錦提起來，鼻子酸酸地說道：「也不錯，有夫人賞的藥材，喜樂的大哥也救了回來……喜樂的弟弟也壯實了不少。」

半夢半醒的時候，沈錦好像聽見了楚修明的聲音，不過因為太睏了，她就沒有睜眼，而是接著睡了。

楚修明是來送藥的，趙嬤嬤說道：「將軍放心，夫人用了飯才休息的。」

「這藥一會兒妳給她上一些。」楚修明壓低聲音說道：「夫人是第一次騎馬，恐怕明天會有不適。」

趙嬤嬤也反應過來了，把藥接過來說道：「老奴知道了。」

楚修明點了下頭，看向在一旁的安平。「妳家的事情我知道了，妳好好伺候夫人。」安平家也是有人上戰場，她唯一的兄長戰死，家中只剩下剛出生沒多久的姪子、年邁的母親和體弱的嫂子，安平一直放心不下，可夫人身邊也只剩下她一個人，她離不開，這才一直沒有開口，沒想到將軍竟然提前安排好了。

安平沒有再問，既然將軍說安排好，那麼一定是妥當的，只是眼圈一紅說道：「是。」

楚修明沒再說什麼，這時趙嬤嬤把沈錦前幾日畫的草圖拿出來，楚修明看了眼記在心裡，趙嬤嬤開口道：「夫人本想在院子裡挖個小池塘，被老奴勸住了，池水陰寒，離得太近對夫人身體不好。」

「我知道了。」楚修明把草稿還給趙嬤嬤，沒再說什麼就離開了。

心裡倒是琢磨著，院子裡要多種些能結果的樹，和趙嬤嬤不同，楚修明在看見沈錦特意標注的樹名時，就明白了沈錦的意思。

小池塘的話，不會是想養魚蝦一類，好吃個新鮮的吧？

不過確實不能離得太近，那就把旁邊的院子打通……楚修明仔細思索了一下，已經有了腹稿，回去後就到書房大致畫下來。

沈錦發現楚修明這段時間忽然忙碌了起來，就連楚修遠也不見蹤影，沈錦倒是樂得如此，那一窩雪兔已經被送過來，就養在院子的角落裡。

雪兔不僅有漂亮的木質小窩，裡面還鋪著乾草和小墊子，外面有專門餵兔子的食槽和水槽，每日都被打掃得乾乾淨淨的。

每天早上醒來，用了飯，沈錦就溜達到兔窩那邊，就見大大小小的兔子都在外面蹦來蹦去，而小不點舒服地趴在窩裡面，頭伸在外面看著兔子。

剛開始，每次小不點出現都能把兔子嚇尿，可是現在牠們已經習慣了這隻每天天剛亮就過來霸占牠們窩的天敵，從而養成了良好的習慣。

每天到了時辰，小兔子就在大兔子的帶領下蹦躂出窩，府中的下人先給食槽添滿用粗麵和剁碎的大白菜拌好的兔食，等看見從將軍院中跑來的小不點後，就打開兔欄的門，讓小不點進去。

有小不點在，兔欄的門就不用鎖上了，上次大兔子想要蹦出去，就見明明睡得正香的小不點從兔窩鑽了出去，衝到了大兔子面前，弓著背嗚嗚叫了起來，硬生生把大兔子給趕了回去。

其實小不點現在比兩隻大兔子還要小一些，可是氣勢很強，幾次以後有小不點在，就算不關兔欄的門，兔子們也不會往外跳，反正兔欄並不小，足夠牠們玩的了。

小不點會趁著沈錦出來之前先在兔窩裡面睡一覺，等沈錦來了，就來跟沈錦玩，在太陽落山前乖乖回到楚修明的院子裡。

皮子已經送來了，沈錦把給母親他們選的挑了出來，將其打包後送到兩個使者那裡，在得知可以走後，使者甚至沒等將軍府中的人設送客宴，就連夜打包，第二天天還沒亮就離開了。

甚至一路都不敢休息，就怕什麼時候沈錦一句話，又讓人把他們抓回去了。

此時，楚修明的奏摺已經被送到誠帝的手裡，奏摺裡並沒有提重傷的事情，而且字跡工整，誠帝看了許久，又讓人把楚修明以前的奏摺找了出來，臉上露出滿意的笑容，就算楚修明極力隱藏，可是有幾處下筆還是有些虛軟。

「詩文字畫，皆有中氣行乎其間……」誠帝用指甲在楚修明奏摺上畫出兩處，這麼多字中，他能準確地找出這兩處，可見對楚修明奏摺的重視，也可以說是對楚修明的忌諱。「永甯伯的字真好啊。」

站在誠帝身後的貼身太監聽見誠帝的話也沒開口，不過心中默默補上了誠帝未完的話——「詩文字畫，皆有中氣行乎其間，故有識者即能覘人窮通壽夭。」

足足千字有餘的奏摺，誠帝竟然能看出那兩處。

「不過……說不得是永甯伯故作如此。」誠帝隨手把奏摺扔到一旁。「你說楚家怎麼就這麼不識相。」

李福在誠帝身邊伺候幾十年了，自知此時誠帝根本不是要人回答的，只當自己沒有聽見。

「算了，等人回來就知道了。」誠帝笑著說道，眼中卻露出幾分厲色。

不過誠帝還沒等到人，先等到了驛站送來的信，不管是給誠帝的奏摺、還是沈錦寫給瑞王的家書，都被送到誠帝手上，誠帝直接讓人把信全部拆了，看完以後揉了揉眉心。「李福叫瑞王進來。」

「是。」李福也很好奇永甯伯夫人寫了什麼，看得誠帝都有些受不了了。

瑞王正好在宮中給皇太后問安，很快就到了御書房，誠帝直接把沈錦寫的信給了瑞王，一點也沒有拆看弟弟家書的愧疚，反而說道：「永甯伯為朕鎮守邊城，威懾異族，朕對永甯伯身體萬分關心，先帝七子，就餘你我二人。」

「臣惶恐。」瑞王趕緊跪下低頭說道。

「趕緊起來，你我兄弟怎麼如此見外。」誠帝見瑞王的樣子，心中滿意，嘴上倒是說道：「你的女兒就如我的女兒一般，江南那邊剛剛進貢了一批錦緞，李福分出一半來讓瑞王帶回去。」

「謝皇兄賞賜。」瑞王恭聲說道，然後才起身。

瑞王離宮後，坐在馬車上就看了一下沈錦的信，看完以後揉了揉眉心，還是把沈錦寫給瑞王妃、陳側妃的信都收了起來。看了沈錦寫給他的，很簡單明瞭的內容，問候了一下身體，又說自己在邊城一切都好，讓瑞王放心，還說找了一把寶刀送給瑞王，就沒別的內容了。

回到瑞王府，瑞王就拿著信去到瑞王妃的院子，正巧陳側妃也在陪著瑞王妃說話，等兩人行禮後，瑞王直接把信拿出來說道：「三丫頭來信了，和給皇兄的摺子直接一起寄過來的。」

「真的嗎？」瑞王妃臉上帶著笑，接過了信。

陳側妃明明眼中滿是喜悅，可是也不敢開口，瑞王妃拉著陳側妃的手，主動把沈錦寫給她的遞過去，兩個人就旁若無人地看了起來。

瑞王在一旁無奈地端著茶喝了起來。

「錦丫頭還真是……」瑞王妃看著信就笑了起來，沈錦給她們兩個的信寫了足足十幾頁，看了足足兩盞茶的工夫，才算看完。瑞王妃見陳側妃也看完了，就拉著她說道：「妳瞧瞧這還在抱怨那兩個使者，下一句又開始說邊城滷肉，不過……」再多的話瑞王妃倒是沒說，在京城中什麼好東西吃不到，哪裡會因為吃到滷肉而開心，想到前段時間沈錦寄來求救的信，瑞王妃心裡就揪得慌，到底是疼了幾年的孩子，不過那信的事情陳側妃不知道，整個府中也就瑞王和瑞王妃知情。

陳側妃有些擔憂。「這丫頭也就王妃不嫌棄，她到了那邊以後性子都野了，竟然還抱怨兩位使者。」像是害怕瑞王怪罪，緩緩解釋道：「她也是個小氣的，不如等東西回來，把我……」

「行了。」瑞王妃也看完了禮單，倒是沒覺得沈錦有什麼不對，打斷了陳側妃的話笑道：「錦丫頭剛到邊城，身邊的人又都被趕了回來，怕是這些東西也費了不少心思。王爺，我還沒見過錦丫頭說的寶刀呢，等東西回來先讓我瞧瞧。」

瑞王妃和陳側妃又說了一會兒話，陳側妃就告退了，留下瑞王和瑞王妃兩人，瑞王把人打發出去後，就把今日誠帝說的話和瑞王妃說了一遍。「妳說皇兄是什麼意思？」

「不管皇兄是什麼意思，照做就是了。」瑞王妃溫言道：「我回信的時候會多問問錦丫頭邊城和永甯伯的事情，這事情王爺就不要出面了。」

「王妃說得是。」瑞王開口道：「不過這錦丫頭也真是的，哪有直接管人要東西的。」

瑞王妃並沒有看沈錦寫給沈琦她們的信，一時不大明白，瑞王就把信的內容大致說了一下，卻見瑞王妃竟紅了眼睛，默默地落淚，瑞王大驚問道：「王妃這是怎麼了？」

「王爺太過偏心，她們都是親姊妹，這樣直言要東西才是親近，難不成還要像外人一樣才好嗎？我不知二丫頭會怎麼想，可是琦兒定會喜歡的。」瑞王妃用手帕擦了擦眼角的淚。「而且王爺只注意到錦丫頭要東西，可是瞧瞧都要的是什麼，若不是邊城實在寒苦，她哪裡會開口要的都是易存的吃食？」

瑞王被瑞王妃這麼一說，心裡也有些愧疚地說道：「是我想岔了。」

「王爺，當初被蠻族圍城，錦丫頭求救的信中字字血淚，可是……你看今日她可有絲毫抱怨或者哭訴？」瑞王妃開口道：「不說別的，就是二丫頭不過是夫君納了個小妾，就回來哭著鬧著讓王爺作主，而錦丫頭呢？可給王爺添了絲毫麻煩？錦丫頭在府中的時候，最喜清淡，東西略不精細寧可餓著也不入口，現在要的都是一些……」說著，眼圈就紅了起來。

瑞王心中也覺得酸澀，想想沈錦在邊城可謂是九死一生，被蠻族圍困那麼久，更是吃了不少苦頭，可是信中絲毫不提，反而盡全力給他們備了禮送回來，一時間滿心的柔情，也覺得沈梓太過鬧騰，本因許側妃的苦求而心軟，想要敲打一些二女婿的瑞王頓時又鐵了心。「別哭了，多備些東西給錦丫頭送去，宮中剛賞了不少錦緞，也多多送去一些，錦丫頭孤身在邊城，怕是連個知心的人也沒有。」

瑞王妃心知有時過猶不及，聽了勸就不再哭了，嘆道：「剛剛是我太……只是想到錦丫頭在那邊吃不飽穿不暖的，心裡就揪著疼，恨不得替她去受這些苦。」

「我知妳。」瑞王安慰道。

瑞王妃道：「想來那邊實在難熬，不若多備一些藥材給錦丫頭送去，還有銀錢，她身邊又沒有貼心人，難免打賞上就多一些。」

「好。」瑞王此時什麼都好說。

瑞王妃緩言道：「王爺當初不是說過，少了一柄寶刀嗎？沒想到一時玩笑的話，錦丫頭卻記在心裡了，我瞧著信上說這可是蠻族首領的佩刀，不過錦丫頭竟沒把最好的獻給聖上，只想著留給王爺……也不知道聖上會不會怪罪？」

瑞王聽瑞王妃這麼一說，反而笑了起來。「放心吧，皇兄沒有這麼小氣的。」

瑞王妃眼光閃了閃並沒說什麼，只是笑得溫婉。

等瑞王走後，翠喜才給瑞王妃換了溫熱的棗茶，瑞王妃端著喝了幾口放下杯子，帶著翠喜進了內室。「把我檀木的箱子找出來。」

翠喜應了一聲，就去把瑞王妃要的箱子翻了出來，瑞王妃打開看了一眼，裡面裝著滿滿的銀票，微微垂眸說道：「到時候把這個箱子藏在粳米中給錦丫頭送去。」

「王妃……」翠喜有些驚訝地看著瑞王妃，這可是瑞王妃所有的積蓄，足有五十萬兩。

瑞王妃卻沒有說什麼，恐怕瑞王都沒有瑞王妃瞭解府中的家底，而且這錢並不是給沈錦的，也就瑞王那個傻子覺得誠帝寬厚，想到大兒子，瑞王妃閉了閉眼，說道：「按我說的去做。」

「是。」翠喜不再說什麼。

翠喜幫著瑞王妃收了禮單，說道：「怕是許側妃又要鬧了。」

瑞王妃輕笑一聲。「這個錦丫頭啊。」送禮也只送了瑞王、瑞王妃和陳側妃，可是給瑞王妃的禮中，又有大部分是給她三個孩子備著的，還真是愛恨分明，一點便宜都不願意給許側妃他們占。不過瑞王妃倒是沒覺得沈錦小氣，反而心中更放心了幾分，否則也不會把這些銀子打著給沈錦的名義送去。「不過也苦了這孩子，讓人把信給琦兒他們送去，順便將禮單抄一份給她，她自然會明白。」

第十一章

在瑞王妃心中受苦只喜歡吃清淡食物的沈錦，此時正在努力吃著涮鍋，新鮮的羊羔肉放在湯鍋裡涮好，就算不用蘸料也格外鮮香，旁邊是府中特地備的辣椒醬。

沈錦吃得臉紅撲撲的，鼻子上都是汗，她不僅喜歡吃裡面的羊羔肉，還喜歡吃豆腐，又嫩又滑的稍微沾點辣椒，好吃得要命。

吃完火鍋後，裡面再下點麵，又勁道又好吃，吃飽了以後，沈錦就坐在椅子上，雙手捧著山楂茶說道：「還是這裡的東西好吃啊。」

楚修遠也吃得肚子滾圓，開口道：「不是說京城很多好吃的嗎？」

沈錦感嘆道：「是啊，可是吃不到啊，每次都是按著分例來吃，吃來吃去就那些東西，想要吃些新鮮的都要自己出銀子，不像在這裡，想吃什麼一句話就好。」她覺得這就是當家作主的感覺，簡直不能更好了！

「真可憐。」楚修遠感嘆道。「嫂子還想吃什麼，儘管讓廚房做來，就算府中沒有和大哥說一聲，也能給妳找來。」

沈錦頓時看向了楚修明，眼中滿是期待。「那時候我聽大姊說，他們在宮中吃過烤鹿肉，切成一片片的鹿肉放在炭火上烤熟，配著桂花釀……」

「等今年冬天。」楚修明開口道。

沈錦滿足了，笑著說道：「夫君你真好！」

「這段時間妳乖乖待在府中。」楚修明開口道。

沈錦點頭道：「好。」

楚修遠明日要跟著兄長出門一段時間，看著兄嫂有話要說，就站起身道：「我先回去了。」

楚修明點了下頭，楚修遠和沈錦打了招呼後就先離開了，楚修明起身道：「出去走走。」

「好。」沈錦站起來，看著楚修明的手，把自己的手放上去，楚修明就帶著沈錦往外走去，趙嬤嬤和安平她們並沒有跟去。

「小不點我給妳留下來了。」楚修明開口說道。

沈錦乖巧道：「嗯，我每日就和小不點、小兔子玩就可以了，夫君放心吧，我不會亂跑的。」

楚修明點頭。「工匠已經安排好，他們這段時間會來府中，妳就不要往這邊來了。」

「嗯。」沈錦應了下來，倒是沒問什麼時候去給她修院子，想來是要趁著楚修明兄弟兩個不在，先把那邊弄好。

楚修明是天還沒亮就走的，沈錦醒來的時候，已經走很遠了，沈錦問：「嬤嬤，妳說夫君他們會不會有危險？」

「不會的。」趙嬤嬤笑著安慰道：「夫人放心吧。」

沈錦點點頭，眼珠子轉了轉道：「那夫君有沒有什麼吩咐？」

「夫人問的是什麼？」趙嬤嬤有些疑惑地問道。

沈錦笑道：「比如不讓我出府一類的？」

趙嬤嬤笑道：「沒有，將軍讓府中所有人都聽夫人的。」

沈錦心滿意足了，問完以後就沒再說什麼，在楚修明離開的第一天，她乖乖地在府中和兔子玩了一會兒。午睡醒來還問了趙嬤嬤楚修明和楚修遠的尺寸，選了布料準備給他們做衣服。

第二天依然如此，等到第三天一大早，沈錦早早就起來，然後換了一身衣服就帶著安平出門去。邊城不少人都認識沈錦，見到沈錦帶著安平出來，都會打招呼，還會送一些自家做的東西給沈錦吃。

楚修明和楚修遠不在府中，沈錦就是最大的那個，已經忘記了答應楚修明的事情，每天都帶著安平到處走。

而趙嬤嬤最近也不知道在忙什麼，只是叮囑了安平幾句後，就不再管了。

其實沈錦覺得府中的人自從楚修明離開後就奇奇怪怪的，每天都很忙碌，可是誰也沒告訴沈錦，沈錦也不好多問，不過看著這些人臉上都是喜氣洋洋的也就不擔心了。

最讓沈錦高興的是，來到邊城後她又長高了不少，前幾日趙嬤嬤幫著沈錦量尺寸的時候就發現了，還特意找了沈錦在京城穿的衣服來試，裙子都短了一些。

不僅是身高，就連以往合身的上衣，現在穿著都緊繃了，布兜都是來這邊之後新做的，畢竟沈錦很早就讓人把京城那些衣服收起來，穿更多的是來邊城後新做的，邊城的衣服款式本就寬鬆，所以一時沒發現，這可把沈錦喜壞了。

楚修明和楚修遠兄弟離開這件事，並沒有多少人知道，等沈錦玩夠了，覺得想起了楚修明時，他們已經離開近一個月，去了哪裡幹什麼去，就連府中的人也不知道，恐怕只有管家和趙嬤嬤清楚。

楚修明兄弟兩人回來時，工匠已經把院子弄好了，直接從將軍府撤離，而沈錦住的院子並沒有工匠來修理。

不僅如此，每天楚修明的那個院子都有下人進進出出不斷地忙碌，就算是楚修明回來了也沒有停止，而安平和趙嬤嬤臉上都帶著喜氣。

沈錦坐在窗戶邊，看著外面心中隱隱有個猜測，卻又覺得自己的猜測有些……不切實際，可是難免還是有所期待。

其實沈錦有些弄不明白誠帝的心思，在收到兩個使者的摺子沒多久，糧草輜重就被運送過來，是看見了邊城的描述心軟了？沈錦覺得不可能，其實她很多事情都弄不明白，就像是為什麼邊城被圍困這麼久，朝廷卻沒有派人來救他們一樣。

邊城的失守不僅意味著邊城所有的人都要被殺死，更意味著天啟危險了，邊城是保護著天啟最重要的地方，誠帝不會不知道。難道是因為功高震主嗎？

「夫人，瑞王府派人送東西來了。」安平聽見小丫鬟的傳話就出去了，聽了小廝的話，就趕緊過來說道。

沈錦猛地扭頭看向安平，什麼功高震主都被她拋之腦後，說到底不過是沈錦沒事做才開始琢磨這些。「走。」

「聽說瑞王妃還派了管事來。」安平扶著沈錦的手往外走去，悄聲說道：「夫人要見見嗎？」

「嗯。」沈錦開口道：「想來母妃他們也該收到了我送去的東西，也不知道大姊生了男孩還是女孩，我出嫁前大姊就傳了喜訊。」

安平見沈錦露出笑容，就說道：「一會兒夫人問問就是了。」

瑞王妃派來的是瑞王府中的二管事，也是瑞王妃陪嫁過來的，因為猜到沈錦是要見人的，所以將軍府的人直接讓二管事在客廳等著。

沈錦過來的時候，二管事趕緊放下茶杯行禮道：「給伯夫人問安。」

「快起來。」沈錦笑著說道。「母妃可有信給我？大姊的孩子是男孩還是女孩？」

二管事並沒有急著回話，而是等沈錦坐下後，這才起身恭聲說道：「回伯夫人的話，王妃和陳側妃、世子夫人都給伯夫人寫了信。」說著就拿過桌上的木盒，雙手捧著。

安平過去把木盒接了過來，遞給沈錦，沈錦打開一看，裡面是厚厚的一摞信，臉上的笑容藏也藏不住，手指在信上摸了摸，才勉強忍著不當面拆開，問道：「那大姊呢？」

二管事臉上露出悲痛的表情，跪在地上哭道：「回伯夫人的話，世子夫人小產了。」

「什麼！」沈錦臉色一白，看向二管事。「怎麼可能？」

二管事不敢開口，趙嬤嬤卻看出來了，恐怕這裡涉及了永樂侯府的陰私，端了紅棗茶給沈錦，柔聲勸道：「夫人先緩緩，想來瑞王府的管事也無法探知永樂侯府的消息。」就算知道也不能說。

沈錦喝了一口才說道：「二管事快起來，是我太過心急了。」

二管事擦著淚，站起身說道：「世子夫人也時常念叨著伯夫人，說在王府中和伯夫人關係最好，若是世子夫人知道伯夫人這麼關心她，定會暖心的。」

沈錦還記得當時大姊很期待孩子的出生，她在出嫁前還給孩子做了小衣，特意問了母親，知道小孩皮膚嬌嫩，就沒有繡東西上去，還把線頭都給藏好……可是孩子怎麼就沒了呢？大姊身邊不是有母妃安排的人嗎？

「聽翠喜說，王妃和側妃一起看了伯夫人的信，還哭了一場，還特意把府中御貢的碧粳米收拾出來，都給伯夫人送來了。」二管事開口道。

沈錦愣了一下，才說道：「安平和二管事一併去把那碧粳米送到我房中。」瑞王妃不是一個喜歡說廢話的人，每句話自然有她的意思，特地讓二管事把這米送過來，怕是不簡單。

「是。」安平沒有多問，直接應下來。

二管事掏出禮單遞給安平，安平再送到沈錦手裡。「王妃、陳側妃、世子夫人、許側妃以及四姑娘、五姑娘都給姑娘備了禮。」

「嗯。」沈錦聞言說道：「除了吃食送到廚房外，其餘的都送到我院內。」

二管事不再開口，安平跟著二管事離開了，特地去盯著那碧粳米，沈錦沒有起身回院子，發了一會兒呆才說道：「嬤嬤，夫君在忙什麼？」

趙嬤嬤聽出了沈錦的意思，說道：「回夫人的話，將軍怕是在書房中，今日並無要事。」

沈錦應了一聲，親手抱著裝信的木盒說道：「讓人和夫君說一聲，來我院中一趟。」

「是。」趙嬤嬤當即吩咐了一個小廝，自己陪在沈錦的身邊。

沈錦帶著趙嬤嬤走在回去的路上，也沒了來時的歡快。「孩子怎麼就沒有了呢？」

趙嬤嬤溫言道：「不如等夫人回去看看世子夫人的信，說不得世子夫人信上已經寫了。」

楚修明是知道京城送了東西來的，可是沒想到沈錦會直接請他一併過去，放下手中的書卷，他就往沈錦的院子走去。

如果沈錦進了楚修明現在的院子定會驚奇，因為這裡每一處都是按照她的心思來修建的，甚至還在角落圍了一圈專門養兔子的地方，有些比沈錦所想的還要精緻細膩。

沈錦回到臥房，就打開盒子，想了一下先找出沈琦的信。沈琦很關心沈錦的情況，還直言若是差了東西就儘管和她說，謝了沈錦送她的禮，雖還沒見到光看就知道每樣都貼心。沈琦並沒怎麼提她在永樂侯府的事情，也是在最後才寫了孩子的事。

只說孩子流下來時，已經是個成形的男嬰，其餘的並沒多說，倒是寫了一首詩，上面隱隱有淚痕。

其實就算沈琦不說，沈錦也猜到了一些，那孩子怕是掉得蹊蹺，沈琦過得並不幸福。還沒等她落淚，楚修明就過來了，他把小不點也帶過來，看著朝自己撲來的小不點，沈錦抬頭看了看一身月牙色錦袍的楚修明，那些醞釀出的難過和悲傷一下子被噎了回去。

沈錦想了想，覺得再哭也不好看，就吸了吸鼻子不哭了。楚修明看了趙嬤嬤一眼揮了揮手，趙嬤嬤行禮後就要退下，沈錦說道：「嬤嬤，讓人把碧粳米的箱子先抬進我屋中，這是禮單，妳給分下，該收起來的就收起來，該用的就拿出來用，吃的全部放到廚房，今晚選了那些海鮮來吃。」

「是。」趙嬤嬤一一應了下來，見沈錦沒別的吩咐，就拿著東西離開了。

沈錦先把信放到盒子裡，然後彎腰把小不點抱到懷裡，才看著楚修明，雖然剛剛沒哭，可是沈錦的眼睛也有些紅，顯得有些可憐巴巴的感覺，楚修明挑眉看了一下被拆開的信。

「你自己看吧。」沈錦說完就把信塞到了楚修明的手上。

楚修明也沒有拒絕，絲毫沒有覺得看自家小娘子的家書有什麼不對，沈錦也沒覺得不應該給楚修明看，反而把小不點放到了地上，又拿了繡球扔給牠，讓牠自己玩，誰知道小不點直接叼著繡球出去了，沈錦趴在窗戶上看去，才發現牠竟然直奔著兔子窩去了，也就不再管了。

沈錦又拆了瑞王妃的信看，瑞王妃叮囑她好好照顧自己，也要好好照顧楚修明，說了一些家中的事情，都是一些家長裡短，其他事情並沒有多提，沈錦有些疑惑地說道：「母妃這是怎麼了？以往母妃不是這麼……可是信中怎麼盡是一些誰家娶了兒媳，誰家納了小妾，誰家娶了繼室一類的，還有聖上給幾個皇子選妃的……」

楚修明已經看完了沈琦寫的信，聽見沈錦的話，眼神閃了閃看著她，沈錦識相地把信交到楚修明的手裡。看完一遍後，楚修明已經肯定了他的猜測，這信果然不是寫給沈錦的，而是寫給他的，透過瑞王妃這些看似家長裡短的描述，楚修明心中已經大致畫出了一個京城最新的關係圖，不過瑞王妃為什麼要這樣做，還是她知道了什麼？

沈錦把信交給楚修明以後，就看起了陳側妃寫給她的信，陳側妃只說她在瑞王府一切都好，讓沈錦好好照顧自己，不讓沈錦再給她送東西了，以後就算送也只給瑞王和瑞王妃送就可以了，剩下的全部在叮囑沈錦，還親手給沈錦做了幾身衣服，因為不知道沈錦現在的身高，只能琢磨著做，讓沈錦不合身了找人修一修……

陳側妃一片慈母心，甚至不敢多問沈錦在邊城好不好，就怕問得太多讓沈錦心裡難過。

看得沈錦再也忍不住默默落起了淚。

沈錦哭的時候是悄無聲息的，默默低著頭落淚，還時不時自己用帕子擦擦，看起來又嬌氣又可憐。

楚修明坐到沈錦身邊，摸了摸沈錦的臉說道：「妳那時候不是和修遠說，想要瑞王的一個庶子養在母親身邊嗎？」

「不要女孩。」沈錦邊哭邊要求道，帶著濃濃的鼻音。「母親有我一個女兒就夠了。」

楚修明應了一聲。「我會安排的。」

「喔。」沈錦還是哭個不停。「我都想母親了。」

楚修明有些心疼，可是他不是一個會安慰人的性子，沈錦主動靠到了楚修明的懷裡，眼淚往他衣服上擦。「母親從來不逼著我喝紅棗茶，都會做紅棗酪給我吃……」

「……」

看完了信，沈錦就讓趙嬤嬤他們進來了，還把箱子和東西搬了一些來，最主要的就是瑞王妃的碧粳米和陳側妃做的那些衣服。

那些伺候的人把東西搬進屋子後就出去了，屋內就剩下趙嬤嬤、安平兩個伺候的。

「趙嬤嬤，哪個是母親的？」沈錦看著大大小小一堆東西問道。

趙嬤嬤把貼著陳側妃籤子的箱子找出來，沈錦就過去打開了。

母女連心這話說得不錯，陳側妃沒有沈錦的尺寸，可是做的夏裝都恰恰合身，不僅如此，還做了不少秋冬的衣服，不過那些都比夏裝還要大上一些，就算沈錦再長高，明年修改一下也是能穿的。而且陳側妃做的並不是京城流行的那些款式，更像是邊城流行的，不過樣式要更加漂亮新穎，就是不知陳側妃是怎麼知道的。

沈錦看完以後，就讓安平仔細收起來，碧粳米的箱子也被抬進來了，上面貼著標籤，沈錦直接撕開，把箱子給打開，米是裝在袋子裡的，沈錦解開了口袋，從裡面抓出來一把。

「今晚就吃這個。」

趙嬤嬤笑道：「老奴這就去吩咐廚房。」

沈錦點了點頭，然後直接擼起衣袖，露出了白嫩的胳膊，其實沈錦看起來並不胖，有一種穠纖合度的感覺，不過這也只是看起來，楚修明抱過沈錦所以清楚得很，其實沈錦身上軟綿綿肉乎乎的。

她的小臂很漂亮，不是那種皮包骨頭的瘦，而是一種珠圓玉潤的美，沈錦把手插進米袋裡面，攪和了半天，最後一臉迷茫地看向楚修明。「母妃和我鬧著玩嗎？」

沈錦認識那個送東西的管事，正是瑞王妃身邊得用的，既然他特意提了碧粳米的事情，想來不是無的放矢，畢竟這裡面有很多比碧粳米更珍貴、沈錦更喜歡的食材。

楚修明挑眉看了沈錦一眼，沈錦乖乖讓出了位置，楚修明挽了挽衣袖，把手伸進去，沒多久就拿著一個木盒出來了，然後把木盒遞給了沈錦，自己到旁邊的銅盆裡淨手。「在下面。」

雖然只說了三個字，沈錦卻從楚修明的眼神和話裡聽出了意思，不是沒有而是她胳膊太短沒有找到而已！

氣呼呼地哼了一聲，沈錦把木盒放到一旁的梳妝檯上，這上面有一把小鎖。「鑰匙呢？」

楚修明已經把手擦乾了，聞言看向沈錦。「問我？」

「是啊。」沈錦理所當然地說道。

楚修明想了一下問道：「把瑞王妃送的那盒首飾找出來。」這話是對趙嬤嬤說的，他自己走到沈錦旁邊看了看那把精緻的小鎖，小鎖上還有一枝梅花。

沈錦也湊過去看了看，還伸手拽了兩下，那鎖看著小可是很結實。

趙嬤嬤很快就把那盒首飾找了出來，楚修明見沈錦還在那裡研究小鎖，就自己把首飾盒打開，是三層的首飾盒，下面還有小抽屜。

楚修明仔細翻看了一圈，找到一對梅花樣式的耳環，然後遞給沈錦，沈錦拿著試了試，一下子就把鎖給打開了。木盒裡面裝著一摞銀票，有整有零的，沈錦拿出來粗粗一看，足有五十萬兩，她的嫁妝滿打滿算出來還不到十萬兩。

沈錦有些呆住了，然後看了看楚修明又看了看銀票。「這是給我的嗎？」

楚修明也沒想到瑞王妃這樣的大手筆，雖然看到信有所猜測，可畢竟沒有確認瑞王妃的態度，怕是如今瑞王府的銀子都沒這麼多了，瑞王雖然有錢，可是很多東西都是不能動的，就像是御賜的莊子一類的，瑞王只能每年收租，卻沒有販賣的權利。

而宮中的賞賜，也不會有直接賞賜銀子，楚修明甚至懷疑這筆銀子瑞王都是毫不知情的。

瑞王妃這樣的女人，嫁給瑞王還真是可惜了。

沈錦摸了摸銀票，重新裝在木盒裡面，然後蓋好，連著鎖和鑰匙都給了楚修明，說道：「給吧，你收了我母妃的銀子，可要對我好。」

楚修明也看出來這些銀子是瑞王妃經由沈錦的手給自己的，眼睛眯了一下，沒多說什麼就收下了盒子。

雖然陳側妃也給楚修明準備了不少東西，可是目的與瑞王妃不同，陳側妃完全是為了女兒，只想著楚修明能對女兒好一些就足夠了，而瑞王妃是有自己的打算。

因為天色已經有些晚了，很多東西都沒有收拾出來，所以剩下的東西沈錦就沒來得及分發出去，等到第二天全部規整完，沈錦就分東西了。

不僅楚修明和楚修遠有，就連趙嬤嬤、安平和斷了右臂的王總管都有，王總管的右胳膊在蠻族攻城的時候斷了，傷到現在才養好，可是臉色依舊有些蒼白，所以沈錦特意選了不少補藥給王總管。府中小廝抱著東西跑來跑去，不停地從沈錦院中抱了東西送到各個人手上。

沈錦雖說不上大手大腳，可也不是個小氣的，就連王總管一個男人都得了一疋御賜的錦緞，更不用說安平和趙嬤嬤了，她還特意選了安平她們喜歡的顏色。

送完了東西，沈錦本想叫二管家問話，可是丫鬟去了才知道，二管家被楚修明叫去了，安平在一旁笑道：「夫人想知道京中的事情，為什麼不問奴婢？」

「妳知道？」沈錦驚喜地看著安平。

安平笑道：「這幾日奴婢安排了小丫頭和小廝去纏著那些京城中來的婆子小廝說話，倒是打聽了不少消息呢。」

趙嬤嬤是知道這件事的，其中也有她的授意，想來二管家不說並非因為不能說，而是不好在明面上說，所以府中的丫鬟小廝幾桌好酒好菜就把所有的消息打聽清楚了。

安平應了一聲就說了起來。「奴婢聽說夫人的二姊嫁給鄭家的大公子，鄭家大公子書讀得極好。」

沈錦也知道沈梓嫁進了鄭家，聽說最是清貴，而鄭家大公子詩詞歌賦無一不精，不少大家小姐都收藏著他的詩集。

不過沈梓的學問……沈錦她們當初是一起學習的，因為兩個人年歲相近，夫子教她們兩人的內容是一樣的。沈梓雖說不上才女，可也不是目不識丁，就算嫁到了別的人家，也算得上不錯了，可是鄭家……沈錦有些想不出沈梓每日和鄭家大少爺吟詩作對的樣子。

安平開口道：「聽說鄭家大少爺最喜紅袖添香……」這話並沒有說完。「夫人的二姊本就是以郡主之身下嫁，難免……聽說她哭著到王府中找王爺作主。」

沈錦問道：「父王出面了？」

「那倒是沒有。」安平開口道：「住了兩、三日，就被王爺派人送回鄭家了。」

沈錦覺得按照瑞王的性格，許側妃和沈梓一起哭訴起來，怕是瑞王會幫沈梓出頭啊，難不成被瑞王妃給阻了？這麼一想就說得通了，點了下頭說道：「還有呢？」

「奴婢聽個婆子在喝醉後痛罵了永樂侯世子。」安平知道沈錦更擔心沈琦，所以特地打聽了，說道：「說永樂侯世子看著是個好的，卻最混帳不過，就連永樂侯夫人也是內裡藏奸的。」

沈錦皺眉說道：「不應該啊。」她記得出嫁前，大姊過得不錯，而且和大姊夫關係也極好，永樂侯夫人和瑞王妃認識，兩個人也是好友。

安平說道：「只是聽說世子納了妾室，是他青梅竹馬的表妹。」

沈錦皺起了眉頭。「大姊過得不好？姊夫虧待了她嗎？」

趙嬤嬤看著沈錦的樣子，開口說道：「夫人想得太簡單了，並非世子不好，可能是太好了，所以夫人的大姊才過得不好。」

沈錦看向趙嬤嬤，趙嬤嬤說道：「安平，妳打聽出那表妹的身世了嗎？」

「奴婢聽說是永樂侯夫人庶妹的女兒，家裡那邊壞了事，也沒了別的親人，所以就投奔了永樂侯夫人。」安平補充道。

趙嬤嬤才說道：「想來世子對人溫和，而這個溫和並不是只對世子夫人的，而永樂侯夫人雖與王妃是好友，可是再親也比不過親戚的，所以難免偏心了些。不僅如此，在外人眼中那個妾室孤苦無依，而世子夫人是瑞王嫡女，家世顯貴又是郡主之身，又是世子正妃，兩相對比起來，難免覺得妾室可憐了一些。」

沈錦緊抿著唇，許久才說道：「我知道了。」

趙嬤嬤雖然是楚修明派來伺候沈錦的，可是和沈錦相處久了，也多了幾分真心，說道：「所以夫人有些時候萬不可心軟，如果那個表妹剛求助到永樂侯府的時候，世子夫人能狠下心，直接給了銀子打發出去，就沒有這麼多事情了。」

沈錦問道：「那侯夫人和世子不會生氣嗎？」

趙嬤嬤反問道：「別人生氣和讓自己生氣，哪個更好一些？」

沈錦眨了眨眼睛，看了趙嬤嬤幾眼，點頭說道：「我知道了。對了，夫君有表妹嗎？」

趙嬤嬤難得有些欣慰地說道：「將軍也有個遠房表妹，舉目無親的時候來投靠將軍，後來……」

沈錦問道：「走了嗎？」

「是的。」趙嬤嬤說道。

沈錦點點頭。「那就不用提她了，還有別的嗎？」

安平問道：「夫人不擔心嗎？那個表姑娘長得很美的。」

「因為妳們都說了是當初。」沈錦覺得趙嬤嬤和安平有些莫名其妙的。「如果當初真有什麼，也輪不到我嫁過來，夫君那性子真想娶誰，還能等到指婚？再說了，府中根本沒有這個人，想來是發生了什麼事情，而且第一次聽人提起，恐怕不是什麼好事，既然這樣，就更不用擔心了啊。」

趙嬤嬤覺得說不定夫人這種就是大智若愚。

沈錦看著被震住的趙嬤嬤和安平，有些小得意和小驕傲地說道：「我可是很聰明的。」

第十二章

很聰明的將軍夫人沈錦此時正對著眼前的嫁衣發呆，趙嬤嬤笑道：「夫人試試？」

「月華錦？」沈錦不是第一次看見月華錦，可是這麼漂亮的月華錦是第一次見到，月華錦極其珍貴，就算是瑞王府也僅僅是沈琦有一條月華錦做的裙子，那還是水紅色並不是正紅。

那條裙子沈錦見沈琦穿過，行走間裙子流光溢彩就像是月光織成的一般，而這一身正紅的嫁衣光是掛在衣架上就讓人移不開眼，更別提上面的刺繡。

「是的。」趙嬤嬤也不驚奇沈錦能認出這種料子，笑著說道：「這是將軍特意吩咐給夫人做的，夫人不如試試？」

沈錦嫁過來時穿的那兩套嫁衣，是宮中繡娘做的，用的也是上好的綢緞以金線細細繡成的，可是和月華錦這一套相比起來，就像是御廚精心調製的美食和街頭小販做的主食，一個精緻一個實在，想到那兩身嫁衣的重量，沈錦到現在都心有餘悸，全套穿下來根本動不了，頭髮都綴著疼！

安平見沈錦並沒有露出驚喜的神色，問道：「夫人不喜歡嗎？」

沈錦有些茫然地看向安平說道：「喜歡。」女人根本拒絕不了月華錦的！就連瑞王妃得了月華錦也是仔細存著，等沈琦到了最好的年齡，才選了繡娘精打細算地給沈琦做條裙子。

趙嬤嬤想了一下開口道：「夫人可是覺得將軍這段時間沒來陪夫人？」

提到這個沈錦也覺得委屈了，說道：「他拿了母親親手做的東西，也答應讓廚房給我做紅棗酪的，可是至今為止僅僅是把紅棗茶換成了紅棗薑湯。」

趙嬤嬤開口道：「那是因為夫人前幾日吃太多河鮮海鮮。那些都是涼性的，馬上又該到夫人的小日子，難不成夫人還想像上次那樣疼？」

沈錦動了動唇，也有些心虛。「可是明明做出紅棗酪了啊。」

趙嬤嬤總不好說將軍想給夫人一個教訓，只得說道：「夫人難道就不好奇將軍為什麼這麼久沒來？」

沈錦嫌棄地看了一眼紅棗薑湯，說道：「母親說過成親前，男女是不能見面的。」

趙嬤嬤聞言笑道：「夫人不怪將軍就好。」

「我還以為夫君出去了呢。」沈錦真沒把楚修明沒來當一回事，畢竟楚修明神神秘秘出門辦事又不是一次、兩次了，可是今日看見嫁衣……心裡又暖又覺得有些澀澀的，還有些委屈。

果然人是不能寵的，明明剛嫁來那會兒身邊沒有一個貼心的不說，還被府中的人防備著，就連本該有的儀式都沒有，可是那時候她也沒覺得多委屈。

甚至在後來日子好過了，不僅滿足而且還有些得意的，很想告訴沈梓，其實她過得很好，比在京城還要自在，除了有些想母親外，沒有任何不滿足的地方。

後來見到楚修明，楚修明對她也很好，對沈錦來說，就像是驚喜，明明只買了一籠灌湯包，老闆卻又送了她一盤小菜這樣，使沈錦不僅滿足還很快樂。

可是今日在看見這套月華錦製成的嫁衣時，沈錦卻覺得委屈了，低著頭眼睛都紅了，不知為何沈錦想到了當初母親說的話。

那時候沈錦心中為母親抱不平，也問過母親——「父王這樣對您，您覺得委屈嗎？」

母親只是笑笑說道：「我只是為我兒委屈。」

其實沈錦那時候已經跟在瑞王妃的身邊，日子過得好許多，起碼不再有下人敢怠慢她，又因為給瑞王做了不少東西，瑞王在送東西給許側妃的三個女兒時，偶爾也會想起她，給她一份。

沈錦接著問了。「那母親您自己呢？會委屈嗎？」

母親是怎麼說的？

「不委屈，每日錦衣玉食的，人要知足。」

當時沈錦偎進了陳側妃的懷裡，追問著那母親就從來沒委屈過嗎？

母親那時候的話沈錦至今記得，可是卻不明白，而現在……她好像明白了母親的感覺。

「在妳外祖父和外祖母還在世時，就連衣服樣式稍稍不合心意，或者菜色不合口，我都是覺得委屈的，後來……妳外祖父和外祖母沒了，我進了王府就不再覺得委屈了。」

沈錦知道母親的意思並不是說王府就事事合她心意，而是沒有了寵妳在乎妳的人，那麼妳就不會委屈了，因為知道就算委屈，也沒有人會心疼妳。

想到母親，沈錦吸了吸鼻子，倒是沒有哭，其實當初她沒和楚修明說實話，她說只想讓母親有她一個女兒是假的，她想讓母親把個庶子養在身邊，等到以後世子繼承瑞王的爵位後，可以給庶子分家，到時候庶出的弟弟能把母親接出去，不需要庶出弟弟奉養母親，她可以把母親接走。

如果母親不願意住在將軍府，她也可以給母親置辦一個院子，然後買了人伺候母親，讓母親不用再看人臉色生活，可以自己當家作主。

在邊城是沒有人敢欺負母親的，雖然這裡沒有京城繁華，可是沈錦覺得母親一定會喜歡的。

默默把紅棗薑湯喝完，沈錦才說道：「我很喜歡。」她就算是委屈也不會任性，再說對趙嬤嬤和安平任性也沒什麼意思。「所以我決定親手給夫君……將軍燉湯。」

安平愣了一下問道：「夫人怎麼忽然稱呼將軍為將軍了？」

這話猛一聽有些奇怪，可是沈錦卻聽懂了。「因為我還沒有嫁給他呢。」伸手指了指嫁衣。「我要試試。」

趙嬤嬤也明白了過來，倒是沒有糾正的意思，笑著說道：「那老奴伺候夫人。」

沈錦點點頭。這衣服是按照沈錦現在的尺寸做的，穿起來格外合身，等穿上鞋子沈錦才發現，鞋子最上面鑲的竟然是東珠，瑩白的東珠像是被滿身的紅衣染上一層紅暈，走動的時候，東珠帶著一種溫潤的光澤。

而月華錦更是絢爛奪目，微微一動就變得流光溢彩，從靜到動是一種極致而又無法形容的美，卻又不會讓人覺得刺眼，就像是真的把月光給剪下來染成了這身嫁衣。

沈錦轉了一圈，看向銅鏡裡的自己，如果母親能在就好了，看見這樣的嫁衣，母親一定會欣慰的。「我晚上一定會用心給將軍熬一鍋補湯的。」

趙嬤嬤眼角抽了抽，難道她當初想錯了，夫人熬滋補的湯確確實實是因為感動？

安平捧出一個盒子，說道：「夫人還有這些。」

盒子被打開來，只見裡面是一整套的首飾，和宮中的相比要小巧許多，可是卻更加華貴，不知為何衣服上的繡花和首飾都避開了鳳和鳥類的花紋，按照沈錦的品級，其實是可以簪七尾鳳簪的，她嫁來那時用的就是七尾鳳簪。

沈錦拿起綴於額前的那個花勝，是很精緻的花草為形，下面的流蘇用的是紅寶石，一顆顆大小色澤相同的紅寶石，兩邊長些中間短，而插於髻上的那個和前面是配套的，流蘇同樣用的是紅寶石，光是這兩個就比沈錦嫁來時那滿頭的髮飾珍貴了。

而楚修明準備的不僅是這兩樣，每一樣都不比這對花勝差，而現在這些東西就放在沈錦面前，沈錦腦中只有四個字：價值連城。

她覺得可以稍稍對楚修明好點，湯燉半鍋就夠了，不用一鍋了。

安平看著這些東西眼中也露出羨慕，畢竟沒有哪個女人能拒絕這些東西，並不是東西多難得，而是其中代表的心意和夫家的重視。

安平見沈錦又開始發呆，就笑著問道：「夫人想什麼呢？」

「果然人是被寵壞的。」沈錦的聲音很小，就連站在她身邊的安平都沒聽清楚。

安平一臉疑惑地看向沈錦，沈錦笑得眉眼彎彎，兩個小酒窩露了出來。「我很喜歡，就是覺得有點緊。」

趙嬤嬤也注意到了，是沈錦胸的位置，她還吩咐繡娘放鬆了一些尺寸，沒想到現在穿著還是有些緊，倒不是緊繃著，不過這樣更顯得她腰細，胸鼓鼓的，配著臉上的笑容，有一種難以言喻的誘惑，別說男人了，就是趙嬤嬤看了都覺得心動，想要把人摟到懷裡好好揉捏一番。她本來還準備讓繡娘再放鬆一點，此時變了主意說道：「是腰這個部位嗎？老奴覺得恰到好處。」

「不是啊，是……」沈錦臉一紅，實在不好意思說是胸的部位，她也知道這尺寸是剛量不久的。

沒等沈錦開口，趙嬤嬤就笑道：「老奴瞧著夫人像是長高了一些，讓繡娘把裙子稍稍放下來一點，多虧了提前和繡娘打過招呼，多留一些邊出來。」

「不是那裡。」沈錦鼓了鼓臉。

趙嬤嬤扭頭不看沈錦，只是看著安平問道：「安平覺得夫人這身合適嗎？」

「很好看。」安平還沒經人事，根本不知道這些，只覺得沈錦穿著格外漂亮。「夫人真漂亮。」

「那就這樣吧。」趙嬤嬤說道。「夫人先脫下來，我去讓人放下裙邊。」

沈錦看著她們兩個，也覺得是不是自己的錯覺，反正也不會很勒，就不再說什麼，讓安平和趙嬤嬤幫著把衣服脫下來。

趙嬤嬤把衣服掛好，然後讓丫鬟抬著架子送出去修改。

趙嬤嬤為了不讓沈錦繼續去想衣服的事情，笑著問道：「夫人，不是說要給將軍燉湯嗎？」

沈錦點了點頭，果然被引開了注意力，說道：「那現在就去。」

安平笑道：「奴婢陪夫人去。」

趙嬤嬤說道：「老奴留下來收拾東西。」

「好。」沈錦就帶著安平去了小廚房。

將軍府從沒有這麼熱鬧過，外面擺著長長的流水席，城裡所有酒店都停了業，廚房裡的人自發來將軍府幫忙。

不管家中有錢還是沒錢的，都準備了將軍和將軍夫人的新婚賀禮，並非什麼值錢的物品，有的甚至是家裡自己熬的麥芽糖。

將軍府中所有的下人都穿上新衣，臉上是發自內心的喜悅，就算忙得腳不沾地、嗓子都乾啞了，笑容卻藏也藏不住。

沈錦是從將軍府出嫁的，轎子會繞城一周，她已經換上那身月華錦製成的嫁衣，髮被綰起，華貴的頭飾妝點其上。

楚修遠今日也是一身錦袍，並不是正紅色的，站在門口叫道：「嫂子好了嗎？」

沈錦最後扭頭看了一眼銅鏡，只能模模糊糊看見一個人影，抬手輕輕碰了一下臉，趙嬤嬤開臉比在瑞王府中弄得還要疼，想來一定紅腫了。

安平手裡的托盤上放著紅色的蓋頭，蓋頭上面繡著並蒂蓮，蓋頭的四周綴著紅色的寶石。

沈錦卻看向趙嬤嬤，看得趙嬤嬤一頭霧水，沈錦開口說道：「我母親說，出嫁前要裝點東西，在轎子裡的時候，餓了可以墊墊肚子，否則會撐不住。」

趙嬤嬤覺得有些無言以對。

沈錦有些懷疑地問道：「嬤嬤妳忘記準備了嗎？」

其實趙嬤嬤是準備了，本想等著沈錦蓋上蓋頭以後，再偷偷背著人塞給她，沒想到沈錦這麼直接，於是把東西掏出來。沈錦藏在了大袖子裡，才笑道：「我馬上就回來了。」

這話說得沒有錯，可是怎麼聽都覺得彆扭，只是趙嬤嬤也顧不上這些，免得耽誤了良辰吉時，說道：「老奴讓廚房給夫人備著桂花銀耳百合粥。」

沈錦這才矜持地點點頭，示意可以了，趙嬤嬤雙手拿過蓋頭給沈錦蓋上後，又整理了一下說道：「二將軍可以進來了。」

因為新娘子腳是不能沾地的，為免不吉利，所以沈錦換上新鞋後就一直坐在床上，其實不應該讓楚修遠揹她出去，應該是讓沈錦的兄弟來揹，就算沒有兄弟也可以讓婆子揹著，不過是楚修遠主動要求，楚修明也沒有拒絕。

在京城的時候，沈錦是被瑞王妃的嫡子，她的大哥沈軒揹上花轎，後來也是由婆子從花轎上揹到馬車上，而現在換成了楚修遠，反正沈錦也不介意，他們不合規矩的地方多了，不差再多幾樣。

沈錦趴在楚修遠的背上，楚修遠年紀不大，可是很有力氣，揹著沈錦走得也很穩，他開口道：「嫂子，大哥一定會對妳好的。」

「嗯。」沈錦應了一聲，小聲說道：「長嫂如母，我也會好好照顧你的。」

楚修遠笑了起來，也不再說什麼，楚修明已經帶著人守在院子門口，一身紅色喜服的楚修明更顯得清俊優雅，因為是大喜的日子，就連眉眼間的冷寂也消失了，楚修遠和楚修明相視一笑，然後把沈錦放進了花轎裡面。

喜娘在一旁喊著各種吉祥的話，楚修明拍了拍楚修遠的肩膀，就率先往外走去，花轎跟在他身後。

楚修明今日換了一匹白色的駿馬，等花轎抬出來後，他就翻身上馬了。

其實坐在花轎裡面一點也不舒服，沈錦聽著外面的奏樂，臉上的紅暈根本沒有消失，就連眼睛都是亮晶晶的，幾分喜悅幾分羞澀還有幾分說不出的少女情懷。一路上都有人撒著喜錢喜糖之類的，很多孩童的歡呼聲，整個邊城就像是過年一樣，所有人自發地在家周圍掛上紅色的彩帶和燈籠，喜氣洋洋的樣子。

邊城的人是真心歡迎沈錦的，畢竟沈錦和他們一起同生共死過，在最後快要絕望的時候，更是把所有的生路留給了孩子們。

沈錦開始還很興奮，可是坐了一會兒後，就有些無趣了，因為她只能聽得見根本看不到。從袖子裡把趙嬤嬤準備的吃食拿出來，拆開油紙包就見裡面是一塊塊只有指甲蓋大小的點心，沈錦捏了一塊放到嘴裡，後來索性一塊塊往嘴裡塞，接連塞了幾塊，果然還是這樣過癮，漸漸地膽子大了，嘴裡塞得越來越多。

楚修明聽著沿路的人不斷呼喊著將軍夫人，聲音嘶吼說著各種祝福的話，心中一動忽然舉起了手。

沈錦吃得開心，也就忽略了外面突然的安靜。

楚修明覺得今日是他和沈錦成親的大喜日子，所有的榮耀都應該和沈錦一同分享，讓她也感受一下邊城所有人對她的歡迎和內心的喜愛，所以翻身下馬，在眾人疑惑的眼神中一步步走向身後的花轎。

花轎內，沈錦正把百果糕和山藥糕配在一起吃，她剛剛試過了，兩種糕點的味道融合在一起，十分的美味，等回去是不是讓廚師……

拉開最外層的轎門，掀起花轎簾子的楚修明看著那整齊擺放在沈錦腿上的糕點，又看了一眼正在忙碌的小手，因為蒙著蓋頭，沈錦根本沒有注意楚修明的到來，嘴裡吃著百果糕和山藥糕，沈錦決定再拆一包看看是什麼口味的，忽然透過蓋頭邊緣看見了一雙鞋子和紅色的下襬，那下襬的料子很眼熟，和她的嫁衣一模一樣……

楚修明有些哭笑不得，而外面的人根本不知道裡面的事情，只是看著楚修明打開了轎門，驚呼聲傳了出來，緊接著一陣陣叫好聲和整齊的祝福聲，楚修明輕笑出聲，明明很吵鬧的環境，可是楚修明的聲音還是清楚地傳進了沈錦的耳朵裡，就像是一根羽毛在她耳後輕輕搔著一樣，心都是一揪一揪的，不是疼也不是難受，而是癢癢的說不出來的感覺。

「小娘子太心急了。」楚修明笑著說道，彎腰進了轎子，一下子就把沈錦抱了起來。沈錦驚呼一聲，腿上的糕點都落在了轎子裡面，還有幾塊蹦到了外面，沈錦一手按住蓋頭，一手還抓了什麼東西，因為太過緊張根本來不及分辨。

楚修明把沈錦打橫抱了出來。

邊城本就民風慓悍更自在一些，女人都能上戰場，而不像京城那樣，根本不能拋頭露面的，所以楚修明此舉使得所有人都歡呼雀躍。「祝將軍和將軍夫人永結同心、早生貴子，白頭到老，生死不離！」

也不知道是誰先喊出來的，等沈錦反應過來時，所有人都喊了起來，不僅中氣十足而且很整齊，就像是有人特地安排過一樣。

沈錦捏著手裡的東西，努力想把嘴裡的糕點嚥下去，可是發現越著急越嚥不下去，而最讓沈錦崩潰的一點是，楚修明俯在她耳邊柔聲說道：「夫人，聽見他們的聲音了嗎？」

「夫人，不管我們今後在哪裡，邊城都是我們的家。」楚修明把沈錦放在馬背上，自己翻身坐在她後面摟住了她的腰。「在這裡妳可以自由自在，不用受到任何的拘束，我們生死與共榮辱同受，不管什麼事情我都會擋在妳前面，不管什麼時候我們都一起面對好不好？」

沈錦點頭。很好，如果你願意等我嘴裡的東西都吃完了再和我說這些，我一定會很濃情密意地靠近你，在你懷裡說一句我亦然。

「那我先把妳的蓋頭掀開。」楚修明摟著沈錦腰的那隻手改握住沈錦的手，另一手抓住蓋頭的邊緣。「我們一起來看看邊城的人們為我們所做的好嗎？」

等等，一點也不好，放開我的蓋頭，等我嚥下去你再掀開，我們還是能好好做夫妻的，我以後也不會再給你燉補湯喝了……

沈錦一隻手握著東西，她下意識地沒有鬆開，另一手被楚修明握在手裡根本動不了，嘴裡塞著糕點說不出話來，因為被楚修明抱著連動一動身子都做不到，只能眼睜睜看著蓋頭被楚修明掀去，她是側身坐著的，滿臉控訴、眼睛圓溜溜地瞪著楚修明，然後左臉頰鼓了鼓，楚修明剛剛還刻意多說了幾句話，就是為了給沈錦留些時間好讓她把嘴裡的東西嚥下去。可是即使楚修明再神機妙算，也算不到沈錦太過貪心，一口吃了好幾塊，弄得半天嚥不下去這件事。

無奈地輕笑一聲，楚修明低頭吻上沈錦的嘴，然後挑開她的唇，用舌頭把她嘴裡還沒吃完的糕點勾到自己嘴裡，然後才鬆開沈錦，沈錦此時眼睛水潤，像是要滴出水似的，不僅滿臉通紅，就連脖子都紅了，整個人埋進楚修明的懷裡。楚修明把東西嚥下去，下頷壓在沈錦的頭頂小聲說道：「真甜。」也不知是說糕點還是說沈錦……

趙嬤嬤並不知道這件事，她不過是心疼沈錦，照顧了沈錦這麼久，難免有些嫁女兒的情懷，才會多備了些。

楚修明一路抱著沈錦騎馬回了將軍府，沈錦的蓋頭也交到了身後的喜娘手裡，沈錦起初還躲在楚修明的懷裡，可是過沒多久就忍不住伸出頭去看。

開始的時候還有些害羞，看一眼就躲回楚修明的懷裡，漸漸地從看一眼變成看兩眼，兩眼變成了三眼，最後就是靠在楚修明的懷裡不再躲了，有時還伸出白嫩的小手和下面認識的人打打招呼。

沈錦認識的人還真不少，被打招呼的人滿是欣喜，周圍的人也有些嫉妒，他們也想讓夫人招呼到啊。

「咦，我發現夫人打招呼的好像都是賣吃的？」有個人不確定地說道。

「怎麼可能？」

「你看剛剛夫人揮手的那個是賣燒餅的老喬頭，還有上一個是賣滷牛肉的，據說是家傳老湯，那肉又嫩又香，再上一個是街口賣餛飩的……」

「夫人可是京城嫁過來的，什麼好吃的沒吃過，估計是湊巧。」另一個人說道。「夫人可是郡主，皇帝的姪女。」

「也對。」這個正在說吃的人被說服了。「這也太湊巧了。」

到了將軍府，鞭炮就響了起來，楚修明把沈錦抱下馬，馬鞍火盆這一類的都已經備好了，沈錦小心翼翼地跨越過去。本該由楚修明牽著沈錦去拜堂的，誰知道楚修明直接把沈錦抱了起來，往裡面走去。

跟過來的那些邊城百姓自然有府中的下人接待。

沈錦的手摟著楚修明的脖子，看著楚修遠、趙嬤嬤、安平、王總管……還有一些認識和不認識的人……這些人都是滿臉笑意，她忽然說道：「我亦然。」

「嗯？」楚修明低頭看向沈錦，聰明如他一時也沒明白沈錦的意思。

沈錦把臉貼在楚修明的胸口，不再開口，楚修明也沒有再問。

喜堂佈置得很漂亮，兩個人拜了天地，楚家已經沒有長輩，在問過沈錦後知道她並不忌諱，所以高堂上擺放的是楚修明父母的靈位。

恐怕整個天啟朝，沈錦是第一個沒有蓋蓋頭就拜天地的新娘，也是第一個在拜完天地後就被新郎帶出去見人的。

楚修明帶著沈錦去見的不算是外人，都是沙場上過命的兄弟，他雖然是將軍，可也只是一個人，下面有不少別的武官。

有些鎮守在別的地方，只是讓人送來了賀禮。

這些人見楚修明帶著沈錦出來，有的心思簡單的只覺得楚修明格外重視他們，就怕他們大老粗嚇到嬌滴滴的將軍夫人，想得多點的心裡也知道，將軍很重視夫人，這是帶著認人呢。

果然楚修明帶著沈錦一個一個介紹了，開始還擔心沈錦害怕那些人，就見站在他們面前顯得格外嬌小的沈錦拿著杯子挨個兒給他們敬酒，一點也沒有露出害怕的樣子。

楚修明發現自家的小娘子其實有些傻膽，可是有時候偏偏聽到一點動靜都能嚇得要命把頭給縮起來，真不知道說什麼好。

給沈錦喝的是最軟綿的桂花酒，而且敬酒都是用精緻的白玉杯，那杯子小巧好看，安平每次都只給她倒了半分滿，就那麼一點點，可是一圈喝下來，也讓沈錦臉頰緋紅，眼睛又水又亮，還時不時盯著楚修明發呆。

沈錦的皮膚是盈白的，沒有一絲瑕疵，就像是最上好的美玉，稍微用些力氣都能留下青紫，又嬌又嫩。

「夫君……」喝醉的沈錦格外喜歡撒嬌，被楚修明摟在懷裡，嬌聲道：「餓了。」

在邊關待久，見慣了那種颯爽火辣女人的武將們看到沈錦的樣子，心中都不覺一動，總覺得很不一樣，眼神不自覺往沈錦這邊多看了一些，楚修明自然注意到了，而且他是男人，更明白男人的心思，伸手把沈錦按到懷裡，眼神掃了一下那些既是兄弟又是下屬的人，然後讓人倒了三碗酒，直接給喝完後，抱著沈錦就離開了。

「哈哈哈哈，看將軍急的。」

「當然急了，你要是娶了這樣的媳婦，比將軍還急。」

「二將軍過來一起喝酒。」

「哈哈哈，二將軍不會懂的，快來喝酒吧。」

楚修明面上很平靜，眼底帶著掩不去的喜色，就連步子都比平時快了不少。趙嬤嬤她們已經在喜房等著，但是沒想到楚修明回來得這麼快，而且是直接把沈錦抱回來的，有些擔憂道：「可是夫人不舒服？」

聽見趙嬤嬤的聲音，沈錦的頭就掙扎著從楚修明的懷裡出來了，撒嬌道：「嬤嬤，要吃百合銀耳蓮子粥。」

見到沈錦沒事，趙嬤嬤鬆了一口氣，說道：「夫人喝完交杯酒就可以吃了。」

「喔。」沈錦反應有些遲鈍，想了一下才說道：「夫君，喝交杯酒……然後吃。」

楚修明把沈錦放下了，聲音有些沙啞說道：「好。」然後引著沈錦坐在喜床上。

這上面撒了紅棗、花生、桂圓和蓮子，恰巧沈錦坐的地方有顆桂圓。「咦？」沈錦有些疑惑地摸了半天，把桂圓給摸了出來，她喝多了酒，可是東西還能認得，就想去剝那顆桂圓來吃。

端著酒杯過來的趙嬤嬤趕緊把桂圓給拿下來，然後說道：「夫人，等會兒有好吃的。」

沈錦有些委屈地應了一聲，楚修明拿著酒杯放在沈錦的手裡，然後自己端起一杯，沈錦眨了眨眼睛，眼神看向楚修明的臉，然後甜甜一笑說道：「夫君。」

楚修明應了一聲，看向趙嬤嬤說道：「帶人出去。」

趙嬤嬤愣了一下，才說道：「是。」然後帶著屋子裡伺候的人都出去了。

等門關上，楚修明就說道：「乖，來喝酒。」

「喔。」沈錦想了想笑道：「我會，嬤嬤教過我。」然後很主動地和楚修明喝了交杯酒，滿臉期待地看著楚修明，原來趙嬤嬤教完她東西，見她學得好就會去端各種糕點來。

楚修明不是趙嬤嬤，也不知道趙嬤嬤的習慣，只是看著沈錦滿臉期待地看著他，只覺得喉嚨一乾，拿過沈錦手裡的杯子放到一邊，然後把門從裡面關上，這才重新回來，就見沈錦坐在床上有些不舒服的扯著衣服，問道：「怎麼了？」

「衣服有些緊。」沈錦委屈地抱怨道：「嬤嬤還說不緊。」她喝多了酒，渾身都熱呼呼的，本就有些緊的胸口更覺得不舒服了。

楚修明的眼神從鼓鼓的胸看向下面緊緊勒著的腰，走了過去，雙手握著沈錦的手，聲音溫柔地問道：「哪裡緊？」

喝醉的沈錦可不知道害羞了，說道：「胸口這裡。」

「那我給妳揉揉？」楚修明眼神落在沈錦說緊的位置，在月華錦的襯托下那兩處格外的誘人。

沈錦思索了一下，還沒反應過來，楚修明已經抱著沈錦上床了，手在那處揉了起來，月華錦不僅色澤漂亮，還很柔軟，可是更柔軟的是底下的東西，沈錦小小地吸了一口氣，扭動著身子說道：「好奇怪啊，嗯，不要……」

「乖乖，我給妳解開就不緊了。」

「疼……」沈錦扭得更厲害了，也哭了起來。「好疼……」

楚修明還沒動呢，卻見沈錦哭了起來，就見哭著哭著從床上摸到了一顆棗，沈錦本想把弄疼自己的東西扔掉，卻發現是吃的，吸了吸鼻子也不哭了，就把紅棗給啃了，再將棗核扔到地上，還想再去找的時候，就被忍無可忍的楚修明扛了起來。

下了床以後，楚修明單手把床上的被子給掀了，裡面零散的東西全部抖到地上，這才重新把沈錦放到床上。

「啊……疼……嗚嗚……」

「乖乖，馬上就不疼了。」

不知過了多久，床上又響起了沈錦求饒的聲音，軟軟的沒有絲毫威懾力。「不行了，腰疼，嗚嗚，不來了……別咬我……嗚嗚我餓了啊……」

「這就餵飽妳。」

「嗚嗚嗚嗚……」

第十三章

沈錦第二天早上根本爬不起來，澡是楚修明抱著洗的，就連飯菜都被端來了床上吃，趙嬤嬤已經把床收拾好了。

「夫人真不用將軍陪著？」趙嬤嬤給沈錦燉的是紅棗小米粥，她也想不到新婚的第一天早上，將軍竟然被夫人攆出房門，想到看見將軍那無奈的樣子，趙嬤嬤心中也覺得好笑。

沈錦臉頰緋紅，眼睛也水潤含情，本就有些肉嘟嘟的紅唇也有些紅腫，眼睛還有哭過的痕跡，趙嬤嬤提起了楚修明，她便想起了昨夜的事情，又臊又澀，楚修明趁著她喝酒，騙她說了那麼多羞人的話。

趙嬤嬤見沈錦的樣子，笑了一下也沒再說什麼。「將軍特意吩咐廚房中午做夫人喜歡的焦炸鵪鶉。」

沈錦眼睛亮了亮，不由自主坐了起來，可是馬上腰一痠，又倒回了軟墊上，不僅是腰，就是那個難以啟齒的地方也是痠疼不已，雙腿更是無力得要命。

趙嬤嬤眼底全是笑意，心中盤算著什麼時候她才能抱上小少爺，不過也不用心急，最好等沈錦年紀再稍微大一些，到時候也穩妥一些。

楚修明進來的時候，就見不知因為趙嬤嬤說了什麼而笑個不停的沈錦。看見楚修明，沈錦臉又紅了起來，看著既可愛又可憐的。

趙嬤嬤笑了一下，就很有眼色地退出去了。

楚修明坐在床邊，握著沈錦的手說道：「怎麼不看我？」輕笑出聲。「我的乖乖，人倫本就是夫妻之間的常情，無須害羞的。」

「不許說。」沈錦伸手去捂楚修明的嘴，她想到了出嫁前母親給她看的小冊子，那已經夠羞人的了，可是……也沒有那麼多花樣啊，簡直羞死人了好不好？

楚修明在沈錦的手心親了一口。「我給妳揉揉。」

沈錦點了點頭，這才趴在床上，沈錦被楚修明按得很舒服，小聲地哼哼了兩下才抱怨起來。「別以為我喝醉了就不記得，你昨天打我了。」

「哦？」楚修明漂亮的手指在沈錦的腰上慢慢按著說道：「打妳了？」

沈錦剛想繼續說，就聽見楚修明接著說道：「那又怎麼樣？不聽話下回還打妳。」

「……」沈錦第一次被人說得無言以對，扭頭滿臉控訴地看著楚修明，覺得楚修明簡直換了一個人，怎麼可以這麼無賴。

楚修明挑眉，面色一肅，問道：「聽見了嗎？」

沈錦動了動唇，委屈地說：「還講不講理啊……」明明是控訴的話，卻有些軟綿綿的，反而像是在撒嬌。

楚修明笑著摸了摸沈錦的頭，看見楚修明笑了，沈錦底氣又來了。「哼。」

「好了。」楚修明不逗沈錦了。「好點了嗎？」

沈錦小心翼翼翻了個身，感覺舒服多了，道：「我叫趙嬤嬤幫我梳洗。」

趙嬤嬤很快就進來了，沈錦坐在梳妝檯前才發現，屋中備的竟然是水銀鏡子，幾乎等身高的水銀鏡面清晰地照出了沈錦的模樣。

這樣的鏡子她只在沈琦的嫁妝裡見過，而且還沒有這麼大！

沈錦很稀罕地看著鏡中的自己，楚修明就坐在一旁看著自家小娘子梳妝打扮，沈錦的肌膚極好，臉頰帶著紅暈，杏眼看起來既無辜又天真，可是因為剛剛識得情事自然流露出幾分媚態，說不出的誘人。

楚修明沒有絲毫的不耐，眼中帶著笑意，有時候他會覺得，如果父親和兄長們還活著，他恐怕會選擇另一種生活，而不是像現在這樣活得一點也不像自己。

有時候楚修明都忘記了，原來的自己是什麼樣子的，他記得兄長曾說過，自家這個弟弟，就是個懶散又陰晴不定的人。

「好了。」沈錦起身看向楚修明問道：「你要帶我去哪裡？」

楚修明眼神閃了閃就恢復了正常。「帶妳去看看家裡的庫房。」

「喔。」沈錦應下來，偷偷看了楚修明幾眼，剛剛那一瞬間的低沈就像是看錯了似的，既然楚修明不願意說，沈錦也只當沒發現。

楚修明開口道：「楚家鎮守邊關數十年，所以很多東西都放在這裡。」

沈錦點點頭，額間的珍珠隨著她的動作晃動起來。「那面水銀鏡子也是？」

「我母親的嫁妝。」楚修明解釋道。

沈錦剛想點頭就愣住了，拉了拉楚修明的手說道：「那還是放回去吧。」

楚修明見沈錦頭髮都綰起來了，有些可惜沒有辦法再揉她的頭，溫言道：「母親說要留給兒媳婦的。」

沈錦哦了一聲，有些不知道說什麼，就眼神往周圍看去，這一看才發現這個院子每一處都和她想的一樣，甚至比她想的還要好，楚修明隨著沈錦放慢步子說道：「喜歡嗎？」

「喜歡。」沈錦已經高興得不知道說什麼好了，怪不得那些工匠只在這邊忙來忙去呢，原來楚修明早就打算好了。

楚修明沒再說什麼，牽著沈錦往庫房走去。「記好位置，以後要什麼就直接從這邊拿，晚些時候我讓趙嬤嬤把庫房冊子給妳。」

「好。」沈錦應了下來。

打開庫房的大門後，楚修明就把那一串鑰匙放在沈錦手上，然後大手握著沈錦的手，說道：「都歸妳。」

沈錦動了動唇，心中暖暖的，酒窩出現在臉頰上，問道：「你藏的私房錢呢？」

「呵。」楚修明被逗笑了。「回來就給妳，府中的帳妳也看看。」

「不想管啊。」沈錦得到了滿意的答案，整個人都明豔了起來。

「那就不管。」楚修明毫不在意地說道：「還是交給王總管他們就好。」

沈錦這才高興起來，見趙嬤嬤他們都沒有跟進來，就抽出了手，整個人掛在楚修明的後背上，被他拖著走，楚修明反手摟著她的腰，免得她太累，繼續說道：「總歸要知道的。」

「好。」沈錦乖乖應了下來。

等走到裡面的門前，沈錦才從楚修明的背上下來，楚修明教沈錦認鑰匙，把門打開以後就說道：「這裡面是我曾祖母的嫁妝。」

沈錦看著裡面的東西，都是大件的擺設，甚至有一對半人高的琺瑯雕翠大花瓶，看了一圈後，楚修明就帶著她去另外的庫房，最後看的是楚修明母親的嫁妝。

放下手中的鏤空雕花香爐，沈錦發現這些庫房剩下的東西都是一些大件或者有宮中印記的，就像是這個香爐一樣，如果這些是楚家所有女眷的嫁妝，那麼應該還有許多小件的物品和首飾。

楚修明開口道：「還有一些布料，趁著這次收拾就放在府裡的庫房。」

「喔。」沈錦並不懷疑楚修明說假話，他既然說這是全部的嫁妝，那麼就是全部的，應該說是剩下來全部的，可是原來那些去哪裡了？

不知為何沈錦忽然想到瑞王妃送的那五十萬兩銀子，有一個很不可思議的猜測，莫非楚修明其實缺銀子？那些東西都被換成了銀子？這些剩下的只是不好出手或者不能出手的？

可是楚修明要那麼多銀子幹什麼呢？

楚修明看著沈錦偷偷瞄他一眼，滿臉疑惑的樣子，忽然想到父親曾說過的一句話，永遠不要小瞧任何女人，有時候她們願意相信你的謊言，只不過是心甘情願讓你騙而已，當她們不願意的時候，你就會知道她們到底有多聰明。

「現在還不是告訴妳的時候，不用想了。」楚修明笑道。

沈錦果然收起了臉上的疑惑，一臉無辜地和楚修明對視，楚修明輕輕捏了捏她的鼻子說道：「笨丫頭。」

「我告訴你，我可聰明了。」沈錦皺了皺鼻子反駁道：「別再說我笨。」

楚修明牽著沈錦往外走去。「中午的五香醬雞就算了。」

沈錦抿了抿唇，滿臉控訴地看著楚修明，就見楚修明目不斜視地繼續往前走，深吸了幾口氣，在快出庫房時才委屈地說道：「和夫君比，我是笨了一些。」還特意加重了一些兩個字。

楚修明再也忍不住大笑出聲。

武將送的禮都很實在，沈錦選了一些有意思的，剩下的都交給了楚修明處理，她本來在王府就什麼也不缺，還讓趙嬤嬤收拾了不少用不到的東西給楚修明送去，連壓箱底的銀子都沒有留下，反正府中每個月都會發分例，那些足夠沈錦花用了。

此舉弄得楚修明心中微暖又覺得哭笑不得，只是吩咐人收了起來，他覺得小娘子實在太小看他了。

不過楚修明並沒有解釋什麼，只是晚上的時候好好把小嬌娘疼愛了一番，直到把人弄哭才哄著睡著了。

和邊城的濃情密意相比，京城中就沒那麼平靜了，誠帝看著手中的密報，猛地甩在地上，把桌面上的東西都砸了，說道：「他們這是要幹什麼！要造反嗎？眼中還有朕這個皇帝嗎！」

蠻族攻城那麼久沒有救援，其中就有誠帝的手筆，甚至差點害死楚修遠的奸細也是誠帝安排的，誰知道這都沒有弄死楚修明，反而使得他威望大增，而誠帝這麼多年好不容易埋下的幾顆釘子全部被毀掉了，現在一點邊城的消息都打探不出來，派去的使者也失去了消息，誠帝如何不怒！

李公公就連呼吸都放緩了。

「不行。」誠帝站起身在書房內走來走去。「不能再讓楚家人掌管兵權了，那些混蛋只認楚家人，根本沒把朕放在眼裡，必須想個辦法，讓永甯伯回京。」

回京了的永甯伯就像是拔了牙的老虎，可是就連李公公都知道，楚修明不會輕易涉足京城的，就像是那一回那樣，好不容易找到楚修明無法拒絕的藉口讓他回來，誰知道在半路，楚修明就給了誠帝一個回擊，蠻族進犯，就算誠帝堅持要楚修明回京，恐怕大臣也都要反對到底了。

「楚家不是一直忠君愛國嗎？怎麼輪到朕這裡就變成這樣。」誠帝咬牙怒道：「天生反骨，簡直大逆不道……」

李公公低著頭並沒有說話，忽然誠帝停下了腳步，臉色變了又變。「李福，你說楚修明是不是還記得……」

李公公根本不敢接話，誠帝也沒接著往下說，只不過臉色更難看。「當初確保沒有留下任何……」

「是。」李公公開口道：「總共七十三口人，包括……都死了。」

誠帝聞言點了點頭，只說道：「再查，那些下人的親戚朋友全部給我再清洗一遍。」

李公公只得應下來，自從誠帝登基後，已經清洗過數次了，別說親戚朋友，就連鄰居和同村的人都清洗乾淨了，不過李福心裡明白，誠帝性子多疑且自負，他是萬不能說出任何反對的話來。

「必須讓楚修明回來。」可是誠帝還不放心，咬牙說道：「必須回來，李福你想到什麼主意了嗎？」

李福低著頭說道：「奴才愚鈍。」

「不怪你。」誠帝嘆了口氣說道：「那楚修明太不識相了，宣陳丞相來。」

李福心裡明白，如果現在幫著誠帝出了主意，固然能得到表揚，可是事後不管成不成都會在誠帝心中落個壞印象。

成了就是心機陰沈，不成的話就是辦事不力，能留在誠帝身邊這麼久，李福憑的可不僅是以往的情分，更多的是他知道什麼時候能聰明，什麼時候不能聰明，好讓誠帝放心。

陳丞相是誠帝皇后的父親，也是誠帝能登基的最大功臣，在宮中有幾分體面，很快就過來了。

誠帝等陳丞相行禮後，才叫起身直接問道：「丞相可有辦法讓楚修明不得不回京？」

陳丞相皺眉思索了一下說道：「微臣記得瑞王生辰就快到了。」他心裡明白誠帝對楚家的忌諱，應該說是對楚家在軍中威望的忌諱，自從登基後為了削弱楚家，打壓了武官勢力，朝堂上武官的地位越發不如文臣，兩者之間的矛盾也不斷加深。

「有用嗎？」誠帝當初大壽，下旨讓楚修明回來，楚修明都沒有回來，而瑞王只不過是個沒什麼實權的王爺。

陳丞相開口道：「永甯伯夫人身為瑞王之女，父親生辰總該回來拜壽才是。」

「朕要的是永甯伯回來。」誠帝可不認為楚修明會為了一個女人回京。

陳丞相微微垂眸，恭聲說道：「陛下，永甯伯夫人可是替永甯伯死守過邊城，兩個人的情分自然不一樣，只是一試而已，若是不成也可以散播一下永甯伯不遵孝道，對岳父及正妻多有怠慢，永甯伯夫人深明大義，陛下自該嘉獎其嫡母及生母才是。」

誠帝一下子就明白了陳丞相的意思，眼睛一亮笑道：「正該如此，下旨宣瑞王妃以及……」

李公公在一旁低聲說道：「永甯伯夫人為瑞王側妃陳氏所出。」

「宣瑞王妃及陳側妃進宮，和朕的皇后說一聲好好招待她們二人，就住在宮中，直至永甯伯夫人回京。」誠帝沈聲說道。

陳丞相和李福都知道這於理不合，而皇后也是陳丞相的女兒，自然不願意女兒為難，只說道：「陛下，微臣倒是覺得讓瑞王妃和陳側妃在太后身邊伺候才是。」

這兩個人都是太后的兒媳，在太后身邊才是名正言順。

誠帝眼神閃了閃，才笑道：「還是丞相考慮周全，就在太后處，讓她們明日就進宮，李福你一會兒親自去瑞王府頒旨。」

「是。」李福態度更加恭敬了，說到底就是把瑞王妃和陳側妃當成人質，永甯伯若是真不讓夫人回來，而瑞王妃和陳側妃出了什麼事，永甯伯夫人自然記恨永甯伯，家宅不寧的話，對永甯伯也有影響，畢竟永甯伯要時常上戰場。

而現在的永甯伯夫人，恐怕永甯伯也不敢隨意讓其暴斃了，因為邊城之功，也要算在永甯伯夫人身上。

誠帝看向陳丞相，笑道：「朕這個姪女，平日倒是瞧不出什麼，卻也是個人物。」陳丞相聽出誠帝話中的意思，是讓他暗中散布讚美沈錦的流言，但同時也要把功勞歸在誠帝自己身上。「永甯伯夫人不愧是皇家血脈，陛下親封的郡主。」

果然誠帝滿意地點了點頭，直接讓陳丞相執筆寫好聖旨，又派人去找了太后，讓太后下了懿旨，宣瑞王妃和陳側妃進宮侍疾。

李福不敢有絲毫耽擱，馬上拿了聖旨去瑞王府，聽完聖旨的瑞王滿心疑惑，卻還是恭恭敬敬接過旨意，什麼時候誠帝竟然會關心他的生辰，還說宮中會替他大辦，又不是整壽，就是前兩年整壽的時候，誠帝也只是賞了一些東西下來。

緊接著就聽了太后的懿旨，瑞王也不去想做壽的事情，追問道：「母后沒事吧？」

「回王爺的話，太后並無大礙，只不過有些心悶，所以特意下旨請兩位夫人進宮。」李福滿臉笑意地說道。

瑞王應了一聲，偷偷塞了荷包給李公公，瑞王妃溫婉，面上有些擔憂地說道：「不若我們現在就收拾了東西進宮，母后……」

李福看著瑞王妃的態度，又捏了一下手中的荷包，才說道：「王妃不用著急，明日宮中會派車來接二位。」

瑞王點頭說道：「王妃妳和陳氏趕緊回去收拾東西，明天一大早我也要進宮給母后請安。」

「是。」瑞王妃見瑞王開口了，倒是沒再說什麼。

許側妃滿心的不甘，憑什麼太后特地點了瑞王妃和陳氏，陳氏算什麼東西，手指使勁擰著帕子，咬了咬牙並沒說什麼。

等送走了李福，瑞王就跟著瑞王妃一起去了正院，許側妃和陳側妃自然跟著，陳側妃心中惶惶不安，她每年過年給太后問安也沒說過兩句話，怎麼這次特地點了她。

到了正院，許側妃就忍不住開口道：「王爺，不若讓四丫頭和五丫頭一併跟著王妃去給太后侍疾，她們兩個沒別的本事，就是嘴甜，陳妹妹平日裡又不愛說話，有四丫頭和五丫頭在，多少好一些。」

陳側妃低著頭沒有吭聲，瑞王妃似笑非笑看了許側妃一眼，真是個蠢貨，還以為是好事，硬著頭要往上湊，陳氏說不定還不願意去呢。

瑞王也不是蠢人，心中明白怕是有什麼事情要發生，聽了許側妃的話，簡直氣不打一處來。「妳給我回海棠院去！」

許側妃愣了一下，也不敢再多說，低著頭趕緊行禮離開了，只是一出正院就紅了眼睛，心中又嫉又恨的。

瑞王看了看陳側妃，又看了看瑞王妃，說道：「妳們……等過兩天我想辦法去接妳們回來。」

瑞王妃抿唇一笑，瑞王身上一堆毛病，可是能說出這句話算是難能可貴了。「王爺不用擔心，我與陳氏會在宮中好好伺候母后的。」

「我明日陪妳們進宮，會與母后說說多照看一下妳們的。」瑞王動了動唇，他其實猜到了恐怕是誠帝的主意，否則一向吃齋念佛的母后根本不會下這樣的懿旨。「也不會太辛苦，母后身邊自有人伺候，而且她平日裡多在小佛堂。」

瑞王妃柔聲應了下來，瑞王又說了幾句，就離開了，瑞王妃這才看向陳側妃說道：「妳也不用多想，回去收拾一些常用的東西，進宮跟在我身邊就是了，衣服多選一些素淨的。」

陳側妃應了下來，見瑞王妃沒有別的吩咐，這才離開。

瑞王妃微微垂眸，交代了翠喜收拾東西，這才斜靠在美人榻上，心中冷笑，還真是一些女人玩剩下的手段。

在聖旨到達邊城後，沈錦心中又急又氣，回到房中忍不住抱怨道：「這是怎麼回事啊，怎麼母親被接到宮中了？」

楚修明倒是面色平靜，開口道：「等妳回京，妳母妃和母親自然就能回瑞王府了。」

沈錦瞪圓了眼睛，嘴動了動，楚修明倒是聽得一清二楚，沈錦說的是，怎麼和許側妃玩剩下的那些手段一樣啊。

楚修明聽完就笑了起來，在沈錦心中怕是最無理取鬧和手段差勁的人就是許側妃了，誠帝的這些手段竟然被沈錦嫌棄成這樣，也不知道如果誠帝知道了，心中是什麼感覺。

楚修明此時正和幾個軍師在書房，而楚修遠就坐在一旁聽著並沒有吭聲，直到聽他說道：「我會陪夫人回京。」

「哥，你知道誠帝的打算……」楚修遠忍不住開口道。

楚修明看向楚修遠說道：「就是知道，所以我才要回京。」

王總管皺了皺眉說道：「此舉太過冒險了。」

楚修遠使勁點頭。「哥，你和嫂子都別回去。」

楚修明先揮了揮手讓屋中的人退下，就剩下兄弟兩人，也沒有直接開口，而是走到窗戶邊，把窗戶合上說道：「我必須回去，除了這個別無他法。」

「可是……」楚修遠咬牙握緊拳頭說道：「那也該是我回去。」

「你回去幹什麼？」楚修明挑眉笑道：「你只是我楚家的幼子，我楚修明的弟弟罷了。」

楚修遠張了張嘴，可是對著楚修明的眼神卻說不出話來。

「放心吧。」楚修明不再看楚修遠，只是開口道：「最多三個月，就算我不提，誠帝也會讓我離開京城的。」

楚修遠滿臉倔強地看著楚修明，想等楚修明一個解釋，楚修明卻沒再多說什麼。「去把王總管他們叫進來。」

楚修遠握緊拳頭，問道：「哥，你一定會回來的對嗎？」

楚修明眉眼帶著笑意，是一種自信和傲然，什麼話也沒有說，楚修遠的心已經安定下來，然後乖乖出門把人給叫了回來。

等人重新坐好後，楚修明就一一安排了起來，幾個人聽了心中大定，楚修遠笑道：「哥，你怎麼就能從那幾個商販那兒得了這些個消息？」

「當時叫了你一併去聽，仔細想想。」楚修明沒有直接告訴楚修遠，只是說道：「就當你今日的功課。」

楚修遠眼角抽了抽，剛剛的興奮消失得沒個影兒，應了一聲開始仔細回想起來。

晚膳是沈錦交代廚房做好按時送來的，有葷有素，味道倒是不錯，幾個人直到亥時才徹底商量妥當。

楚修遠還以為逃過一劫，卻不想在離開之前楚修明開口道：「時辰不早了，回去就趕緊歇著，明日未時到書房來。」

「是。」楚修遠心知楚修明都是為了他好，有氣無力地應承下來。

楚修明不再搭理他，讓小廝拎著燈籠在前面帶路往正院走去，他回去的時候沈錦已經睡著了，臉睡得格外粉嫩，輕輕捏了一下沈錦的小鼻子，這才笑著去外間洗漱，也不用人伺候，就自己脫衣服上了床。

沈錦嚅動一下唇，像是感覺到身邊的人一樣，很自然放開懷裡的大軟枕，然後滾進楚修明的懷裡。楚修明摟著小嬌妻，緩緩吐出一口氣，就算為了這個家，他也是要回來的。

而且回京是不得不回，他們也沒有別的路可走，當初留下的人脈也要聯繫，還有多少可靠的也不知道，能剩下多少也不知道，最重要的還有……楚修明眼睛眯了一下，緩緩閉了起來，伸手捏了捏鼻梁，真是累啊。

楚修明的作息很規律，就算睡得再晚，時辰到了就會起來去練武，而沈錦除非有人叫她，否則定會睡到餓了才起來。

趙嬤嬤已經伺候慣了，早早讓人備了溫水，熱呼呼的毛巾一點點擦著臉，沈錦舒服地哼了兩聲，等外面傳來小不點的叫聲，這才迷迷糊糊睜開眼睛。

趙嬤嬤和安平伺候著沈錦洗漱完，就端了羊奶來，沈錦雙手捧著碗一口口喝了起來。

楚修明已經回來了，看著沈錦的樣子笑道：「夫人真該去看看小不點喝奶時候的樣子。」

沈錦還沒有徹底清醒，有些遲疑地看著楚修明，趙嬤嬤則拿了帕子幫沈錦擦嘴，笑道：「夫人今日穿那身鵝黃的紗裙可好？」

「好。」沈錦沒什麼意見，其實除了在吃上，別的方面沈錦很少挑剔的。

楚修明已經換好了衣服，說道：「這幾日收拾下東西，我陪妳回京給岳父祝壽。」

「啊？」沈錦瞪圓了眼睛，看向楚修明問道：「夫君，你……」傻了嗎？後面三個字沈錦沒敢說出來，實在是害怕被楚修明記仇，晚上使勁收拾。

楚修明卻沒有多解釋的意思，只是摸了摸沈錦的臉頰說道：「放心吧，最多半年，夫君帶妳去南邊玩一圈再回來。」

沈錦還是滿臉懷疑地看著楚修明，她也不傻，當初誠帝對待這邊的態度看得一清二楚，她差點以為就要死掉，連匕首都準備好了。

雖然說應該要忠君，可是在沈錦心裡誠帝真沒什麼地位，她覺得自己被誠帝害慘了，先把她不明不白地嫁過來，又趁著她出嫁的機會安排內應，最後還不救她？

邊城多重要，不用別人告訴，沈錦都知道，如果邊城破了，京城也不安全了好不好？可是誠帝就是不救人，現在又把她母妃和母親扣押在宮中，簡直和小時候許側妃想要欺負母親，欺負不到，就把她弄到院子裡，直到母親來領人，然後羞辱母親一頓再讓她們離開一模一樣！

而且許側妃後來被瑞王妃收拾了，也不敢再玩這樣的手段，換了別的來折騰，可是誠帝呢？竟然用許側妃都不用了的手段。

楚修明也發現了沈錦又開始發呆，都不知道神遊到哪裡去，無奈地嘆口氣，伸手彈了她額頭一下，沒有他看著怎麼辦，搞不好剛回京城就被人騙走了，說道：「去南邊後，帶妳去吃新鮮的河鮮海鮮。」

沈錦眼珠子轉了轉。「夫君，我覺得我們在京城半年有點久，早點去南邊，可以多待一段時間再回邊城。」

楚修明笑著說道：「好。」

沈錦滿足了，也不再去想，她覺得楚修明胸有成竹的樣子，那就是沒問題，她只要老老實實的聽話就好。「不過，萬一下次他還把母妃和母親押在宮中怎麼辦？」

「我會解決的。」楚修明開口道。

沈錦點頭，果然不去煩惱了，然後換了衣服，就開始吩咐趙嬤嬤收拾東西，而且這次回京還要給家裡人準備各種禮物，想想都覺得頭疼。她拉著趙嬤嬤絮絮叨叨了半天，把所有記得的人喜好說了一遍，就撒手不管了。

將軍府新得了幾個廚娘，沈錦最近就在折騰廚房，不過此時倒是沒有直接去廚房，而是拉著楚修明問道：「夫君，那我的兔子和我的小不點怎麼辦？還有你說馬上要生了的馬崽呢？」

楚修明早就打算好了。「可以帶著小不點。」他把小不點馴養得差不多了，跟在沈錦身邊也能護著點。「兔子和馬崽有專門的人照看著，妳想帶著誰？」

「安平和趙嬤嬤可以嗎？」沈錦問道。

楚修明點頭。

趙嬤嬤只覺得將軍夫人真是心寬，除了告訴她瑞王妃喜歡素色，大姊喜歡紅色，母親喜歡帶毛的外，就沒再說別的有用的，多虧上次準備的時候她留意了一些，也不知是不是她的錯覺，總覺得夫人自從嫁給將軍後，越發的……不上心了。

「不會是被將軍給養傻了吧……」這要是生孩子以後得傻成什麼樣啊？想想趙嬤嬤都覺得頭疼。

安平問道：「嬤嬤，夫人的衣服都要帶哪些？」

「也不用帶太多衣服。算了，我去收拾，有些料子一時半會兒在京城也不好買到，而且也不知現在那裡時興什麼樣式，多帶些料子到京城，找了繡娘來做就是了。」趙嬤嬤開口道。

第十四章

雖然楚修明說了要回京，也不是說回去就能回去的，他這樣的官職要回京必須請旨，這點倒是容易，誠帝巴不得他回來呢，趕緊下旨同意。然後為了讓楚修明安心又著人送了不少糧草輜重，不過也順帶送來幾個文官，說好聽是留下來幫著處理雜事，免得楚修明離開，使得邊城沒主事的人打亂，說白點就是來奪權的。

楚修明倒是規規矩矩地謝恩，也沒像誠帝擔心的那樣讓這幾個文官暴斃，反而找個地方把人好好養起來，還真是養起來，和養豬一樣，每日衣食不缺的，但是想出來沒門，每個月給朝廷的奏摺，幾個壯漢盯著，好好寫，寫完了我們幫你送到驛站。

而且還不用楚修明派人盯，邊城的百姓就盯著這些人，他們又不是傻子，在蠻族圍城的時候，心中已經恨透了誠帝，真要說起來在他們眼中，怕是楚修明真的振臂一呼揭竿而起，他們也都是支持的。

趙嬤嬤零零散散收拾了十幾車的東西，等陸陸續續上路的時候沈錦驚呆了，就像是在剛接受為了某些保命的事情而花盡家財的夫君有些窮這件事後，現實忽然狠狠打了她一巴掌，她的夫君其實一點也不窮，反而……有些太富裕了……

當沈錦晚上在楚修明懷裡，小心翼翼地告訴楚修明其實那些月華錦啊浮光錦……都是很值錢的這件事後，被楚修明狠狠修理了一頓。「放心吧，就算再窮，養隻兔子的銀子還是有的。」

這下把沈錦嚇醒了。「你要殺了我的兔子？」

「我為什麼要殺妳的兔子？」楚修明伸手又把沈錦摟回懷裡。

「你不是說養一隻兔子嗎？」沈錦追問道：「可是我有一窩兔子，牠們還會生很多小兔子。」

楚修明第一次被人說得有些啞口無言了，總不好說他說的兔子和沈錦口中的兔子不一樣吧，只是笑道：「如果我沒銀子，成親那日能請得起流水席？」

沈錦眨了眨眼。「喔。」她給忘記了，想想那些首飾，沈錦換了個姿勢，在楚修明懷裡待得更舒服，然後閉眼睡覺了。

楚修明看著沈錦這樣子，不知道該感嘆太過心寬還是感嘆她迷糊得要命。

趙嬤嬤又給沈錦安排了一個丫鬟，看起來年紀不大，瘦瘦弱弱的樣子，跟著安平的名字取了叫安寧，而且安平像是認識安寧，主動讓出沈錦身邊的位置，反而注重打理沈錦的東西了，沈錦出門都讓安寧跟著。

開始的時候沈錦還不知道怎麼回事，後來見安寧單手拎起了門口的石獅子以後，看待安寧的眼神就變了，然後晚上偷偷和楚修明說：「那麼高那麼大的石頭啊，一下子就拎起來了。」

楚修明手摸著沈錦的後背，他最近忙得很，只有晚上的時候能陪著沈錦說話，而且他很喜歡聽沈錦說這些，因為不用費神去想還很好笑，整個人都會輕鬆不少。「你說她能拎起人來嗎？」

「粗通拳腳的成年男人四、五個不是安寧的對手。」楚修明閉著眼睛說道。

沈錦眼睛亮了亮，然後自己笑了起來。「夫君你真好。」

「妳與我做的扇套要做到什麼時候？」楚修明沒那麼好哄，一句真好就滿足了，他可是早前就聽趙嬤嬤說了，沈錦選了料子和彩線準備繡東西送他。

「好睏，想睡覺呢。」沈錦都想不起來東西被扔到哪裡了。

「到京之前，我倒是希望能見到娘子做的東西。」楚修明也沒再揪著不放，不過定了個期限。

小不點已經長大了許多，現在沈錦都抱不起牠了，不過楚修明說過小不點還能再長一些，最終長成站起來能比沈錦還高一些。

等全部收拾好上路的時候，邊城的事務就都交到楚修遠手中，楚修遠幾乎是這些守將看著長大的，再加上楚的姓氏，守將自然願意聽他吩咐。府中還有軍師謀士，邊城百姓是和楚修遠同生共死過的，有楚修遠在邊城，就算誠帝派再多的人來也沒用，最多就是被圈起來養著的人更多一些罷了。

等真上路的時候，趙嬤嬤竟又收拾了一些東西出來，多虧誠帝怕楚修明改變主意半路又跑了，特地派了侍衛來接，楚修明就直接讓侍衛幫著運送東西，他輕輕鬆鬆帶著二十多個下人就上路了。

能被誠帝派來的都是心腹，而且不少是朝中新貴的旁系子弟，嫡系是捨不得送出來受苦的，而旁系想要有出息，總要受些波折的。

可就算是旁系，他們也沒有這麼辛苦過，楚修明是把他們當成粗使的下人來用，還是不用給工錢自備乾糧的那種。

更坑的是，楚修明一點也沒有傳言中那麼嚇人，長得俊美斯文，就是看來有些清冷而已，根本不像是鎮守邊城殺敵無數的將軍好不好！講究起來比他們這些人還講究。

和他們相比，楚修明帶的那二十多個人就舒服多了，要做的事情也不多，保護好將軍和將軍夫人，沒事打點野味來加餐就夠了。

沈錦起先是坐馬車，後來都是被楚修明帶著騎馬，沈錦為了方便趕路，穿的都是騎馬服，他們又不急著進京，每日只選了不熱的時候趕路，也沒受什麼罪，還時常有野味吃，竟然比在邊城時又長高了一些。

小不點也不是整日待在車上，牠自己跟著馬跑，不知為何，那些馬都有些怕牠，牠也像是成精了一樣，偏偏愛去嚇那些侍衛的馬。

沈錦覺得有些不好意思，還特地讓安平給那些人送了肉乾一類的吃食，回來就狠狠教訓了小不點。「不能鬧，他們是護著我們家的東西的，萬一驚了馬，把人摔壞了怎麼辦……」絮絮叨叨教訓得小不點都趴在地上，前爪扒著耳朵。

楚修明很寵沈錦，這一點在邊城的人都知道，而走這一路那些侍衛也知道了，畢竟每到一處繁華的地方他們總要歇上幾日，讓楚修明帶著沈錦遊玩一番，而且在外面打到野味後，還會特地收拾出來給沈錦吃，那次他們就看見沈錦吃不完的烤兔腿，楚修明很自然地接過去幫著吃掉了。

當時幾個人都目瞪口呆，就算再窮的人家，也都是男人先吃了剩下的才會給女人吃，哪有做妻子的吃不下了，讓丈夫吃的，特別是這個丈夫位高權重。

而將軍偏偏就做了，還那麼自然，所有邊城帶來的人也都沒大驚小怪，反而一副理所當然的樣子，就是將軍夫人身邊的嬤嬤說了幾句，也不是指責，而是吩咐她記得吃山楂丸子。

楚修明是個寵媳婦的，一路上不管價錢，只選了新鮮的來讓沈錦吃。沈錦在發現他們家不差銀子後，就放開來吃，有時候難免貪嘴，趙嬤嬤又不捨得看見她失望的樣子，睜一隻眼閉一隻眼的結果是，沈錦積了食，養了三天才緩過來。自那以後，趙嬤嬤就讓大夫做了山楂丸子，只要沈錦吃得稍微多些，就盯著沈錦吃。

山楂丸子不是藥，吃了也不傷身體，所以也沒人覺得不好，可是就苦了沈錦，她最不喜歡的就是酸的東西，趙嬤嬤還偏偏不讓大夫給裡面放蜜糖，就要讓沈錦自己記著。

這個時候的楚修明可不會站在沈錦這邊，還會幫趙嬤嬤盯著。

等抵達京城之時已經入秋了，而且沈錦是睡著進城的，因為是私事進京，誠帝也不想給楚修明做面子，並沒有人大張旗鼓來接。

楚家雖然長年鎮守在邊城，可是京中永甯伯府還是有人在，不管是誰的人，到底不敢怠慢了楚修明他們。因為早就得到消息的緣故，誠帝為了面子，還派人重新修繕一番，而楚修明很不客氣地把要求都給提了，竟比邊城的將軍府還要華麗富貴一些。

永甯伯府有不少下人，在正院伺候的丫鬟個個貌美，環肥燕瘦一個不缺，她們也知道永甯伯的傳聞，心中本是忐忑，誰知見了楚修明，都不自覺紅了臉，心思浮動起來。

馬車直接停在正院門口，楚修明看都沒看這些人一眼，直接上車從裡面抱出一個被大披風包裹住的人，那人還動了動，像是掙扎了一下，就像個鬟寶寶似的一拱一拱，然後一隻白嫩的手從披風下面伸了出來，朝楚修明的肩膀拍了幾下。就見楚修明稍微調整一下姿勢，然後那隻手又收了回去，披風下面的人動了動，露出一雙精緻嵌著玉片的繡鞋，一晃一晃地繼續睡了。

隨後從馬車裡面出來的趙嬤嬤一眼就看出這些人的打算，面色變都沒變，如果楚修明是個好色的，怕是誠帝也不會這麼忌諱他了。本來趙嬤嬤就瞧不上誠帝，這樣一來心中更是覺得誠帝是一國之君，竟玩一些女人的手段，不僅小氣而且下作。

邊城帶來的人都知道楚修明的習慣，可是伯爵府的人不知道，那些丫鬟一大早就打扮得花枝招展的，這個端水那個提壺的。安寧悄悄和趙嬤嬤說了，趙嬤嬤冷笑一聲，只說道：「不用管。」

沈錦早上是被驚醒的，外面刺耳的尖叫聲響起，沈錦再不醒怕就不是睡熟，而是直接睡死了。「這是怎麼了啊？」

趙嬤嬤開口道：「也是老奴的疏忽，小不點昨日直接被安排在外面，今日一大早就聞著味兒找了過來。」

沈錦聽著外面還不間斷的叫聲，皺了皺眉頭，倒是趙嬤嬤說道：「安寧，妳去看著點，可莫讓人傷了。」
是人傷了狗還是狗傷了人，趙嬷嬷沒有說，安寧也沒問。
楚修明就在隔壁院子裡，也被驚動了，眼中閃過幾許不悅，把兵器放好以後，就回去了。
看見了楚修明，那些慘叫的丫鬟有的用手捂著臉，有的用袖子半擋著，還有的就淚眼汪汪看向楚修明。
小不點蹲坐在地上，用後腿撓了撓耳朵，看見楚修明就搖了搖尾巴，「汪汪」叫了幾聲。
此時的小不點一點也不嚇人，反而看起來有些可愛，除了個頭大一些，微微側頭吐舌的時候更是無辜。
根本沒有剛進來見到她們時，那種炸毛齜牙的樣子，這群丫鬟當時還真以為遇到了狼。
楚修明看都沒看一眼，拍了拍牠的頭就帶著牠往裡面走去，而安寧此時也出來了，等楚修明進去後，才看著院子裡一群丫鬟道：「都帶下去。」
不等安寧說第二句話，邊城帶來的那些婆子護衛已經上來，有一個拎一個，有一雙抓一雙的把她們扔了出去。
楚修明進來時，就見趙嬷嬷正伺候著沈錦梳洗，而沈錦面對著銅鏡發呆，見到楚修明就問道：「可是擾了夫君？」
「跳梁小丑罷了。」楚修明開口道，然後讓小廝打了水來沖洗。

趙嬤嬤溫言道：「夫人心中可有成算？」她不相信夫人僅僅把人扔出去就完了，而且府中也不僅是這幾個而已。

沈錦想了想點頭說道：「廚房可收拾好了？」

趙嬤嬤眼角抽了抽，說道：「已經收拾好了，換上了帶來的人，今日怕來不及了，夫人想用什麼交代下去，中午的時候讓人做來。」

「嬤嬤看著辦吧。」沈錦開口道：「夫君不用去宮中嗎？」

楚修明聞言道：「晚些時候再去，今日怕瑞王妃她們就該回府了。」

沈錦心中算了一下說道：「那今日收拾下東西，送了拜帖去，明日就去探望吧。」她雖知道跟在瑞王妃身邊，母親定會安然無恙，可終究放心不下，還是自己去看看心中才安生。「夫君去嗎？」

「自然是要去的。」楚修明笑道：「我還要看看娘子長大的地方呢。」

沈錦也笑了起來，開始拉著楚修明說起了瑞王府的事情。

等用飯的時候才停下來，然後陪著楚修明換了朝服後，就伸了個懶腰說道：「趙嬤嬤，把府中的下人都集到前廳吧。」

「是。」趙嬤嬤也不多問，既然將軍的意思是把府中事情都交給夫人，她就在一旁輔佐就好，萬不可指手畫腳的。

安平和安寧更不知道沈錦有什麼打算，就站在沈錦身邊，覺得時間差不多了就往前廳走去。

到前廳以後，就見到前面站著府中的幾個管事，丫鬟、小廝就連粗使的婆子都按照名冊被叫了過來。

眾人一見沈錦，心中倒是一鬆，實在是沈錦面嫩，看著就是一個脾氣軟的，一臉的好欺負。

沈錦翻都沒翻名冊，只是問道：「原將軍府中的家生子也站出來。」

這還真沒有，因為楚家的根都在邊城，京城這個永甯伯府根本沒安排什麼人，沈錦一看覺得事情簡單了不少，然後又把名冊遞給趙嬤嬤說道：「嬤嬤看看有沒有熟悉的。」

趙嬤嬤聞言隨意翻看了一下，就說道：「老奴離京已久，並無熟悉的。」

沈錦聞言點頭說道：「那就好，行了，把帳本拿出來吧。」

個個管事心裡都明白這是必須走的過程，在知道永甯伯回京的消息後，所有帳本都重新做了一遍，確保萬無一失。其實永甯伯府的開銷都是永甯伯的俸祿，不過誠帝直接讓人把永甯伯的俸祿送到永甯伯府中，府裡的人發現永甯伯在邊關根本不管這些，膽子也養大了，根本不往邊城送，還私下扣了不少誠帝賞賜的莊子和田地的出息。

安平去把所有帳本都收集起來，沈錦問道：「還有別的嗎？」

大管家面上恭敬地說道：「並無，所有帳本都在帳房內，夫人可派人去清點，這是總帳。」

沈錦點頭直接說道：「來人把這幾個管家送到……找個空點的院子送進去，好生招待著，趙管事你去查帳，若是沒有問題了，就把人送回家。」

有問題呢？將軍府中的管事還沒開口，就被邊城來的侍衛給帶下去了。

趙管事是楚修明特地帶來的，沈錦早就知道楚修明是個小氣記仇的，伯爵府這些事他只是懶得去管，又不是自己人，既然想死就隨他們，到時候所有的帳一起算就好了。

「是。」趙管事沒有多問，身邊的小徒弟接過總帳和帳房的鑰匙就站在趙管事的身後了。

沈錦說道：「若是忙不過來，就去……瑞王府借幾個人來，我會和母妃打好招呼的。」

「是。」趙管事還是不多言。

沈錦也不在意，說道：「那你去吧，看看缺多少人再和我說。」

趙管事行禮後就帶著徒弟下去了。

「哪些是正院伺候的？」沈錦問道。

這話一出，就從丫鬟中低著頭走出來一些。

沈錦看著足足二十多個美貌的丫鬟，她們倒是沒有像早晨那般花枝招展的，身上的衣服都樸素了許多。「挺漂亮的。」這是實話實說。「趙嬤嬤，把她們的賣身契拿來，每人再送五兩銀子，都送走吧。」

「夫人……」

此話一出，這些丫鬟都跪下哭求了起來。「夫人，奴婢一定會忠心伺候夫人和永甯伯的，絕不敢……」

「看，都喜極而泣了。」沈錦下了結論。「不用太感激我，這樣每人再添一兩銀子，只當是伯爵府送的嫁妝，這麼漂亮不會愁嫁不出去的。」

還沒等她們再鬧，安寧已經過去，把兩個想要抱住沈錦腳的丫鬟拎了起來扔到外面。趙嬤嬤冷聲說道：「難道都聾了，聽不見夫人的命令？」這話是對著那些粗使婆子說的。「伯爵府中從不收留無用之人。」

倒是有個手上戴著金鐲子的婆子說道：「夫人這樣恐怕不好，有些是陛下賜下來的，等永甯伯回來處理比較好。」她覺得沈錦醋性太大，可不覺得這會是永甯伯的主意。

沈錦聞言看了過去說道：「要是別人送的還不好這般處理呢，放心吧，皇伯那裡自然有我去說。」

這婆子眼睛瞪大了，這才想到永甯伯的夫人可是郡主，皇親國戚啊，用聖上和永甯伯來壓她，根本不行。

再也沒有人敢提意見了，兩個粗使婆子架著一個漂亮丫鬟給送了出去。

沈錦又看向那些長相平凡一些的，說道：「妳們沒她們那麼漂亮，算了，趙嬤嬤每個人給她們七兩銀子，連著賣身契一併送了吧，妳們多點銀子置辦嫁妝也好選了人家。」

這不對啊！有個長相平凡的丫鬟藏在眾人之中，心中糾結，怎麼是這樣的結果？多給一兩銀子然後打發了？

「我等願意伺候夫人。」她們這些也聰明了一些，以為沈錦是防著有人勾引楚修明，所以才會如此，這次只提沈錦不提楚修明，再說她們長相都平凡，應該礙不著眼。

沈錦說道：「不用，我身邊有人伺候。」

說完就揮了揮手，粗使婆子心中惶惶不安，此時不敢耽誤，趕緊態度強硬地把人都送了出去。

此時剩下的就是一些年紀略小的小丫鬟了，沈錦倒是沒說讓她們嫁人的事情，只是說道：「妳們登記一下誰還記得家在哪裡，也不用妳們贖身的銀子，每個人送八兩銀子，都回家吧。」

「奴婢沒有家了。」年紀不過六、七歲的小丫鬟跪在地上哭著說道：「求夫人憐憫，奴婢娘早死，奴婢爹又娶了……」身世極其可憐，簡直聞者傷心聽者流淚。

「可憐見的。」沈錦感嘆道，眾人以為沈錦會把人留下的時候，就聽見她說道：「既然如此，就送去學個手藝吧，家裡靠不住就要靠自己。」沈錦很真誠地說道：「還有誰要學手藝的？沒人了？那就出去拿了賣身契和銀子走吧。」

沈錦只花了不到一個時辰的時間就把將軍府中所有的人都打發了，這件事在楚修明不知道的時候，已經傳到誠帝的耳朵裡，他整個臉色變了又變。

也因為這件事，誠帝本想見過楚修明後，就先把瑞王妃和陳側妃放回家，可是現在他決定再等等，還是讓皇后試探一下沈錦再說，莫非這是楚修明示意的？

真要算起來，這還是楚修明第一次在眾多人面前露面。

誠帝心中暗恨，面上偏偏帶著笑說道：「永甯伯鎮守邊城許久，也是辛苦了，正好趁著瑞王生辰，在京城多待段時間，鬆快一下也好。」

「是。」楚修明面色嚴肅不苟言笑，一身官服更襯得玉樹臨風。

就算是誠帝的正經岳父陳丞相心中也是暗嘆，這下見了楚修明，還不知道多少大臣心中懊惱呢，真是傳言誤人，一想到那些傳言是自己在誠帝的示意下散播的，就連陳丞相也不禁有些心虛了。

誠帝就算恨不得馬上弄死楚修明，可是心中又害怕楚修明死了，邊關不穩，還要做出一副善待功臣的樣子。

京中的永甯伯府面積還挺大，沈錦把人趕走後，府中人手就有些不夠用了。「只留一正院和一客院，剩下的全部鎖了。」

趙嬤嬤眼睛一亮，明白了沈錦的意思，說道：「老奴這就去辦。」

沈錦點了點頭，說道：「麻煩嬤嬤了，讓人辛苦點，早點把那些人都打發出去。」

「是。」趙嬤嬤恭聲應了下來。

安平去幫趙嬤嬤的忙，安寧留下來陪著沈錦，小不點蹲坐在沈錦的腳邊，舒服地搖著尾巴，而沈錦拿著特製的刷子給牠刷毛。

「夫人，您怎麼會想到直接把人趕走呢？」安寧在一旁問道。

沈錦說道：「因為我不知道誰可以相信啊，索性就都趕走。」

安寧想了想，點頭不再說什麼了。

誠帝留了楚修明用午飯，等楚修明回來的時候，沈錦已經在睡午覺了。楚修明一進永甯伯府就感覺到不對勁，他去面聖的時候只帶了一個小廝，從邊城帶來的人都留給了沈錦，這些侍衛一點也不知道憐香惜玉，對命令的執行能力極強。

幾個人分工合作，一手給賣身契一手給銀子，然後就把人扔出去，其他的東西？抱歉，夫人沒說。

見了楚修明，趙嬤嬤就把事情說了一遍，楚修明開口道：「也好，就按照夫人說的辦，這幾日把府裡搜查幾遍。」

「是。」趙嬤嬤笑著說道：「沒想到夫人考慮這麼周全，到今日才發作。」

楚修明腳步頓了頓，看向趙嬤嬤，就見趙嬤嬤還在誇獎沈錦，什麼雖然平時看著迷糊可是大事上很厲害一類的話，張了張嘴到底沒有說，怕是沈錦根本沒想到這點，她昨天是睡著進府的，所以才留在今日全部打發了。

「老奴就沒想到這麼簡單的方法。」趙嬤嬤嘆了口氣。「一路上還算計著怎麼才能查出奸細，然後不著痕跡地把他們給打發了。」

楚修明換了常服，笑了笑才問道：「夫人中午用了什麼？」

「因為早上亂哄哄的，夫人吩咐人去酒樓買了現成的飯菜回來。」趙嬤嬤開口道。「夫人倒是多用了那道糖醋魚幾口。」

楚修明點點頭，沒再說什麼，趙嬤嬤也不再開口了，他先看了看睡得正香的沈錦後，就到旁邊的書房，順便把趙管事叫過來，問道：「怎麼樣？」

趙管事本身就是楚修明的軍師，聞言說道：「將軍問的是哪一方面？」

「夫人。」楚修明笑看著趙管事。

趙管事想了一下才說道：「出人意料。」

楚修明點了點頭，沒再說這件事，而是把宮中的事情說了一遍。趙管事皺了皺眉頭說道：「恐怕明日誠帝會讓皇后召夫人進宮。」

「嗯。」楚修明在知道沈錦做的事情後，也想到了這點，瞇了瞇眼睛說道：「無礙。」

趙管事也不再提，只是說道：「將軍還是私下見一見瑞王妃比較好。」

楚修明緩緩吐出一口氣。「過段時間再與京中的那些人聯繫。」

趙管事也明白，先不說那些人還剩下多少，其中有沒有背叛的，他們剛到京城必然會引人注意，有些事情就不太好辦了。「若是夫人可信，那件事還是交託給夫人比較好。」

楚修明眼睛瞇了一下，緩緩搖了搖頭說道：「太危險了，再等等。」

「是。」趙管事應了下來。

楚修明看向趙管事說道：「你先把府中帳本給順清楚，放心吧，我有分寸。」

趙管事應了下來，見楚修明沒別的吩咐就先告辭了。

楚修明處理完公事，就直接回院中去找自家娘子，與她說起了明日的事情。

「進宮？」沈錦一臉詫異地看向楚修明。「不是去探望母妃她們嗎？」

「瑞王妃她們還在宮中。」楚修明開口道。

沈錦滿臉疑惑地看著楚修明，楚修明解釋道：「怕是誠帝會讓皇后問妳一下今日的事情，然後才會讓瑞王妃她們和妳一併出宮。」

「真麻煩啊。」沈錦有些氣悶地說道。「怎麼……還要管後宅的事情呢。」

楚修明摸了摸沈錦的臉才說道：「在宮中也不用害怕，我會去接妳的。」

「嗯。」沈錦應了下來。「沒事的，母妃在。」

楚修明忽然問道：「管家的事情都是瑞王妃教妳的嗎？」

「嗯。」沈錦開口道：「大姊出嫁後，母妃就把我帶在身邊。」

「那今日這樣的情況呢？」楚修明需要知道瑞王妃到底是什麼樣的人，雖然他可以直接問沈錦，可是有些事情他必須自己判斷。

沈錦點頭。「母妃說過，如果我無法猜出的事情就不要去猜去判斷，直截了當地去解決就好，也不要在不相干的事情上花費太多的心神。」

「是發生了什麼事情嗎？」楚修明問道。

沈錦驚訝地看著楚修明，一臉你怎麼會知道的！

楚修明伸手捏了捏她的耳朵，沈錦猶豫了一下才說道：「那時候父王……和家中一個下人的媳婦……然後就提拔了那個人當管事，那個管事就有些張狂了，手伸得很長，惹了母妃，母妃就直接叫人把他們一家都給綁了，灌了熱油送到了官府，只說他們偷竊了府中的東西。

「因為大姊已經出嫁了，處理這事情時母妃就帶著二姊、我還有兩個妹妹。」沈錦猶豫並不是不想告訴楚修明，而是這事情真的不太好說。「母妃也說過，身為當家主母，若是連正院的事情都管不了，那就索性什麼也不要管。

「伯爵府你都這麼久沒回來了，怕是這些下人也都有了自己的心思，索性都趕走好了。」沈錦很理直氣壯地說道。「我分不清楚誰可用誰不可用的，就都不用，反正就我們兩人，邊城帶來的人也就夠用了。」

楚修明覺得瑞王妃嫁給瑞王還真是可惜了，瑞王妃看得很明白，處理得也乾淨俐落，她不是不計較，只是沒有觸及底線的時候，就不搭理你，可是一旦你過界了……

「那時候看見那些事情，晚上作噩夢了嗎？」楚修明問道。

沈錦搖了搖頭。「母妃沒讓看的，不過還是讓丫鬟給弄了安神湯。」

楚修明點頭，沈錦笑道：「母妃當初特地告訴過我，若是玩心眼的話，怕是我根本玩不過別人，所以遇到身分比我低的，直接無視就好，身分比我高的……不知道怎麼辦的時候，笑就可以了。」

「明日進宮也如此就好。」楚修明也徹底放下了心，有瑞王妃在，終究不會讓沈錦吃虧的。

沈錦乖乖應了下來，還沒等兩個人再說會兒話，宮中就有人傳話，說明日皇后召見沈錦，還請了瑞王妃和陳側妃，一起去話家常。

聽完以後沈錦倒是鬆了口氣，既然皇后讓人傳是話家常，那意思就是自家人在一起聊天，雖然還需要盛裝打扮，卻也不用穿那套伯夫人的正裝了，不過話家常這句話就有些微妙了。

趙嬤嬤比沈錦還快一步反應過來，心中冷笑，面上卻不露，只是說道：「夫人明日進宮要穿什麼呢？」

沈錦扭頭看向趙嬤嬤，說道：「嬤嬤看著辦吧。」

「是。」趙嬤嬤恭聲退下了。

楚修明拍了拍沈錦的手說道：「無須多想。」

沈錦應了一聲，說道：「我有點想母妃和母親了呢。」

楚修明牽著沈錦的手，往回走去說道：「明日就見到了，若是喜歡，到時候我們在瑞王府住上幾日也好。」

沈錦點了點頭。

第十五章

其實進皇宮沈錦一點也不緊張，畢竟她逢年過節都要去一次的，只不過這次的感覺有些不一樣，是楚修明親自把沈錦送到宮門口的，進宮的時候她身邊就帶了安寧一個丫鬟。

沈錦到皇后宮裡時，瑞王妃和陳側妃已經在裡面，沈錦給眾人行禮後就被皇后賜座，皇后笑道：「瞧這小模樣，比過年那會兒還要水嫩不少。」

這時候根本沒有陳側妃說話的分兒，能被賜座都是看在沈錦這個永甯伯夫人的面子上，瑞王妃聞言一笑，說道：「倒是高了一些。」

皇后看向沈錦問道：「在邊城的日子怎麼樣？」

沈錦起身說道：「回皇后的話……」

「傻孩子，都說了話家常。」皇后柔聲說道。「不用起來回話，而且怎麼這麼外氣，叫一聲皇伯母就是了。」

沈錦眼睛彎彎一笑，皇后看見了心中更軟了幾分，說道：「我宮中的金絲卷味道還不錯，玉竹端給錦丫頭嚐嚐。」

「謝皇伯母。」沈錦笑盈盈地說道，等宮女把東西端來，才坐回位子上，當即拿了一塊吃了起來。

陳側妃雖然心中想念女兒，可是此時也不敢多說一句，倒是沈錦進來的當下，她看了幾眼，發現女兒長高了不少。

瑞王妃看向皇后說道：「皇嫂，這丫頭最會順杆子爬了。」

「我瞧著就喜歡。」皇后笑著說道。「邊城那邊怎麼樣？」

沈錦道：「我平日都在院中，不常出去的。」

皇后想了一下問道：「那妳在府中吃得怎麼樣？都玩些什麼？」

沈錦微微垂眸，說道：「都是一些肉食，還吃了一段時間的馬肉，平日就是繡繡東西看看書罷了，也沒別的玩的。」

瑞王妃紅了眼睛，用帕子擦了擦眼角說道：「回來就好，怪不得我瞧著都瘦了，皇嫂可能不知，錦丫頭在家的時候，每日最喜的就是清淡的，這次寫信回來特地要了許多吃食，都是家中吃慣的，可是在邊城那樣的地方……」

陳側妃低著頭，默不作聲地擦著淚。

沈錦反而笑道：「母妃，我並沒受什麼委屈，邊城的吃食雖然味重一些，卻也不難吃。」

明明是實話，可是聽在眾人耳中卻覺得心酸，皇后也是女人，心中對沈錦更是疼惜，問道：「永甯伯把妳身邊伺候的都趕回來了，在邊城有幾個人伺候，可還貼心？」

「本來有兩個丫鬟的，蠻族圍城的時候，有個丫鬟……後來夫君回來，又安排了個嬤嬤。」沈錦的聲音軟軟糯糯的。「這次進京，就又安排了一個丫鬟。」

別說瑞王妃和陳側妃，就是皇后的眼睛都紅了紅，雖不知道其中多少作戲的成分。「苦了妳了。」
沈錦柔聲安慰道：「皇伯母，我不覺得苦的。」
皇后擦了擦眼角，緩緩嘆了口氣說道：「好孩子，皇伯母知道妳懂事，皇家欠妳良多。」
「……」沈錦總覺得皇后想得太多了。
又關心了沈錦一番，皇后才問道：「我怎麼聽人說，妳昨日把府中伺候的人都趕了出去？可是有什麼不妥？」
「沒啊。」沈錦一臉疑惑地看向皇后回道。
皇后端著茶水喝了一口，放下茶杯溫言道：「那把人都趕走了，伺候的人可還夠？」
「夠的。」沈錦笑著說道。
皇后緩緩嘆了口氣，擔憂地說道：「妳可知這樣對妳名聲有礙？」
「為什麼？」沈錦滿眼迷茫。
「一回來就趕了那麼多人走，還不知外面人會怎麼說呢。」皇后開口道。「好名聲對女人格外重要。」
沈錦聞言反而安慰道：「沒事的，反正我不太愛出門，也聽不到的。」
皇后眼角抽了一下，看向瑞王妃，就見瑞王妃正端著茶水並沒有注意到她的眼神，微微抿了下唇又問道：「那為什麼把人趕走呢？」
沈錦看著皇后，說道：「因為我不喜歡她們。」

皇后看著沈錦，道：「那也不能都趕走啊。」

「為什麼不能呢？」沈錦反問道。

皇后一時也不知道怎麼回答，總不能說那裡面有誠帝安排的人，所以怎麼能全部趕走吧。

沈錦鼓了鼓臉頰，理所當然地說道：「這是京城啊，我是伯夫人，有皇伯父和父王給我撐腰，所以我覺得不喜歡她們就讓她們走了，我有把賣身契給她們，又給了她們銀子呢。」

「傻孩子。」瑞王妃開口道：「妳皇伯母是擔心妳，一下子趕走這麼多人，難免會有人說閒話的。」

沈錦笑得又甜又漂亮，說道：「謝謝皇伯母，不過沒關係的，有皇伯母和母妃在，他們最多偷偷說幾句，又不敢當著我面說，我不在意的。」

皇后很久沒有嘗過這種被噎得說不出話的感覺了，而且最讓她無語的是，她能看出沈錦是認真的，而且是真的感謝她的關心，皇后平復了下心情，繼續道：「那妳喜歡什麼樣的？」

「不知道啊。」沈錦想了一下說道：「要合眼緣的吧。」

「合眼緣」這三個字說了和沒說根本沒有區別，皇后勉強笑笑說道：「永甯伯沒怪妳吧？」

「沒有的。」沈錦微微側臉，笑得臉上酒窩都出來了。「夫君脾氣很好。」

殺人不眨眼，提名字能止孩童夜啼的，不留俘虜的永甯伯脾氣很好？皇后仔細看了看沈錦的神色，卻發現沈錦是很認真地覺得永甯伯脾氣很好，她不由自主看向了瑞王妃。

不過想了想瑞王府的情況，有些懷疑沈錦在瑞王府過得有多苦，所以才對現在的日子這麼滿足，不是聽說被瑞王妃帶在身邊了嗎？

皇后想了想，覺得自己好像知道了什麼，沈錦說到底就是個庶女，瑞王妃自己有兒有女的，女兒出嫁後，怕是瑞王那個糊塗的想讓瑞王妃養許側妃的女兒，畢竟在嫡母身邊養過，說親的時候也有好處。

而陳側妃不得寵，許側妃得寵還有兒子，瑞王妃又不是傻子怎麼肯，這才養了沈錦在身邊當個幌子，怕是對沈錦根本沒什麼真心。

想想也是，就連她自己不也如此，不過是面子上的事情，沒把人給寵毀，已經是厚道了。

不僅如此，皇后也聽說了，許側妃最愛拔尖拈酸，沈錦被養成現在這個不知世事又易滿足的性子也是可以理解的。皇后滿是疼惜，柔聲說道：「那日邊城被蠻族圍困，陛下擔憂得整日睡不著，甚至還病了一場，並非妳皇伯父不願意派兵相救，實在是南邊也不太平。」

「喔。」沈錦不知道怎麼回答好，說不怨恨？那是不可能的，不過就算皇后再溫和，這話也是不能說的，所以她應了一下，又對皇后露出甜甜的笑容。「沒事的，不過馬肉難吃了一些。那時候皇伯父派了使者，就連夫君和我吃的都是馬肉，所以也給他們吃了馬肉，只是他們有些浪費，這點很不好。皇伯母，您可以和皇伯父說說，鋪張浪費對官員來說是大忌，要不得的。」

皇后想到那日皇上來了以後說的話，眼角抽了抽，瑞王妃聞言說道：「不許亂說，莫讓妳皇伯母為難了，不過就算他們不願意吃，妳也不能逼著他們吃，怎麼這般不懂事？」

沈錦乖乖應了下來，討饒道：「下回不敢啦。」說完以後，就鼓著腮幫子告狀。「我就是想著，他們是代表皇伯父來的，是皇伯父心裡念著我們，所以就弄了府中最好的吃食給他們，而且皇伯父也說因為鬧了災，朝廷也窮，就連皇伯父和皇伯母在宮中都要削減用度，他們怎麼可以浪費啊？」

皇后竟然覺得無言以對，難道要說這只是不想送糧草輜重的藉口，其實朝廷一點也不窮嗎？

沈錦還沒有滿足，接著說道：「我與夫君只用一菜一湯呢，給他們備了四菜一湯。」

皇后看著沈錦的眼神，許久才說道：「是他們太不懂事了，錦丫頭做得對。」

沈錦笑得眼睛彎彎的，格外可愛。「皇伯母太過誇獎我了，我就是做了應該做的。」

瑞王妃笑得格外淡定，陳側妃低著頭，時不時用帕子揉了揉眼角，皇后剛想說什麼，就聽見宮人通傳，昭陽公主和晨陽公主來了，皇后笑著說道：「快帶那兩孩子進來，也和錦丫頭親熱親熱。」

沈錦微微垂眸，昭陽公主是皇后所出，年紀比沈錦小一些，而晨陽公主出生的時候母親就沒了，一直養在皇后的身邊，聽說格外得寵，比昭陽公主大，卻又比沈錦小上一、兩個月。

真要說起來這兩個公主年紀都很適合嫁給楚修明，不過是誠帝不願意自己的女兒受苦罷了，又想拉攏楚修明，嫁個宗室，這才選了瑞王的女兒。

兩個公主進來的時候，不僅是沈錦，就是瑞王妃和陳側妃都站起來，昭陽公主聲音溫柔臉上帶著淺淺的笑容說道：「嬸嬸快請坐。」

晨陽公主掃了沈錦一眼，已經坐在皇后身邊。幾個人重新坐下，皇后笑著讓人給兩個女兒上了新的果點，然後對她們說道：「這位就是妳們皇叔家的。」

「哦？」晨陽公主挑眉看向沈錦。「就是嫁給永甯伯的那位？按照年月應該算是我堂姊了。」

沈錦起身行禮道：「堂妹。」

昭陽公主年紀不大，可是笑起來很有幾分端莊的味道。「堂姊快請坐，都是自家人，無須太過客套。」

沈錦這才坐下說道：「是。」

晨陽公主忽然問道：「之前我聽著外面的傳聞，說永甯伯面容猙獰恐怖脾氣暴虐，可是昨日永甯伯進宮了，倒是有傳言說永甯伯面如冠玉，到底哪個是真的？若是永甯伯真長得如此好，那些異族會怕他嗎？不是說戰功赫赫嗎？」

沈錦小嘴微張，眼睛也因為驚訝瞪圓了，看了看說話的晨陽公主又看了看皇后，然後低下了頭。「喔。」

這是什麼回答？不僅晨陽公主，就連昭陽公主都微微皺了眉頭看向沈錦，若是真的不想回答，就隨意說一下也好，只喔了一下實在太敷衍了。

瑞王妃心中倒是一笑，皇后臉色也不好看，一時也沒反應過來沈錦的意思。

晨陽公主在宮中囂張慣了，直接說道：「妳這是什麼回答？我不是問妳話了嗎？」

沈錦臉上有些為難，抿了抿唇，眼中帶著為難和無措，惶惶不安的樣子格外惹人憐惜，最後還是說道：「喔。」

晨陽公主氣得差點把手中的茶杯砸過去，不過還記得沈錦的身分，若是換成她宮中的人，怕是早就命人拖下去掌嘴了。

「妳聽不懂我說的話嗎？」晨陽公主咬牙問道：「需要我再重複一遍嗎？」

因為覺得被敷衍怠慢，晨陽公主臉色很難看，說話的語氣也有些咄咄逼人了，而沈錦眼睛都紅了，淚珠在眼眶裡轉啊轉就是不落下來，看起來楚楚可憐。

昭陽公主雖知道這事情不能全怪晨陽，可是到底心軟了軟說道：「堂姊不如說說路上的風光？」

「就妳好心。」晨陽公主冷笑一聲，她最厭惡沈錦這樣的人了，就會裝無辜。「永甯伯長的什麼樣子，永甯伯夫人都不知道嗎？」話裡是滿滿的嘲諷。

皇后皺了皺眉頭，雖然覺得沈錦剛剛失禮，可是晨陽的表現她也不滿意，所以放下茶杯剛想開口，就聽見沈錦的話，她的聲音裡帶著哭腔還有點抖，一點氣勢也沒有，可是這話一說出，皇后身子一震，而晨陽公主臉色更是大變，蒼白到毫無血色，就連昭陽公主的臉色也格外難看。

沈錦咬了咬下唇，微微抬頭看向晨陽公主。「夫君的軍功是皇伯父定下來的，公主這是在質疑……」動了動唇接著說道：「後宮不干政。」眼神看向了皇后，剛剛被晨陽公主逼問的時候，她一句話也不說，現在把人說得臉色變白了，沈錦偏偏像是打開了話匣子。「夫君他們是用命來保衛國土的，公主這話寒了多少人的心，若是讓士兵知道了……公主可是皇室中人，言行舉止都代表了皇室，萬一被誤會了……」

有些地方沈錦並沒有說清楚，反而更加讓人浮想聯翩。

晨陽張了張嘴想要說什麼，卻又不知道怎麼反駁好，可是還沒等她想好，沈錦就接著說道：「而且夫君雖然也算是公主的堂姊夫，可到底是外男，公主這樣打聽一個外男有些不好的，以貌取人這樣的也不好。」她的語氣很真誠，其中還帶著擔憂。「不過皇伯母一定會幫妳和皇伯父解釋，想來皇伯父會理解的，可是萬萬不能讓外人知道。」

說完後沈錦就看向皇后，接著開口道：「是不是，皇伯母？」

皇后看著沈錦的臉，心中卻是暗恨，她竟然也看走了眼，把一隻狡猾的豺狼看成了無辜的兔子，面上卻說道：「錦丫頭說得是，晨陽一向心直口快，我也沒注意，此次……還不給妳堂姊賠不是？」

沈錦的身分太過敏感，雖然也是皇室中人，可是如今卻是楚家永甯伯的妻子，楚家在武將心中的地位很高，若是流出去一言半語，皇后心中一顫，難不成這是沈錦特地設的圈套？拿捏著這樣一個把柄，還有那句後宮不干政……心中又暗恨晨陽成事不足敗事有餘。

昭陽公主心中也著急，沈錦口口聲聲說的是公主，卻沒有點出是哪位公主，如今宮中夠年齡的就她們二人，萬一壞了自己名聲可如何是好。「堂姊，姊姊並沒有那些意思的。」

晨陽公主瞪著沈錦，恨不得去狠狠搧上幾巴掌，不過還是起身對著沈錦福了福身，說道：「堂姊，剛剛我是有口無心。」

沈錦說道：「沒事的，公主以後還是多多注意的好。」

瑞王妃此時才開口道：「此事以後休得再提。」

「是。」沈錦乖乖應了下來，然後叮囑道：「公主以後也莫要和人提起，對妳名聲不好的。」

晨陽公主心中格外憋屈，一口氣差點沒上來，明明是沈錦把自己的話給曲解了，故意設套讓自己進，可是偏偏還裝作一臉無辜，簡直不能更可惡了。

皇后微微垂眸說道：「妳們不計較，我卻不能當作不知道，晨陽妳抄經一百冊，以祭那些保家衛國而亡的將領和士兵，不抄完就不要出來。」

昭陽公主也說道：「我與姊姊一併抄經。」

皇后說完就看向沈錦，眼神中帶著詢問，這樣沈錦也該滿意了吧。

沈錦一臉迷茫地和皇后對視，然後靈光一閃像是看懂了皇后的意思，說道：「皇伯母放心，到時候讓公主把抄好的經書給我，我叫人送去邊城，在眾將士墳前點燃祭奠。」

若不是修身養性了這麼多年，皇后差點翻臉，怎麼遇到了這般不依不饒的人，而昭陽公主心中暗恨，剛剛若是不提就好，本想落個好名聲，說是祭奠，到時候她自己寫上一、兩份，剩下的交給宮中的宮女太監就好，可是現在……不僅全部要自己抄寫，字跡什麼還都不能差了，特別運到邊城去？那還怎麼博得好名聲？簡直是吃力不討好。

晨陽公主倒是沒想那麼多，只以為沈錦是不信任她才會如此，不過現在落了下風也不好說什麼。

皇后也沒心情和沈錦說話了，又聊了幾句就端茶送客了，誰知道沈錦偏偏不識相，直接問道：「皇伯母，我是來接母妃和母親的，母妃妳們東西收拾好了嗎？」

「並沒。」瑞王妃很平靜地說道。

皇后根本沒準備今日就放人走，此時就笑道：「既然如此，改日吧。」

「沒事的。」沈錦毫不在意地說道。「母妃和母親快去收拾，我與皇伯母再說幾句，以往沒怎麼和皇伯母說過話，還一直心中擔憂呢，誰承想皇伯母竟然這般親切，堂姊妹們又都是好性子，我都捨不得了呢。」

皇后已經很久沒有嘗過這樣憋屈的感覺了。「我本想多留弟妹幾日，也沒通知王府，怕是沒車吧。」

「夫君來接我們的。」沈錦一派天真，眼睛笑得彎彎的。「不怕的，本來今日夫君與我想去王府拜見父王和母妃的，可是母妃和母親都在宮中，皇伯母又派人來喚，我就先進來了，想著順便接了母妃和母親，讓夫君拜見一下，到王府以後再拜見一下父王，不是說父王很想念我們？再過段時日就該父王生辰了……對了，母妃可請了望江樓的大廚？我記得父王很喜歡那裡面的菜品……」

皇后的氣度還在那兒，聽著沈錦東拉西扯話家常，從菜色說到佈置，從佈置又說到以往在京中的生活，就算恨不得讓人堵了沈錦的嘴，臉上的笑容還是不變。

倒是沈錦說了一段時間，端著茶喝了一口，然後一臉疑惑地看向瑞王妃，像是在問母妃怎麼還不去收拾呢？

瑞王妃看向皇后，皇后張了張嘴剛想說話，就聽見沈錦接著說道：「母妃不用怕車不夠坐，有夫君在呢。」

皇后看著沈錦的樣子，這真的不是拿永甯伯在壓人嗎？話都到這裡，只得說道：「弟妹快快去收拾吧，再與母后道個別。」

「是。」瑞王妃這才起身，說道：「錦丫頭，妳在此陪著皇后說話，可不許淘氣。」

沈錦站起身，乖巧地說道：「是。」

瑞王妃這才帶著陳側妃離開。

昭陽公主總算找到機會說道：「堂姊，不如我陪妳到外面的御花園走走？」

晨陽公主就坐在一旁，根本不說話，皇后倒是鬆了一口氣，等沈錦離開，她就可以趕緊讓人去找陛下，看看接下來要怎麼辦才好。

「不要了，夫君讓我進宮以後不要隨意走動，免得給皇伯母惹了麻煩。」沈錦格外的懂事。「而且夫君說，皇伯母一定也想和我多說說話，讓我好好陪著皇伯母聊天。」

誰想和妳說話！哪個又想和妳聊天了？明明說著噎死人不償命的話，卻偏偏擺出一副乖巧懂事小白兔一樣無辜的表情，多說一會兒非得把她給氣死不可。

就連皇后這樣精於算計的人都有些分不清楚，沈錦是真的這般無辜乖巧，還是裝出來的。

等送走了沈錦，也顧不得兩個公主還在，皇后就趕緊讓人給她撫背了，明明氣得要命，還偏偏要賞賜一堆東西給沈錦。打發走兩個公主，皇后才問道：「玉竹，妳覺得那沈錦是故意的呢，還是……」

玉竹眼角抽了抽說道：「奴婢也說不準，倒是覺得這永甯伯夫人不簡單。」

「是我一時不察，看走了眼。」皇后冷聲說道。「如果簡單的話，也活不到現在。」

帶著母妃和母親出宮的沈錦，心情格外好，陳側妃有些擔憂地問道：「妳怎麼能這般對皇后說話呢？」

「是皇后讓我叫皇伯母和話家常的。」沈錦很無辜地看著陳側妃。「皇伯母是好人啊，又親切又和善，若不是夫君在外等著，我還想和皇伯母多聊會兒呢。」

瑞王妃笑得端莊有禮，說道：「錦丫頭沒做錯什麼，妳皇伯母最喜歡與人聊天了，若是有機會妳多陪著說說話，她定會高興的。」

陳側妃眼角抽了抽。

沈錦並沒有騙人，楚修明確實已經帶人在宮門口等著，準備了不止一輛馬車，最前面停放的是讓瑞王妃她們三人乘坐，後面是丫鬟婆子坐的，不僅放得下瑞王妃她們的行李，就是宮中的賞賜也可以直接帶走。

楚修明策馬走在馬車的旁邊，沈錦一打開車窗就能看見他。

瑞王妃並沒有問沈錦在邊城的日子好不好，瞧楚修明的樣子就知道她過得不錯。

「母妃妳們在宮中這麼久，可還好嗎？」沈錦有些擔憂地問道。

瑞王妃抿唇一笑。「平日裡我與妳母親都在太后宮中，除了不能隨意走動，其他倒是沒什麼。」

沈錦覺得皇太后挺不會享受的，明明是太后卻每日吃齋唸佛的。「那母妃和母親呢？」

「自然是要陪著太后。」瑞王妃倒是沒把這些當一回事。「而且王爺也會時常進宮照應一下。」

瑞王妃看向陳側妃說道：「好不容易見到錦丫頭，怎麼反而不說話了呢？」

沈錦也問道：「母親，您為什麼不和我說話呢？」

陳側妃握著沈錦的手笑道：「瞧著高了不少。」

沈錦笑著蹭進陳側妃的懷裡，嬌聲說道：「是呢。」

陳側妃就沈錦這麼一個女兒，此時摟著女兒，簡直心都快化了，沈錦鬧了一下也就不鬧了，陳側妃也顧不得瑞王妃還在，問起了沈錦的衣食住行。

瑞王妃也不在意，等她們母女二人敘完舊後，便笑道：「今日怕是來不及了，不如明日再和永甯伯一併來府中，到時也請妳兩位姊姊和姊夫過府，一家人聚聚。」

「好。」沈錦笑著應下來。

第十六章

不知不覺就到了瑞王府，楚修明已經提前派人來通知了，瑞王妃的兩個兒子沈軒和沈熙在門口等著，把瑞王妃和陳側妃接了進府。楚修明和沈錦並沒有進去，而是直接返回永甯伯府。

楚修明和沈錦回府的時候，府中已經備好熱水，安平伺候著沈錦梳洗了一番，換上常服出來的時候，安寧已經把宮中大致的事情說了一遍，其實她知道的也不多，因為皇后和沈錦她們說話的時候，安寧是沒辦法跟進去的。

不過安寧倒是留意了兩位公主到的時辰和瑞王妃她們離開的時辰。

趙嬤嬤聞言說道：「當初得了消息，陛下有意給將軍指婚，老奴倒是大膽往這兩位公主身上猜過，陛下的女兒中就她們兩位適齡，昭陽公主是皇后所出，年紀又比晨陽公主略小，老奴本以為會是晨陽公主，沒承想最後是指了瑞王的女兒。」

其實不僅是趙嬤嬤，就是將軍府的軍師們也都猜測過，誠帝指婚為的不過是施恩於楚家，加強楚家和皇室的聯結，所以擇公主下嫁是最好的選擇。

倒不是楚修明自視甚高，而是永甯伯夫人這個位置確確實實值這樣的價值，憑著楚家的軍功和在軍中的地位，就是皇后嫡女下嫁都是使得的。

只要是正常人怕是都會知道怎樣的取捨，可是誰承想他們偏偏遇到了一個大事糊塗小事精明計較的誠帝，不僅捨不得皇后所出的嫡女，就是妃嬪所出的女兒也不願意給，反而令瑞王的庶女下嫁。

若是皇上當時沒有適齡的女兒也就算了，可是有偏偏就是不願意。

誠帝若是真的心疼女兒做下這般糊塗的事情，也算是真性情，可從他後面所作所為就知並非如此。

瑞王妃為何會送銀子給楚修明，有些事情她早在幾十年前就知道了，一直沒有動作，而是直到邊城解圍以後。

說到底不過是對誠帝失望了，你若真的防備楚家，那就別用楚家，偏偏他還離不開楚家，如此好好拉攏施恩就是，等到楚家真的犯事了，天下大義也站在誠帝這邊。

可是誠帝呢？想要拉攏楚家，又嚥不下那口氣，還防備楚家，防備得如此明顯，大事上拿捏不住，就在小事上噁心楚家。

比如京城的那些流言，他們這一輩誰沒見過楚修明的父母，除非楚修明是抱養的，否則怎麼也不會長成流言那樣，這種流言最多騙騙沈錦她們這一輩的人。

給楚修明指婚這樣的事情，瑞王妃當初也猜測過，本以為就是昭陽和晨陽公主擇一了，可誰承想竟然落在瑞王府。得知這個消息的時候，瑞王妃簡直不知道說什麼好，其實就算瑞王不提，瑞王妃也不會讓沈梓嫁過去，那不是結親而是結仇了。

等知道邊城被圍而誠帝竟然不派兵救援，甚至在最後解圍後，糧草輜重上也要卡上一卡的時候，瑞王妃是真真切切地失望了。

多虧誠帝出了昏招，沈錦嫁給楚修明後，瑞王府也和楚家是親戚關係，這樣一來等於瑞王府多了一個選擇和出路。想到出嫁前父親說的話，那時候有些事情已經初見端倪，父親選了瑞王，不過就是嫁了瑞王的身分和他的糊塗罷了。

其實誠帝這次讓楚修明上京，如果真的破釜沈舟直接讓人殺了楚修明，瑞王妃還高看他一些，如今……

瑞王妃看向兩個兒子，溫言道：「軒兒，你三妹夫難得上京，你多與他親近一些，帶著他到處走走才是。」

在王府中，沈軒最信服的就是瑞王妃這個母親了，聞言說道：「兒子知道。」

瑞王妃滿意地點了點頭，她兒子本是文武全才，若不是……瑞王妃微微垂眸收斂了眼中的神色。「熙兒，你年紀也不小了，多向你三姊夫請教知道嗎？」

沈熙年紀略小，笑道：「兒子知道。」

瑞王妃說道：「好了，下去讀書吧。」

「那兒子晚上來陪母親用飯。」沈熙開口道。

瑞王妃點頭應允了，等沈熙離開，屋中就剩下瑞王妃和沈軒母子二人，翠喜也帶著丫鬟都下去了，還親自守了門。

沈軒見母親有話要說，就關上窗戶，又給瑞王妃倒杯溫熱的棗茶，瑞王妃緩緩吐出一口氣。「軒兒，等永甯伯這次離開，我準備讓熙兒跟著他走。」

「邊城窮山惡水，還有蠻族虎視眈眈，太危險了吧？」沈軒和沈熙關係很好，聞言就道：「二弟怕是受不住。」

「錦丫頭一個姑娘家都受得住，他有何受不住的？」瑞王妃沈聲說道：「你可知我為何一直不讓你上朝做官？」

沈軒從小被瑞王妃帶在身邊，和瑞王的糊塗不同，他更像瑞王妃一些，特別是遭了那次生死劫後，為人更是沈穩，說道：「兒子明白。」

瑞王妃點頭說道：「從你皇伯父給府中指婚那日起，瑞王府地位就尷尬。」

沈軒臉上帶著怒色，他想到這次母親被接到宮中，說是太后思念侍疾，可是實情是怎樣的，他心知肚明，而瑞王這個父親，他也指望不上，說道：「兒子明白，既然如此，不如就請三妹夫給二弟安排個職位，就算當個馬前卒也好。」

「還不到這個地步。」瑞王妃緩了臉色說道：「而且錦丫頭也是個好孩子，她不會不明白的。」倒不是說沈錦和沈熙關係好，所以會多加照看，沈錦是個明白人，明白人不會做糊塗事，若是這次嫁過去的是沈梓，瑞王妃就不會做這樣的安排。

永甯伯府中，沈錦慢慢吃著紅棗酪，說著宮中的事情。「皇后看起來很和善。」

趙嬷嬷心中有些同情皇后了，怕是今日就要被沈錦噎得吃不下飯了。

楚修明點頭說道：「和善就好。」和善就等於要做表面工夫，這樣的話不僅不敢為難沈錦，怕是還要幫沈錦收拾爛攤子，誰讓誠帝放了不少關於沈錦的流言，皇后總不能拆皇帝的臺，皇帝的話簡直是給沈錦裹上一層金絲甲。

「晨陽公主很天真。」就是有些傻，怕是被皇后給養廢了。「我覺得母妃人真的不錯。」瑞王妃身為嫡母，對沈錦雖然不像對沈琦那般好，可該教的也教了，對幾個庶出的也沒下過黑手，最多是不管而已。

楚修明笑道：「因為瑞王妃是個明白人。」

沈錦點點頭，接著說道：「昭陽公主不愧是皇后所出。」和皇后真的很像啊。

楚修明沒再說什麼，沈錦又道：「母妃說皇太后一直吃齋唸佛。」

「哼。」趙嬤嬤冷哼一聲。「虧心事做多了，可不得每日都吃齋唸佛。」

沈錦一臉迷茫地看向趙嬤嬤，趙嬤嬤心中一軟，說道：「夫人在宮中怕是吃不到什麼熱呼呼的東西，老奴一會兒就讓廚房做了蜜汁乳鴿。」

「在皇后那裡吃了金絲卷，味道很好啊。」沈錦趕緊說道。「真的很好。」

趙嬤嬤眼神暗了一下，才笑道：「那東西老奴也會做，就是費事了點，夫人若是想吃，老奴這就去做來。」

「好。」沈錦伸手拉著趙嬤嬤的手。「我可想妳了，在宮中雖然東西多，可感覺不夠新鮮啊，所以我只用了一個而已。」

趙嬤嬤更加心疼了，說道：「夫人先用著，老奴這就去。」

第二日一大早，也不用趙嬤嬤催促，沈錦就起床了，給瑞王妃的禮都是提前備好的，用過早飯，沈錦就帶著安平和安寧兩個丫鬟和楚修明去瑞王府了。

楚修明今日沒再騎馬，而是陪沈錦坐在馬車裡，見沈錦對外面的吆喝聲有興趣，就開口道：「過幾日，我們一併在京城中走走。」

「可以嗎？」沈錦滿臉期待地看著楚修明，京城中女子不管是出嫁前還是出嫁後，都很少出來到街道上走動的。

楚修明勾唇一笑。「這有何難？」

沈錦忽然想起自己好像沒和楚修明說過兩位姊夫的事情，趕緊開口道：「我大姊嫁的是永樂侯世子，我二姊嫁的是鄭家大公子。」

楚修明看了沈錦一眼，若是真等著沈錦，怕是他就兩眼一抹黑了。看著楚修明的眼神，沈錦難得有些愧疚，底氣不足地說道：「我忘記了啊！」

「倒是記得他們府中的火腿臘肉一類的口感極佳，要了不少。」楚修明淡淡地說道。

沈錦臉一紅，從袖裡掏出一個小小的油紙包，拿出一塊塞到楚修明的口中。「趙嬤嬤特地給我做的呢，我吃著比宮中的還香一些。」

楚修明伸手捏了捏沈錦的耳垂，也不再提剛剛的事情，只是說道：「那是自然。」

沈錦覺得楚修明的口氣太過理所當然了，動了動嘴把口中的金絲卷嚥下，又拿了一塊吃了起來，好像他一點也不驚訝趙嬤嬤會做宮中的御點，甚至很肯定趙嬤嬤做得會更好似的，莫非……不該啊。

想了一會兒，覺得也想不明白，索性就不再想了，再去摸點心的時候，卻發現摸了個空，低頭去看竟是空了，滿臉詫異地看了看楚修明又低頭看了看油紙，難不成是她剛剛不知不覺把糕點給吃完了？

楚修明端著茶水喝了一口，把嘴中那股甜香壓了下去，問道：「夫人可有為難之事？」

沈錦懷疑地看了一眼楚修明，又低頭看了看油紙，這才把油紙團了團放到一邊，說道：「沒有，夫君，你說趙嬤嬤還會願意做這個糕點嗎？」

「那夫人去問嬤嬤才知道。」楚修明笑得溫文爾雅。

沈錦又想吃，可又知道這糕點做得格外辛苦，便道：「還是等等吧。」到底捨不得讓趙嬤嬤辛苦，為了一個金絲卷累著了趙嬤嬤有些不好，其他的糕點吃起來也不錯。

因為後面帶著不少禮物，路上走得有些慢，等到了瑞王府，永樂侯世子和夫人已經到了，沈錦面上一喜，就和楚修明一起往裡面走去。

瑞王和瑞王妃本留著女兒女婿說話，聽了傳話，就笑道：「真是說誰誰就到。」

沈琦今日一身水紅色的紗裙，直接站起來說道：「我去迎迎錦丫頭，這麼久沒見，也不知道是胖了還是瘦了。」

永樂侯世子也不算糊塗，笑著說道：「我與夫人一起去。」

「都坐下吧。」瑞王妃開口道。「讓軒兒和熙兒去就夠了。」

沈軒和沈熙聞言站起來說道：「是啊，母親也許久未見大姊和大姊夫了，你們多陪著母親說會兒話才是。」

沈琦眼神閃了閃，也沒再說什麼。「快去吧。」

沈軒和沈熙這才向瑞王行禮後，出門去接永甯伯夫婦了。

瑞王妃看向永樂侯世子，忽然說道：「我聽琦兒說，世子的一個妾室有孕了，琦兒也是個不懂事的，這可是世子的第一個孩子，生母怎能還是個妾室？」

世子心中一緊，這話猛一聽似乎沒什麼，可是妾室、第一個孩子這樣的話出來，就知道這是瑞王府心中不滿了，若不是當日……沈琦生下的才該是世子的長子。

「我正想與世子夫人商量，等孩子生下來，不管是男是女，都抱到世子夫人身邊。」永樂侯世子溫言道：「夫人賢良，養出來的孩子自然是最好的。」

沈琦的手一僵，她看向母親，若是她已經生下了長子，自然不介意再養個庶出的孩子在身邊，不管是男是女都無所謂，男孩就讓兩兄弟好好培養感情，以後給自己的兒子當個幫手，女兒不過是一份嫁妝的事情，姻親上的關係也是大有用處的，可問題是她現在沒有孩子在身邊。

瑞王妃眼睛瞇了一下，看向永樂侯世子，還沒說話，就聽見外面的說笑聲，沈軒、沈熙已經接了楚修明和沈錦進來了。

楚修明和沈錦先給瑞王、瑞王妃行禮，沈琦拉了沈錦一併坐在瑞王妃身邊，楚修明坐在瑞王下首，永樂侯世子上面的位置。

「大姊，我可想妳了呢。」沈錦小聲說道。

沈琦看著妹妹的樣子，心中也安慰了不少，雖然得了信知道她平安，可到底沒見到人，在幾個姊妹中，沈琦也就和沈錦關係好些，聞言說道：「那明日來我家中，我那兒新得了幾條鮮魚，專門圈了池子養著呢。」

「好。」沈錦本就打算去沈琦那邊走一趟，聞言笑道：「還是大姊疼我。」

瑞王妃見她們兩姊妹說話，也不再提什麼，只是看了沈軒一眼，沈軒忽然問道：「父王，剛剛母親在和大姊、大姊夫說什麼呢？我們可是打擾了？」

瑞王見楚修明長得一表人才又戰功赫赫，對他也是恭敬有加心中得意，剛與楚修明說了話，聽見兒子的問話，毫不在意地說道：「你大姊夫的妾室有孕，想把孩子記在你大姊名下。」

這話一出，就連年紀最小的沈熙都覺不妥，一時間都看向瑞王妃，瑞王妃倒是沒有說話，而沈錦有些猶豫地開口道：「孩子的生母身子不妥嗎？」

世子臉色一變，懷孕的妾室正是世子的表妹，他心尖上的人，沈聲問道：「三妹何出此言？」

「難道不是？」說話的是沈熙，也是看向了世子，問道：「莫非姊夫你準備去母留子？」

沈錦被嚇住了，一臉驚恐地看向世子。「生孩子可是喜事，這……不大好吧。」後來想到是別人家的事情，難免有些氣弱了。

沈熙只覺得滿心的痛快。「我覺得三姊所言極是，就算那妾室不得大姊夫喜歡，到底為你生兒育女……」說著搖了搖頭。

世子簡直驚呆了，他哪裡不喜歡那個妾室了，若是不喜歡怎麼會如此為她謀劃。

瑞王也皺著眉頭，說道：「三丫頭莫要胡言亂語。」擠兌世子的是沈錦和沈熙，瑞王不捨得說兒子，就點了女兒的名字。

楚修明聞言看向瑞王，他的眼神平靜，不知為何卻讓瑞王心中一寒，瑞王妃終是開口道：「王爺此言差矣，錦丫頭一心為王府為永樂侯府著想，怎成胡言亂語了？」

瑞王有些尷尬，他一時還沒弄明白，瑞王妃又看向了世子，說道：「今日之事怕是世子還沒問過永樂侯夫人，不若回府後問問，若是永樂侯夫人也是這般意思，那為了府中子嗣，我女兒擔個惡名我也認下了。」

沈琦在沈錦剛剛開口就已明白過來，在正室無子的時候，把庶出的子女養在身邊，也就那兩、三種情形，無非是正室不能生，或是庶出子女剛出生，生母就沒了，最後一種是丈夫出了意外。

而沈琦的情況和這三種都不一般，不過是世子心疼妾室，妾室居心不良圖謀不軌罷了，若是生了女兒還好些，可是男孩呢？居長又養在正室身邊，等世子承爵了，世子之位是給誰？沈琦沒有兒子還好說點，有兒子的話，按照世子這般偏心，怕是又有波折了。

世子能坐上這個位置，其中瑞王府出了大力，上次沈琦落胎，就有些不清不楚的，瑞王妃不過沒追究罷了，畢竟孩子已經沒了，再傷了情分得不償失。不過永樂侯府卻是欠著瑞王府了，果不其然，永樂侯夫人在沈琦養好身子後，就把管家的事情交給了她。

一直沒說話的楚修明忽然開口道：「君子自當修身養性，家宅方可萬事興，世子既已娶妻，後宅之事還是交予妻子之手才是。」

言下之意——你堂堂世子竟然管起了後宅之事。「岳父莫要氣惱，想來世子是一時糊塗，夫人與大姊自有關係親近，難免多說了幾句，回家後我再與她細說。」

沈錦現在是我楚家的媳婦，就算說了不對的，也有我這個丈夫在，你雖是岳父也可以閉嘴了。

楚修明說得文雅像是責備沈錦，可是話裡的意思卻簡單明瞭。

瑞王妃眼中閃過幾許笑意。「行了，我帶著兩個丫頭到後面說些私房話，你們幾個男人好好聊聊吧。」

正巧今日天氣不錯，瑞王妃就帶著沈琦和沈錦去了正院的小花園，這小院子是瑞王妃親眼看著收拾的，清雅巧致。

丫鬟已提前把涼亭布置好，瑞王妃坐下後，沈琦和沈錦就坐在她身邊，丫鬟婆子端了茶水果點上來，就站在外面，不會耽誤伺候也不致打擾了她們的談話。

瑞王妃這才開口道：「琦兒，妳可知妳錯在哪裡？」

沈琦愣了一下說道：「母妃？」

瑞王妃看向沈琦，許久才嘆了口氣說道：「難不成妳還沒意識到？」

沈錦見瑞王妃在教大姊，也就乖乖縮在一旁不吭聲，雙手捧著玫瑰清露喝著，一年多沒見，這院子裡有些地方倒是變了樣。

沈琦看向瑞王妃，抿了抿唇說道：「母妃，您就告訴我吧。」

瑞王妃看了眼女兒。「妳先與錦丫頭說說。」

沈琦愣了一下，沈錦聽見自己的名字就看了過去，一臉疑惑，瑞王妃靠在木欄上，沒再說什麼。沈琦對瑞王妃格外信服，說道：「當時夫君的表妹因為家中長輩病逝，就來府中投靠，我見她可憐又顧忌永樂侯夫人，就把她安排在府中，誰知道她……她竟然趁著我有孕爬上了夫君的床，最後還害得我小產。」說到最後已經是濃濃的恨意和痛苦。

等沈琦說完後，瑞王妃才向沈錦問道：「換了妳，妳會怎麼做？」

沈錦眨了眨眼睛，纖長的睫毛一顫一顫的，說道：「不讓她進門就好了啊。」

沈琦整個人都愣住了，瑞王妃則輕笑了一下，說道：「好好與妳大姊說說，妳大姊就是個糊塗的。」

沈錦開口道：「母妃，大姊已經做得很好了。」

沈琦倒是問道：「妹妹，妳仔細和我說說，若是換成了妳，怎麼不讓她進門？」

沈錦想了一下說道：「既然是親戚，總不能不管，給點銀子打發出去，若是永樂侯夫人不樂意，大不了再出點銀子給那表妹一家租個房子、買幾個下人伺候著。」

沈琦也明白為何母親會這般失望了，她從一開始就錯了，為了賢明和討好婆婆就同意了表妹一家進府，才給了她勾引夫君的機會。

「大姊，那個表妹雖然可憐看著柔弱，可是能一路平安找來京城，很厲害的。」沈錦一臉感嘆地說道：「夫君帶著我回來時，路上都遇到了很多事情。」

「是啊。」沈琦這才真正明白過來，可是為時已晚，感嘆地道：「我只想著她身世可憐，卻忘記了她能找來，就是個有主意的。」她竟然也被表妹那楚楚可憐的樣子欺騙了。

沈錦點點頭，一臉贊同地看著沈琦，沈琦沒忍住，輕輕捏了捏沈錦的臉頰說道：「我怎瞧著妳胖了呢？」

「才沒有。」沈錦瞪圓了眼睛看著沈琦，說道：「大姊，我是長高了！」

「哈哈，好吧。」沈琦被逗笑了，沈悶的心情也消散了一些，說道：「然後呢？」

「啊？」沈錦有些迷茫地看了看沈琦。「喔，對了，然後住進來後，既然她願意當妾就讓她當妾，為什麼當妾還要享受親戚的待遇？」

沈琦被問愣住了，扭頭看向瑞王妃，就見瑞王妃雖然沒有說，可是臉上的神色是贊同的。

「不該這樣的。」沈錦一本正經地說道：「禮法不合的。」

沈琦一直覺得沈錦性格很軟，沒什麼脾氣，就算受了欺負也只是坐在一旁，喜歡吃，看起來又無辜又可愛，可是第一次發現在有些事情上，這個妹妹反而看得比她還明白。

可能正是因為沈錦在府中的地位尷尬，才會養成這樣的性子，而她呢？就有些爭強好勝了，事事都想要拔尖，可是哪有這樣萬全的好事。

永樂侯府現在是沈琦當家作主，又不想讓人說虧待了親戚，對那個表妹也多有縱容，最多是眼不見心不煩，可是這樣反而養大了她的心。

瑞王妃開口道：「妳大姊當初就吃了一碗妳大姊夫端來的東西，孩子就沒了。」

「啊？」沈錦沒忍住驚呼了一聲，然後雙手捂著嘴看向沈琦。

沈琦想到那個孩子，紅了眼睛，微微扭頭沒有說什麼。

沈錦伸手握著沈琦的手，安慰道：「大姊，肯定不是姊夫。」

「我也知道，妳姊夫雖然有些……但那到底是他的嫡長子。」男人對第一個孩子的感情是不一樣的，想到丈夫那時候的表情，沈琦抿了抿唇，說道：「是誰我心裡也有數。」再怎麼也逃不過那些人。

「那大姊怎麼不處置了呢？」沈錦反問道。

沈琦不知道說什麼好，婆婆護著丈夫護著那位又能怎麼辦？搖了搖頭沒再說什麼。

沈錦看向瑞王妃，瑞王妃開口道：「人活一世，若是太注重名聲了，自己難免就活得不痛快。」

「母妃。」沈琦用帕子捂著臉，低聲哭了起來。「我恨不得打死那個小賤人啊，可是我沒證據啊。」

看著沈琦的樣子，沈錦也不知道怎麼安慰的好，瑞王妃恨鐵不成鋼地看著女兒。「那怎麼不乘機逼著他們讓那些妾室都簽了賣身契？」

沈琦一直搖頭，哭得說不出話來。

沈錦想了想，拿了一塊出嫁前沈琦最愛吃的芙蓉糕，用帕子包著，說道：「給大姊，別哭了。」

沈琦聞言看向了沈錦，就見她手上托著那塊糕點，沈錦說道：「可好吃了，我剛剛嚐了呢。」

再難過此時也哭不出來了，沈琦接過芙蓉糕慢慢吃了起來，沈錦溫言道：「大姊不要哭了，也不要再難過，已經這樣了，妳再難受也沒用啊。」

沈琦一口糕點在嘴裡，嚥下去也不是不嚥下去也不是，看向沈錦，就見沈錦一臉真誠在勸她，瑞王妃輕笑出聲。「確實如此，事已至此，難過後悔有什麼用處？人要向前看。」

沈錦贊同地點頭。

沈琦把東西吃完，說道：「我知道了。」

瑞王妃叫了翠喜來，帶著沈琦下去淨臉，然後看向了沈錦問道：「永甯伯也有這麼個表妹？」

和沈琦不同，瑞王妃注意到了沈錦怕是這個問題想了許久，心中才有這樣的成算。沈錦驚訝地看向瑞王妃，滿臉寫著母妃您怎麼會知道，也太厲害了吧，她好像沒有說過啊。

瑞王妃抿唇一笑，輕輕淺淺的樣子，感嘆道：「真是個有福氣的孩子。」

永樂侯世子也是瑞王妃千挑萬選出來給女兒的，各方面都極好，性子上有些軟弱這點瑞王妃也是知道的，不過自家女兒有些爭強好勝，這般也恰恰好，誰承想竟成現在這樣。

而沈錦呢？從永甯伯的言行舉止可以看出，是真把人放在心尖上的，不過想到邊城的情況，也算是否極泰來吧。

沈錦眼睛彎彎地一笑，瑞王妃說道：「明日妳大姊邀妳去府中作客，怕是那個妾室會主動跳出來。」

若不是說話的是瑞王妃，沈錦又要說「不能吧」這三個字了，她們姊妹說話，那人蹦出來是什麼意思，沒看今日就連陳側妃和許側妃都沒出來嗎？

瑞王妃提了一句就不再說了，正好丫鬟來稟，說是沈梓攜了夫君來到，沈梓的夫君是鄭家的大公子鄭嘉瞿，雖然沒有考功名，可文采是公認的，而且長得文質彬彬的。

沈梓到的時候，就見到瑞王妃正和沈錦喝茶聊天，等沈梓給瑞王妃請安後，沈錦就笑道：「二姊。」

「三妹成了伯夫人就是不一樣。」沈梓坐在沈錦對面的位置，以往在府中見到她來，沈錦都會站起來，可是今日倒是坐得穩。「瞧著邊城的水土還真是養人，三妹好像胖了一些，也更加穩重了。」

沈琦說沈錦有些胖，那是因為捏了臉以後感覺到的，而沈梓明顯是在諷刺人，誰不知邊城窮山惡水還有蠻族虎視眈眈。

「嗯。」沈錦點頭說道：「二姊若是喜歡了，就和姊夫過來，我請你們吃烤全羊。」

沈梓臉色一變。「誰會喜歡。」那樣的地方一般都是被流放才會去的，她就覺得沈錦在諷刺她。

沈錦看了看沈梓，眼中帶著迷茫，然後……「喔。」

沈琦已經重新梳妝完了過來，瑞王妃看了一眼笑道：「行了，妳們姊妹們說話吧，我叫人把四丫頭和五丫頭也叫來，我就不在這邊礙事了。」

「母妃。」沈錦和沈梓都站了起來。

沈琦笑著送了瑞王妃出去，絲毫看不出剛剛哭過一場的樣子。

第十七章

等瑞王妃走了，沈錦等沈琦回來就一併坐下，沈梓再無顧忌直接冷笑道：「三妹去邊城一圈後，倒是把平日在京城學的規矩都給忘了。」

「嗯？」沈錦看向沈梓，微微歪頭。

沈琦倒是反應過來，瞧著亭子中就沈梓還沒坐下，笑道：「二妹好大的架子。」

沈梓不敢欺負沈琦，只是說道：「咱們姊妹三個，父王和母妃一直教導長幼有序，我這個當姊姊的還沒坐下，三妹可就坐下了。」

「可是我是伯夫人啊。」沈錦也明白了，有些茫然又有些理所當然地說道：「二姊夫……身上並沒有官職爵位吧。」

「三妹好記性。」沈琦笑道，看著沈梓覺得她越發蠢笨，還以為現在是當初呢？「畢竟是在家中，若是在外面，二妹可是要向三妹行禮的。」

沈錦軟聲道：「都是自家人，二姊不用在意的，趕緊坐下吧。」

沈梓臉色變了變，這麼一說就像是她因為身分低，所以才一直站著。

「咦？二姊？」見沈梓半天沒有坐下，沈錦喝完了杯中的清露就看過去，像是理解了沈梓一般，沈錦笑道：「真的不用如此客套，都是自家人，到了外面再這般就好。」

沈梓看著沈錦那張笑臉，心中又是憋屈又是煩躁，有些扭曲地笑了一下。「還沒問過三妹成親之後過得如何？聽聞永甯伯嗜殺，三妹沒事吧？不過三妹也是可憐，瞧著都消瘦了不少，見了永甯伯可是害怕？」

「……」沈錦看著沈梓，二姊在說什麼？怎麼覺得聽不懂，算了，揀了聽懂的回答。「二姊剛剛還說我胖了呢。」

沈梓嘴角抽了抽，怎麼竟注意那些有的沒的。

沈琦有些同情地看了眼沈梓。「妳剛剛是直接來後院嗎？」若是見過永甯伯，怎麼還可能說出這樣的話。

沈梓端著玫瑰清露喝了一口，用帕子擦了擦嘴角，這才說道：「是啊，雖說都是親戚，可到底要避嫌的，鄭家書香門第，最是清貴不過，在規矩上也格外講究。」

沈琦笑了一笑沒再說什麼，倒是沈梓看向了沈錦說道：「三妹，妳先與姊姊們說說，永甯伯是不是格外嚇人，畢竟是親戚，萬一一會兒見面……失態了總是不好，我倒是沒什麼，可是聽聞永甯伯脾氣暴躁……」沈梓忽然一臉驚恐地看著沈錦。「三妹，他會不會動手打妳啊？」

沈錦看著沈梓，想了想才勸道：「二姊還是少聽些傳聞吧。」

沈梓只以為戳到了沈錦的痛處，笑得更加燦爛。「三妹，反正現在也回了京城，自然有父王給妳作主……不過既然已經嫁過去，也別覺得委屈了，好好過日子才是真的。」

沈錦說道：「嗯，我會好好過日子的，其實夫君人真的很好。」

沈梓嗤笑了一聲。

沈琦也說道：「若是沒有二妹的謙讓，三妹也得不來這樣的好姻緣，如此說來三妹還要謝謝二妹呢。」

「喔。」沈錦看了看沈琦，她以往最聽大姊的話，所以還真的起來行禮道：「謝謝二姊。」

沈梓眼中有些懷疑，看向了沈琦，沈琦拉著沈錦的手讓她坐回身邊，只是看了沈梓一眼笑道：「只希望二妹以後不要後悔就是了。」

沈錦看看沈梓又看了看沈琦，果斷地靠在了沈琦的身邊，小聲說道：「二姊為什麼會後悔？」

「也不用以後。」沈琦握著沈錦的手，微微一皺眉，雖然覺得沈錦手上的感覺沒有當初在京城時那樣細膩，卻沒有說出來，只是笑道：「妹妹一會兒就知道了。」

沈錦應了一聲，果然沒再問了，沈梓看著她們兩個的樣子，心中有些煩躁，莫非她們知道鄭家的事情？嫁進鄭家是她的選擇，鄭家門第清貴，總比嫁到邊城那樣的地方好，而且永甯伯怎麼可能比鄭嘉瞿強。

「大姊，我那剛得了些上好的燕窩，最是滋補不過，我明日給妳送些。」說著眼神往沈琦肚子上看去。「其實大姊還年輕，也無須那麼著急就是了。」

沈琦臉色變都沒變，只是笑道：「燕窩就算了，府中多得是，我也不喜吃那些玩意兒，不過二妹真有心的話，不如送幾本二妹夫的詩集，我聽聞二皇子都特地讓人買來。」

「什麼詩集？」沈錦是真的不知道，聽了難免有些好奇。「而且二皇子讓人買了詩集，為什麼大家會知道呢？」

沈琦輕笑一聲，看著臉色難看的沈梓一眼說道：「那詩集叫什麼《詠花曲》，分了見花、賞花、惜花、憐花、戀花、惋花、嘆花幾部分，據說辭藻華美，廣為傳唱。」

「我怎麼沒聽過？」沈錦有些疑惑地說了一句。「不過我剛回京，怕是不知道，那二姊也送我一本吧。」

若不是還有理智在，沈梓差點把桌上的東西都掀了，沈靜和沈蓉過來的時候，就看見她們同胞所出的二姊坐在一旁臉色難看，而沈琦正拉著沈錦噓寒問暖，兩人對視了一眼，行禮後才坐在了沈梓的身邊。

沈梓見到兩個妹妹，深吸一口氣吐出來，才算平靜下來，眼神一轉問道：「妳們見過三位姊夫嗎？」

「沒有。」回答的是沈蓉，她小聲說道：「母妃派人把我和四姊叫來這邊，陪三位姊姊說話呢。」

沈梓嚥不下這口氣，可是她知道鄭家在權勢上是比不過永樂侯府和永甯伯府的，能用來安慰自己的不過是永甯伯那些傳聞罷了，便道：「等會兒見了妳三位姊夫，可莫要大驚小怪才是，丟了王府的臉面。」

沈蓉心中一凜，可是面上帶著幾分迷惑說道：「二姊不用擔心，大姊夫和二姊夫我們早就見過了，三姊夫……」說著就看向沈錦。

可惜沈錦沒注意到沈蓉的眼神，更沒有絲毫默契的存在，她正小聲和沈琦說著邊城喬老頭家的燒餅，氣得沈琦一直在教訓她。「我都跟妳說過多少次了，不要吃外面的東西，萬一不乾淨呢？真想吃的話，就讓府中下人去學了來，或者把人請到府裡來做，妳竟然還讓人在餅裡沾甜辣醬？」當初沈錦在京城的時候，沈琦就不讓沈錦吃辣的東西，因為那些吃多容易上火對身體不好。

沈蓉一口氣憋在心口，看向沈梓，就見沈梓臉色更加難看，倒是沈靜忽然說道：「三姊，近日又多了不少三姊夫的傳言。若有什麼為難事就與姊妹們說說，再怎麼說我們都是一家人，這裡也總歸是三姊的娘家。」

沈琦聞言倒是暫時不訓沈錦了，看向沈蓉，沈錦也看了過去，然後扭頭看向沈琦問道：「大姊，母妃當初請的那幾個教養嬤嬤還在嗎？」

沈琦笑看著沈錦，說道：「當初母妃請來就說要給幾個嬤嬤養老的，所以都在府中。」

沈錦點了點頭，就像隨意一問，然後就不再說什麼了，繼續和沈琦說道：「除了喬老頭家的燒餅，其實趙嬤嬤做的糕點味道也很好。」

沈梓、沈靜和沈蓉覺得明明是她們三個人比較多，卻在這兩個人面前顯得有些多餘的感覺。

翠喜過來通報時，就見沈錦還像沒出嫁前那樣和沈琦靠在一起，眼中閃過一絲笑意，恭聲說道：「幾位姑娘，王妃請妳們過去。」

幾個人到的時候，就見瑞王妃正端坐在首位，行禮後瑞王妃就笑道：「都坐下吧。」

「是。」沈琦拉著沈錦坐到瑞王妃的身邊，剩下三人就依次坐在下面。

瑞王妃看了一眼沒說什麼，只是笑道：「王爺帶著兩個兒子和三個女婿下場比試呢，叫妳們來，就是問問要不要去看個熱鬧？」

沈梓臉色一白，說道：「這怎麼是好？夫君最不擅武藝，三妹夫……萬一失了分寸可怎麼是好？」

「不會的。」沈錦安慰道。「二姊放心吧，夫君最有分寸的，再說除非旗鼓相當，否則夫君不會盡全力的。」

沈琦並沒覺得什麼，就算世子被教訓一頓也是好的，只是問道：「父王怎麼會想下場比試呢？誰提議的？」

瑞王妃笑著看了翠喜一眼，翠喜說道：「奴婢聽傳話的人說，是二姑爺提議的，什麼君子六藝自當樣樣精通。」

沈梓眼角抽了抽，沈靜說道：「二姊夫也真是的，既然知道三姊夫長年鎮守邊關，怎麼提起君子六藝了。」

沈錦很贊同地點頭說道：「是啊，二姊夫真是……」說著還搖了搖頭。「夫君練的是殺人的武藝。」然後看向臉色慘白的沈梓，對著沈琦保證。「放心吧，夫君有分寸的。」沈錦雖不能說瞭解楚修明，卻知道楚修明做事不會留下把柄，第一次來瑞王府，就把瑞王和兩個姊夫打傷了？這不是楚修明的風格。

沈琦笑道：「我自然放心。」

沈錦看向瑞王妃。「母妃，我已出嫁，本不該多問府中的事情，只不過……四妹和五妹身邊還有嬤嬤教導嗎？」

瑞王妃挑眉看向沈錦，又掃了沈靜和沈蓉一眼才說道：「如今幾位教養嬤嬤雖然留在府中，倒是不曾再教導四丫頭和五丫頭了。」

沈琦便道：「母妃，還是讓嬤嬤再教教兩位妹妹吧，而且兩位妹妹身邊的人也要好好收拾一下，怎麼淨說些外面亂七八糟的傳言給她們聽？兩位妹妹年紀也不小了。」

沈靜和沈蓉這下知道為什麼沈錦會問那麼一句，臉色一白看向了沈梓。

瑞王妃倒是沒再多問，只是點了點頭說道：「行了，都是自家人，一會兒就一併用飯。」

雖說是下場比試，可就像是沈錦說的，楚修明還是留了手的，起碼這些人身上都沒有外傷，只是身上凌亂了點，換了身衣服。

楚修明也換過一身錦袍，頭髮用玉冠束起，任誰也沒辦法把他與那個殺人不眨眼的永甯伯聯想在一起。

等酒席置辦好了，瑞王妃就帶著五個女兒往飯廳走去，沈梓看著走在瑞王妃身邊的沈錦，心中冷笑，已有了成算，定要讓那永甯伯失面子，永甯伯脾氣暴虐，若是在府中受了氣，回去可有沈錦好看的。

沈梓看了兩個妹妹一眼，沈靜微微垂眸，沈蓉咬了咬唇輕輕點頭。

飯廳中瑞王正滿臉喜色拉著楚修明說話，沈熙更是滿臉崇拜，沈軒站在一旁招待著永樂侯世子和鄭家大公子。

等聽到丫鬟傳話，瑞王就笑道：「修明是第一次來，一會兒定要多喝幾杯才是。」

「岳父說得是。」楚修明文質彬彬溫潤如玉，眉目如畫帶著幾分清冷貴氣。「早就聽夫人說，府中姊妹感情極好，岳父和岳母又悉心教導，是難得……」

「啊……鬼啊……」

楚修明的話還沒說完，門口就傳來女子的尖叫，還有嬌聲的哭泣。「好嚇人……」

走在前面的瑞王妃都被嚇了一跳，更別提沈錦和沈琦了，兩個人都是愣了一下，才扭頭看過去。就見沈蓉正躲在沈靜的懷裡，沈梓單手捂著唇滿臉驚恐，像是看到了什麼嚇人的事物，把兩個妹妹摟在懷裡，低頭再也不敢往廳中看上一眼。

沈錦滿臉迷茫，看了看廳內眾人，又看了看沈梓姊妹三人，又看了看天上的太陽，杏眼中滿是不解，就算有鬼也不可能青天白日出來啊？

瑞王妃明白過來，眼中閃過一絲嘲諷，沈琦冷笑了下，並沒說什麼話，還真是三個蠢貨，什麼都沒看清楚，就想給楚修明和沈錦難堪，卻不知真正難堪的是她們自己。

這場鬧劇是被瑞王砸成粉碎的茶杯阻止了，瑞王看著三個女兒的樣子，也不知是氣得還是羞得老臉通紅，剛剛楚修明才誇獎府中的教養，可是現在……

瑞王怒道：「成何體統？妳們……」已經氣得說不出話來了。

倒是瑞王妃面色不變，只是轉過身看向沈梓三姊妹，說道：「來人，送三位姑娘回去醒醒酒。」

沈梓不敢置信地看向瑞王，可是眼神落到了站在瑞王身邊的錦衣男人身上再也移不開，這是誰？怎麼有個外人在此？莫非是宮中的哪位皇子？臉上一紅，掏出帕子捂著臉，剛剛在外人面前如此，可是丟盡了臉。

沈蓉也不敢叫了，看著沈梓的樣子，也好奇地看向屋中，她很容易就看見了那名錦衣男子，因為兩位姊姊的目光都集中在那兒。

沈靜更是紅了臉，有些後悔和沈梓、沈蓉站在一起，也不知道剛剛她們丟臉的樣子有沒有影響到自己，微微低頭又偷偷掃了幾眼，心中又羞又愧。

瑞王妃話落，就見翠喜帶了幾個丫鬟請沈梓她們三人下去。

沈靜倒是沒忍住，在離開前又扭頭看了過去，就見那錦衣男人正在和瑞王說什麼，瑞王臉色好看了一些，出了院子沈靜就問道：「翠喜，那個站在父王身邊的人是誰？」

翠喜還沒說話，沈蓉就說道：「是啊，怎麼來了外人也不提前與我們說一聲。」這話裡就多了幾分責怪和怨恨了。

沈梓更是直接問道：「是哪位堂兄嗎？」

翠喜恭順地說道：「今日府中並未來外人。」

瑞王妃帶著沈琦和沈錦進屋中，就有些抱歉地解釋道：「我許久未見錦丫頭，一時欣喜叫丫鬟上了一壺桃花釀，二丫頭、四丫頭和五丫頭多用了幾杯，剛剛倒是惹了笑話，都是我考慮不周。」

喝酒？在場沒有一個人相信，不過丟臉的又不是自己的妻子，永樂侯世子笑著說道：「岳母見外了，都是自家人。」

了他們的臉。

楚修明也是笑道：「無礙的。」

沈梓的夫君鄭嘉瞿臉色變了又變，到底沒說什麼，不過臉色格外難看。

沈軒和沈熙雖然和許側妃的子女並不親近，可到底也是瑞王府的人，沈梓三人簡直丟盡了他們的臉。

瑞王妃像是什麼也沒發生過一樣說道：「今日我特意讓廚房備了你們愛吃的，就是不知永甯伯喜歡用什麼，下次讓廚房備了來。」

楚修明笑得溫雅，說道：「我並不挑剔的，岳母喚我修明即可。」

「嗯。」瑞王妃看了瑞王一眼。

瑞王這才反應過來，強撐著面子說道：「都坐下吧。」像是什麼事情也沒發生過一般。

因為少了三個人，丫鬟就撤去碗碟一類的食器，等眾人坐下後，酒菜就被一一端了上來，極其豐盛，就像瑞王妃說的，所有人愛吃的都有準備。

海棠院中，許側妃看著失魂落魄的三個女兒，先送走了翠喜才問道：「這是怎麼了？不是說和王妃一併用飯的嗎？怎麼先回來了？」

沈蓉年紀最小，倒是先恢復過來，只是看著許側妃問道：「母親，您不是說永甯伯醜陋不堪、脾氣暴躁嗎？」若非如此，她們也不會想出那樣一個主意，想讓楚修明在瑞王府中難堪，從而遷怒沈錦。

許側妃皺眉見沈梓和沈靜還是魂不守舍的樣子，不悅地拍了拍她們說道：「難不成我還說錯了？殺人如麻，醜陋不堪……」

沈梓並不是真的沒有知覺，她只是因為太過震驚和悲憤，此時哭鬧了起來。「母親，您騙我！」

「哎喲，這是怎麼了？」許側妃一頭霧水，說道：「別哭了，是不是被誰欺負了？」

沈梓看著母親的樣子，哭得更加傷心了，本來是她嫁給永甯伯的，伯夫人的位置是該自己的，在外面不斷被人讚美的也該是自己，那個夫君應該是自己的啊。「都怪您……應該是我的啊……」

沈靜也哭個不停，和沈梓哭的樣子不同，她是默默地流淚了，想到永甯伯的樣子，她只覺得心中小鹿亂撞，可是想到他已經娶了三姊，又是悲傷欲絕，怎麼什麼好事都落到了三姊身上？

沈蓉雖然沒哭，可是也覺得難堪，而且她現在還覺得不可思議，明明母親和兩個姊姊都一直告訴她，沈錦嫁的夫君又醜陋又暴虐，可是……

等許側妃好不容易弄明白事情的真相，只覺得被哭得頭疼，說道：「先別鬧了，怕是妳們父王……算了，靜丫頭和蓉丫頭，等妳們父王來了，記得哭得難過一些，也不用改口，只說看見永甯伯就覺得害怕，知道嗎？」

「知道了。」沈蓉乖乖應了下來。

沈靜低著頭，心中格外不甘。

沈梓哭過以後，咬牙說道：「就算長得好又如何，他可是殺人無數。」也不知道是說服自己還是說服別人。「而且現在的樣子就是裝出來的，邊城那樣的地方能養出什麼樣子的人，根本連夫子都請不到，說不定大字都不識一個。」

除了兒子外，許側妃最喜歡這個長得像自己的女兒，聞言說道：「是啊，前段時間蠻族攻城，沈錦都要和一堆平民處在一起，簡直丟盡了王府郡主的臉面，想想寫回來的信，盡要吃的。」

沈梓哼了一聲，去一旁淨臉。「和一群邊城的蠻子在一起，一點規矩都沒有，就這樣還有臉在京城走動？」

被說沒臉在京城走動的沈錦，此時正在喝沈琦親手給她盛的鴿子湯，世子問了楚修明不少邊城的事情，喝了幾杯酒以後感嘆道：「恨不能親手手刃那些蠻族。」

楚修明笑了一下並沒有回答，瑞王也感嘆道：「真是太危險了。」

沈熙崇拜地看著楚修明問道：「三姊夫，我也要和你一起去打那些蠻族。」

瑞王嚇得手抖了一下，杯中的酒差點灑出去，看向沈熙，沈軒像是沒看見瑞王的失態，只是笑道：「有妹夫的存在，我們才能在京城盡享安寧。」

楚修明搖了下頭，沒有說什麼，只是眼神掃向沈錦想要偷偷倒酒的手，沈錦感覺到了危險，強自鎮定地給瑞王妃還有沈琦的酒杯滿上，然後酒壺重新放到了一邊。

見到沈錦的動作，楚修明這才移開眼神，回答瑞王的問題。

沈錦偷偷看了一眼，只覺得楚修明太過敏銳，明明倒酒之前她還看見楚修明沒注意到這邊的，瑞王妃自然看到了這一切，心中嘆息還真是個人有個人的緣法。

用完了飯，沈琦就坐在一旁和沈錦說悄悄話。「妳說沈梓回去會不會後悔得抓心撓肺？」

「為什麼？」沈錦一臉疑惑，然後看了一眼明顯喝得有些多，正端著醒酒湯喝的鄭嘉瞿，了然地點點頭說道：「恐怕會，也不知道二姊夫回去會不會怪罪二姊。」鄭嘉瞿最是好面子，而沈梓從最開始的尖叫到後來看著楚修明發呆，讓他的面子丟了個乾淨，現在在瑞王府，他不好發作，可是回去以後就難說了。

誰和妳說這個了？沈琦看了一眼沈錦，發現她竟然一本正經的樣子，這種和人聊八卦，卻發現話題不在一個上面的感覺……

「誰和妳說這個了。」沈琦嗤笑了一聲說道：「沈梓那脾氣可不是會吃虧的，真要鬧起來，怕是鄭家大公子也不是沈梓的對手。」

「啊？」沈錦扭頭看向沈琦。

沈琦本想說的是當初沈梓哭著鬧著不願意嫁給永甯伯，最終許側妃還把沈錦推了出去，今日她們見了永甯伯的樣子，怕是真的會後悔，可是看沈錦的樣子，也不想再提這件事了，就說道：「沒什麼的。」

沈錦點點頭，微微垂眸笑得一臉天真，然後看向鄭嘉瞿，說道：「二姊夫，我聽二姊說你文采極好，特別寫了一本什麼《詠花曲》，二皇子還特地讓人買回去收藏呢。」

這話一出，不僅沈琦就連永樂侯世子和沈家兩個嫡子臉色也有些奇怪，看了看沈錦後，眼神都落在鄭嘉瞿的身上，鄭嘉瞿握著杯子的手都快爆出青筋了，可是見沈錦的神色無辜又單純，一口氣全部落在了沈梓身上，無知婦人，竟然拿這樣的事情出來炫耀。

沈錦還是一派無知無覺的樣子，有些遲鈍的沒有感覺到屋中怪異的氣氛，只是笑道：「不知道二姊夫能送幾本與我嗎？」

瑞王妃的胳膊輕輕碰了瑞王一下，瑞王虛虛咳嗽了一聲，見沈錦看了過來，才對沈錦解釋道：「以後莫要提《詠花曲》了，宮中下令訓斥了妳二姊夫一番。」

「啊？」沈錦一臉迷茫。「為什麼？不是說廣為傳唱嗎？」

「不是什麼好地方，當然沒人會去管。」瑞王不經意地說道。

沈錦更不明白了，看了看瑞王又看了看鄭嘉瞿，許久才「哦」了一聲。

鄭嘉瞿強忍心中的憋屈，剛要起身告辭，就見沈錦又開口道：「二姊夫，真的太可惜了，我聽說辭藻極其華美……可是為什麼會被訓斥呢？」

楚修明也看向瑞王，倒是世子壓低聲音說道：「這事情還是不要多問的好，二妹夫詠花詠的可不是真花。」

沈琦也說道：「三妹剛剛回京，自然不知道這些，二妹夫莫要見怪才是。」

鄭嘉瞿看一眼沈錦，咬牙點點頭。

沈錦總算覺得不對了，臉色白了白，有些惶恐地看了看瑞王，又看了看楚修明，最終看向了鄭嘉瞿。「二姊夫，我是真的不知，若有得罪，請莫見怪。」

「與妳無關。」鄭嘉瞿看著沈錦像驚慌小鹿一樣的神色，心中一軟，就連眼神都柔和了許多。「想來只是三妹喜歡詩詞，我那兒還收藏了許多不錯的，到時候送與三妹鑑賞。」

楚修明眼睛瞇了一下，笑道：「那就麻煩二姊夫了。」

第十八章

因為沈梓她們的那一聲尖叫，最後雖然被瑞王妃找藉口圓了回來，眾人心中到底都知道是怎麼回事，所以並沒有在瑞王府用晚飯，只是陪著瑞王說了一會兒話就各自回家了。

沈梓心知自己中午時候的行為讓鄭嘉瞿丟了面子，此時格外小意體貼，她本就生得美貌，與鄭嘉瞿也剛成親一年，這樣一弄，鄭嘉瞿心中怒意倒是稍微消減了一些，臉色也沒那麼難看了。

而瑞王看見這三個女兒，心中還有怒氣，神色中就帶出一些不悅，瑞王妃還是一如既往的和善溫柔，叮囑了幾句後，又讓人把備好的東西分送給三對女兒女婿，道：「今日是錦丫頭出嫁後第一次歸家，我就偏心多了一些，妳們可不許眼氣（注）。」

沈梓還在討好鄭嘉瞿，心中雖然不滿卻不敢說什麼，倒是沈琦笑道：「母妃哪裡的話，再多與三妹些也是應當的。」

沈錦卻站在楚修明身邊一笑說道：「大姊可不要嫉妒才好。」

「壞丫頭。」沈琦笑得爽朗。「明日記得帶著妹夫來我府上。」

永樂侯世子在大事上倒不糊塗，聞言說道：「我在家中備了好酒，等著妹夫來一醉方休。」

注：眼氣，方言，謂看見美好的事物，極為羡慕並想得到。

「好。」楚修明唇角微勾。

低沈的聲音中帶著一種勾人的感覺，沈梓只覺得有把小鈎子把她的心都提了起來，不禁偷偷看去，心中有著說不出的失落。

沈靜更是顧不得羞澀，手指絞動著繡帕，眼神閃了閃，沒想到永甯伯不僅長得好，就連聲音也這般的勾人，而且還是頂天立地的好男兒，為國鎮守邊疆，這麼一想，心中越發地觸動。

沈熙說道：「大姊夫，我也去。」

「好。」永樂侯世子當即應允，然後看向了沈軒問道：「世子也一併前去可好？」

沈軒也應了下來，永樂侯世子雖然有些看不上沈梓，倒是知道鄭家在清流中的地位，問道：「二妹夫呢？」

鄭嘉瞿此時臉色也好了許多。「姊夫相邀，怎敢拒絕？」

幾個人都笑了起來，瑞王見此心中才舒服一些，雖然今日三個女兒辦了錯事，到底沒影響什麼，笑道：「你們幾個小的自當多親近親近，王妃把我那罈杏花酒拿來，送與玉鴻，讓他們明日飲用。」

「父王真大方，那女兒的呢？」沈琦看向瑞王，撒嬌道：「不能光給三個女婿。」

瑞王此時一看，還是覺得王妃養出來的大女兒端莊大器，而許側妃養的到底小家子氣，聞言說道：「自然也有，把那蜜酒給琦兒帶去。」

「謝謝父王。」沈琦笑著說道。

瑞王妃笑著讓人去把瑞王說的那兩罈酒拿來給了沈琦。「行了，讓孩子們走吧，等下天色晚了也不方便。」

「王妃說得是。」瑞王笑道。

沈靜柔聲說道：「父王、母妃，女兒去送幾位姊姊、姊夫。」

瑞王見沈靜如此，以為她心中悔恨中午的失禮，如今來彌補，就點了下頭。「去吧。」

幾個人給瑞王和瑞王妃行禮後就結伴往馬車那兒走去，楚修明不著痕跡地摸了下沈錦的手，停下腳步看向安寧，說道：「披風。」

「是。」一直在後面伺候的安寧趕緊拿了披風，雙手捧著遞給楚修明，楚修明接過親手給沈錦披上，眉眼間滿是溫柔和寵溺。

「我不覺得冷。」沈錦一笑，杏眼彎彎，小酒窩也露了出來。

楚修明沒有說什麼，修長的手指靈巧地把披風繫上，又若無其事道：「我那兒還有邊城帶來的烈酒，明日讓大姊夫和二姊夫也嚐嚐。」

鄭嘉瞿感嘆道：「三妹夫和三妹真是夫妻情深。」

沈梓的手緊緊捏著帕子，滿心的恨意，楚修明越是優秀對沈錦越好，沈梓就越是心有不甘，這些明明該是她的，都是沈錦用計搶了去，那般荒謬的流言……

沈靜倒是眼睛一亮，握著沈蓉的手不禁用力，使得沈蓉輕呼一聲，滿臉詫異地看過去，就見沈靜正偷偷盯著楚修明的背影，心中念頭一閃而過，可是又覺得荒唐，可是……沈蓉有些無措地看向沈靜，輕聲喚道：「四姊？」

這一聲倒是把沈靜給喚醒了，只見她臉頰緋紅道：「大姊，不知明日我與五妹能不能去妳府中打擾一下？」

沈琦看向沈靜，臉上一笑說道：「自然可以。」

沈軒眼睛眯了一下才說道：「那明日就一併前去。」

「謝謝大姊。」沈靜聲音嬌柔道。

沈琦不再看沈靜和沈蓉，只是看向沈錦，才對著楚修明說道：「三妹夫，以後莫讓妹妹再用外面的吃食。」

沈錦瞪圓了眼睛，不敢置信地看向沈琦，沒想到大姊會這般直接與楚修明說，急得臉頰紅撲撲地跺了跺腳說道：「大姊，不許說了。」

沈琦伸出手指輕點了一下她額頭，卻也沒再說什麼。

「好。」楚修明看了沈錦一眼，笑著應下來。

沈靜低著頭，露出一截光潔的脖頸，那脖頸上都染上幾許羞紅，小聲說道：「三姊，我還沒去過永甯伯府，改日能去作客嗎？」

「不大方便啊。」沈錦有些為難，誠實地說道：「府中的下人都被我趕走了，很多院子都封了，妳們去了也沒地方玩耍。」

沈靜臉色一變，再抬頭的時候已經泫然欲泣。「我知道三姊出嫁前，與我母親有些不和，我只是想與三姊親近一下，三姊……說到底我們都是父王的女兒，父王也想見我們相親相愛啊。」

沈錦一臉迷茫，只覺得滿頭霧水莫名其妙的，道：「我與許側妃不熟啊，哪裡有什麼不和？」

楚修明輕輕牽著沈錦的手。「好好說，無須著急的。」

「嗯。」沈錦自覺有了靠山，鼓了鼓腮幫子說道：「我小時養在母親身邊，大些時候養在母妃身邊，許側妃體弱又不來母妃院中，我都沒怎麼見過她啊，四妹妳是不是誤會了什麼？」

鄭嘉瞿聞言看著沈錦的樣子，又低頭看了一眼沈梓，最後目光落在沈靜身上，只覺得沈靜說話過於輕狂。不過許側妃竟然沒有每日去與正室問安，本就聽說許側妃仗著瑞王的寵愛囂張跋扈，看來並非空穴來風了。

沈琦也推開車窗說道：「四妹，妳三姊可說了什麼重話，使得妳這般難過？」

眾人一聽，也確實如此，永甯伯府那一處他們都是知道的，雖然那時候覺得沈錦做得太過，性子估計驕縱任性了些，可是如今見到卻覺得其中定有什麼誤會。

沈錦抿了抿唇，有些難過道：「我剛回京，府中還沒有收拾，等收拾好了再請姊妹們過府一敘吧。」說著就低頭站在楚修明的身邊。

鄭嘉瞿本就是最憐惜弱小之人，沈錦雖不如沈梓的豔麗，卻格外嬌俏，就像是開在玉盆中的白蓮，柔弱卻高潔，此時說道：「四妹何至於如此咄咄逼人？」

沈琦微微垂眸開口道：「怕是四妹還沒酒醒。」

沈梓臉色一變，這話若是傳出去了，對沈靜可不是什麼好名聲，只是說道：「四妹年紀小，只是許久未見三妹，想與她多親近親近，三妹是姊姊，三妹妳說呢？」

這難題丟給了沈錦，若是沈錦還要怪罪，就難免顯得與妹妹計較，性子小氣記仇，若是說不計較，又得罪了剛剛幫著說話的人，沒等沈錦開口，楚修明就說道：「今日四妹能說出這樣的話，想來是與夫人多有嫌隙，夫人身為人姊，自當讓著妹妹才是。」

這話一出，沈靜心中一喜，看向楚修明的眼神多了幾分說不清道不明的情誼。

沈琦眼神一閃，看向楚修明，楚修明面色不變，沈錦倒是很信任夫君，說道：「好的。」一點勉強都沒有。

鄭嘉瞿只覺得心中微動，這般純真善良的姑娘，想要開口卻發現手被沈梓狠狠掐了一下，心中一惱，就連永樂侯世子都覺得瑞王府竟然養出了沈錦這樣天真的性子，真不知道是好還是壞，不過看著沈錦全然依賴楚修明的樣子，又覺得有些羨慕。

「謝謝姊夫。」沈靜嬌滴滴地說道。

楚修明接著說道：「以後在外，有四妹在的地方，請恕我與夫人不會涉足，就是在岳父府中……」說著就看向沈軒，帶著幾分歉意。「也請四妹迴避，或者我與夫人迴避，絕不同處一室。」

這話一出，沈靜臉色煞白，就連沈琦都詫異地看向楚修明，這簡直是在打沈靜的臉，明明白白地告訴所有人，這是厭惡了府中的沈靜。

沈錦一無所覺，只是繼續點頭說道：「我知道了，我聽夫君的，四妹以後去哪家了，還請大哥和二弟送個消息與我。」然後看向沈靜，嘆了口氣一臉惋惜。「我們本是姊妹，我也想不到妳厭我至此，我是姊姊總是要讓著妳的。」說完有些失落又有些難過。

鄭嘉瞿搖了搖頭，看了沈靜一眼，只覺得她太過霸道，雖然不同母，可到底也是其姊，只因一點點小事就當著眾人面給其難看，也不顧忌沈梓，開口勸道：「四妹，姑娘家還是貞靜賢慧些好，莫要逞口舌之快。」若不是看在沈靜與沈梓是一母所出，就連這話都不會與她說。

沈梓只覺得頭昏腦脹，眼前夫君催促只得先行離開，倒是沈琦說道：「既然如此，明日我府上就不歡迎四妹，還要煩勞兩位弟弟與父王母妃解釋一番。」

「姊姊放心。」沈軒和沈熙應道，看也沒看幾乎要暈倒的沈靜。

永樂侯世子打了招呼後就上了馬車，嘆息道：「沒承想許側妃母女竟然如此囂張。」

沈琦見世子也沒看出此次有苦說不出的是許氏母女，心中倒是有些明悟，聞言嘆了口氣。「她們一貫如此，就是我母妃也……」說著搖了搖頭。

世子眼睛瞇了一下問道：「我怎麼瞧著二妹對三妹也多有記恨呢？」他可是注意到了沈梓的眼神。

沈琦聞言愣了一下，故作不解說道：「不該啊，府中不管什麼她都是要壓三妹一頭的，就是四妹和五妹也……夫君怎麼會如此覺得？」沈琦像是思索了一下才說道：「也可能是……可是不對，明明是二妹不願意。」

「嗯？」世子看向妻子。

沈琦猶豫道：「當初皇伯父想要給永甯伯指婚，讓父王擇一女下嫁，其實按照年歲是該二妹的，只不過二妹不願，最後二妹訂了鄭家，三妹嫁去邊城，所以我才覺得夫君說得奇怪，真要論起來該是三妹心中有怨才是。」

世子冷笑一聲，心中已經明白，當初永甯伯的名聲太差，想來是沈梓不願意嫁去，而許側妃又在瑞王身邊得寵，所以就留在京城嫁給鄭家大公子，而沈錦就嫁了過去，誰承想今日見了才知不是這回事，沈梓心中難免後悔又有些不快。「三妹也是可憐。」

「我與三妹自幼交好。」沈琦柔聲說道。「她也算是陰差陽錯吧，此次得了好夫君苦盡甘來了。」

世子點點頭，又開口說道：「夫人，表妹身世可憐，妳最是憐惜幼小，就多照顧照顧吧。」

沈琦心中恨意難消，臉上卻帶著幾分委屈說道：「夫君哪裡的話，府中什麼好東西不都緊著表妹？就是我母親送的那些養身的東西，我大半都分與了表妹。」說著就微微垂眸，眼中含淚，有時候示軟並不是真的軟弱，她今日算是看透了。「算了，夫君願意怎麼想就怎麼想。」說著就背過身子不再看。

世子從沒見過自家夫人這個樣子，心中一軟，伸手攬著沈琦的肩膀說道：「是我的不是。」

「夫君對表妹好，我自是會吃醋，可是哪裡真的怠慢了她？」沈琦美眸帶淚，多了幾分嬌嗔。「我與夫君那孩子……我現在閉眼彷彿就能看見那小小的身子卻冰冷著，可是夫君還天天在我面前提表妹肚中的……我可有為難表妹一分一毫？」

「是我的錯。」世子心中一疼，將面色蒼白的妻子摟進懷中。

沈琦眼中露出幾許諷刺，人卻更加柔軟地靠在世子的懷中，當初她一片真心卻得不到絲毫的憐惜，如今只是裝模作樣一番卻有了這般結果，沈琦將手覆在小腹上，她定要讓那些人為她的孩子血債血償。

鄭家的馬車裡，鄭嘉瞿看著沈梓沈聲說道：「以後少與妳母親和兩個妹妹來往。」

「你什麼意思？」沈梓想到永甯伯對沈錦的百般維護，此時聽了鄭嘉瞿的話格外刺耳。「而且你剛剛為何那般說我妹妹？」

「三妹就不是妳妹妹嗎？」鄭嘉瞿也氣得夠嗆，又想到詩集的事情，只覺得丟臉難堪。

「我說錯什麼了？」

「我母親可是你岳母，我妹妹也是你妹妹，你卻維護別人？」沈梓咬牙怒道。「鄭嘉瞿你糊塗了？」

「我岳母只有一個，就是瑞王妃。」鄭嘉瞿冷聲說道。

「好啊，如今你倒是嫌棄我是側妃所出了？」沈梓指著鄭嘉瞿。

鄭嘉瞿臉色青紫說道：「妳的規矩呢？」

沈梓冷笑道：「看看人家夫君，再看看你，你還和我談規矩？我以郡主之身嫁到鄭家，你竟然還這般對我？」

「沒人逼著妳嫁。」鄭嘉瞿也是一臉怒色。「當初妳為何急匆匆嫁過來，自己心裡明白，娶妻娶賢，若是早知妳這般，我寧願終身不娶。」

沈梓心中又急又氣又羞，她自小到大從沒有比沈錦差過，此時怒火攻心，伸手就去打鄭嘉瞿，鄭嘉瞿也沒想到沈梓會動手，一時沒有躲開，伸手一摸竟然被沈梓抓住血來。沈梓依舊不依不饒繼續撲過來抓打，鄭嘉瞿硬生生把她按住。「妳既然看不起鄭家，那就和離。」

而沈錦此時正坐在馬車裡面，和楚修明爭論關於外面吃食的問題，而在瑞王府的事情沈錦覺得已經解決完，所以就不需要再去多想了。「那次真的是因為我回來後，用了一碗冰才會鬧肚子的。」

楚修明挑眉看著沈錦，沈錦有些氣弱地哼唧了兩聲說道：「不是外面的吃食不乾淨。」

「嗯。」楚修明倒了杯茶問道：「口渴不？」

「渴了。」沈錦撒嬌道。

楚修明沒有把茶杯遞過去，而是端著餵了沈錦一些，等沈錦不喝了，自己才把剩下的給喝完。沈錦抓著楚修明的手有些失落地說道：「今日都沒見到母親。」

「無礙的。」楚修明開口道。「如今離得近了，隨時都可以去。」

沈錦點點頭沒再說什麼，心中思索著今日沈梓、沈靜和沈蓉三人，沈蓉倒是沒什麼，可是沈梓和沈靜有些……和往常不一樣，特別是沈靜，她記得出嫁前沈靜還不是這般，雖然總端著一副才女的樣子，莫不是今日失常了？

而且沈靜對她很有敵意，沈錦皺了皺眉頭。

許側妃的三個女兒，沈梓樣貌最為拔尖，就是在整個京城中都是排得上名的，脾氣驕縱，襯著她那嬌豔的容貌，豔若驕陽一般，而沈靜和沈蓉卻要差一些，所以許側妃讓沈靜往清高出塵才情洋溢的方向培養，而沈蓉是嬌憨天真帶著一種乖巧。

沈靜才情是有，不過也有些自視甚高，她以往是看不上沈錦的，除了有時候幫著沈梓擠兌一下沈錦，倒是不屑為難她，誰知道今日卻一改以往的性格。沈錦眼神往楚修明的臉上瞟了瞟，誰說紅顏禍水了？就算不是紅顏也是個禍水好不好。

楚修明自然注意到妻子的視線，眼中帶著詢問，沈錦抓著楚修明的手指輕輕咬了幾口說道：「我覺得過日子的話，人太多了也不好。」

沈錦鑽到楚修明的懷裡，小聲說道：「你看，我父王後院裡那麼多女人，可是真心對他好的有幾個？我覺得母妃過得很累。」

楚修明索性把沈錦抱在懷裡，讓她坐在腿上。「嗯。」

「我母親……我覺得她不喜歡父王的。」沈錦小聲說道：「我母親可漂亮了。」

「嗯。」楚修明其實明白沈錦的意思，更知道沈錦想說什麼，不過有些話他就是想聽沈錦說出來。

沈錦以為楚修明不信，就扭頭把自己的臉湊過去。「我長得可像母親了。」

楚修明輕笑出聲。「妳這不是在說自己漂亮嗎？」

「嗯。」沈錦笑彎了眼睛。

楚修明眼神溫柔。「是啊，我也覺得我家娘子美貌出眾，誰也比不上。」

沈錦毫不羞澀地點點頭，忽然想到自己要說的，抓著楚修明的手又咬了一口。「都怪你，我差點忘記自己想說什麼。」

「妳說，我聽著。」楚修明也不生氣，反手把沈錦的手包進去。

「許側妃的話，我就不知道了，不過她也有自己的心思。」沈錦開口道。「畢竟她有兒有女的。」

「嗯。」楚修明想到沈梓三人，哪裡比自己的小娘子強了，瑞王的眼光真是不好，錯把死魚當珍珠，放著真正的寶貝不去管，不過也好，若是換成那個沈梓嫁過來？根本不能忍受。

沈錦說道：「母親其實並不喜歡王府的生活，母親……不願意給父王生孩子。」這是陳側妃親口說的，當初沈錦羨慕沈梓有妹妹，她們姊妹每日都在一起，就去問了母親，母親並沒有隱瞞，只說這輩子有錦娘一個孩子就足夠了。「母親說，給所愛的人生孩子是一種幸福，給丈夫生孩子是責任，而她一個妾室有一個孩子就是福氣了。」

楚修明應了一聲，他覺得岳母是個通透的人，也正是這樣的人才能養出沈錦這樣知足常樂的性格吧。

沈錦倒是不難過，語氣也很平靜，靠在楚修明的懷裡，晃著小腳，鞋子上繡的那對彩蝶像是要飛起來一樣。「而剩下連名分都沒有的，對父王又能有多少真心呢？」

沈錦低頭看著兩個人的手，說道：「並不是人多了，感情就多，人越多感情越薄，所以夫君，家裡就我們好不好？」說到最後聲音都帶著小小的顫抖，明明是害怕的，卻強撐著不願意放棄認輸。

「好。」楚修明心中一軟，再也不願意逗沈錦。「就我們，絕不會再有別人。」

沈錦一時竟然沒有反應過來，她沒想到楚修明會這般輕易地答應她的話，她從楚修明懷裡起來，雙手摟著他的脖子，低語道：「我想給夫君生孩子。」

「嗯。」楚修明眼底滿是笑意，他家害羞的小娘子，就連表白都是這般的含蓄。

過了一會兒，沈錦突然想到沈琦失去的那個孩子，微微垂眸小聲說道：「我討厭大姊夫。」

「嗯？」楚修明輕輕拍著沈錦的後背說道：「知道了。」

等到了永甯伯府，沈錦才從楚修明的身上下來，楚修明先下馬車，也不用腳凳就直接伸手把沈錦抱下來，牽著她的手往裡面走去。沈錦心願得到滿足，楚修明又答應幫大姊出氣，此時就格外歡快，說道：「對了，父王怎麼會叫你們去下場比試呢？」

「呵。」楚修明輕笑出聲。

「我覺得二姊夫不該那麼傻，是不是你做了手腳？」沈錦聽說了楚修明笑聲裡面的涵義追問道。

楚修明沒有承認也沒有否認，不過是一些自視甚高的人，若不是為了給自己娘子出口氣，他也懶得費這些功夫，就算自家娘子笨了點，也容不得別人指手畫腳的，瑞王是父親又怎麼樣？照樣不行。

沈錦沒得到回答也不在意。「他們怎麼沒受傷？」

楚修明停下腳步看向沈錦，說道：「那是妳父親和姊夫，自然不能受傷。」被看出來總歸不好，再者誰說收拾人一定要在表面看出來傷了，這不是給人留下把柄嗎？

沈錦眨了眨眼睛，滿臉疑惑的樣子，楚修明嘴角微微上揚，說道：「不許再問了。」

「我總覺得，就算你欺負了他們，他們說不定還覺得你是為他們好呢。」沈錦皺了皺鼻子，小聲嘟囔道。

楚修明聽見了，果然還是自家娘子聰明一些。

第十九章

趙嬤嬤已經在府中等著，還給楚修明熬了醒酒湯，安平去收拾今日瑞王妃送的那些東西，趙嬤嬤和安寧伺候著沈錦換身常服。「夫人在王府玩得可還開心？」

「嗯。」沈錦心情很好地坐在梳妝檯前，讓趙嬤嬤把她頭飾都給去了，笑道：「母妃特地讓廚房準備了我喜歡的菜色，大姊又與我說了許多貼心話，」扭頭對著趙嬤嬤笑了起來。「可惜沒見到母親，不過夫君說以後離得近了，隨時都可以去的。」

「可是四妹很討厭。」她從來沒有爭過搶過什麼，在王府中就算是她的東西，沈梓她們要了，她也會讓出來。可是夫君不行，夫君都已經答應過這輩子只要她一個了，那麼她也絕對不會把夫君讓出去，那個人就算是她妹妹也不可以。

「嗯？」趙嬤嬤沒想到還能從夫人口中聽見討厭誰，想來那個四妹是真的惹了沈錦，讓沈錦不開心了。趙嬤嬤臉色都變了，眼神銳利地瞪了安寧一眼，說道：「可是她欺辱了夫人？」

「不過沒關係了。」沈錦很快就恢復笑容，鞋子也換下來了，站起來覺得輕快了不少。「夫君說以後都不用見了。對了，嬤嬤，明日夫君和我要去大姊那兒，幫我給永樂侯和他夫人備一份禮。」

趙嬤嬤斂去眼中的神色，恭聲說道：「是。」

沈錦笑著往外走去，問道：「嬤嬤給我備了點心？」

「老奴算著時辰，想著將軍與夫人也快回來了。」趙嬤嬤笑著說道。「此時正巧出鍋。」

沈錦點了點頭，步子不由自主地快了一些，等到廳裡的時候，就見楚修明已經沐浴過換好衣服，正在和府中的侍衛說話，見到沈錦過來，就對侍衛點了點頭，又吩咐了幾句，讓人下去了。

趙嬤嬤親自去廚房端來食物，安寧收拾好東西重新出來伺候了，倒是沈錦看見了說道：「安寧，妳和安平都去休息吧，也站了一天了。」在瑞王府中，安平和安寧一直沒離開沈錦左右，還都是站著的。

安寧笑道：「夫人，無礙的。」

沈錦想了一下說道：「那妳和趙嬤嬤都坐下吧。」

安寧見將軍沒有開口，就福了福身，幫著趙嬤嬤一起把果點茶水擺好後，才去搬了小圓墩，等趙嬤嬤坐下後，自己才坐下。

趙嬤嬤吩咐廚房做的糕點都是按照沈錦的口味，裡面糖只放少許，多用蜜來調味。楚修明給沈錦倒了杯花茶，這才問道：「在王府沒吃好？」

「只是覺得家裡的味道更好一些。」沈錦笑著說道。

楚修明點點頭，直接問道：「在後院的時候，可被為難了？」

沈錦搖搖頭，捧著花茶小口小口喝了起來。「你與趙嬤嬤就是喜歡操心，我才不會被欺負呢，再說瑞王府也是我娘家，又不是什麼龍潭虎穴的。」
楚修明眼睛瞇了一下，說道：「傻丫頭，就怕妳被欺負了也不知道。」
「才不會。」沈錦反駁道。「有大姊護著我呢。」
楚修明眼神一閃，怕還是被欺負了，要不哪來護著一說，不過見沈錦不想說，他也就不再多問，見她用了幾塊後，就把盤子挪到一旁，說道：「去和小不點玩吧。」
「好。」沈錦也想到今日還沒見小不點，就笑著起身說：「我也想牠了呢。」
誰知道她還沒出門，就見趙管事帶著他的徒弟過來了，沈錦笑道：「趙管事，你找將軍？」
「不，在下是來找夫人的。」趙管事一臉嚴肅地說道。
「找我？」沈錦滿眼疑惑，看了看楚修明又看了看趙管事，重新坐回位子上。
趙管事從徒弟那邊拿了帳本來。「莫非夫人忘記府中還有幾個管事？」
「喔。」還真是忘記了，沈錦把事情處理完就拋之腦後了。
趙管事也沒想過為難沈錦，就雙手奉上了帳本說道：「在下已經把所有帳本重新驗算過一遍，其中不符之處……」
沈錦一邊聽著，一邊翻看趙管事整理出來的帳本，還分心看了看楚修明，等趙管事停下來的時候就說道：「夫君，你先去忙吧，我這邊估計還要弄上一會兒。」
楚修明點頭，說道：「我去書房。」
沈錦應了下來，又繼續根據趙管事說的對帳，趙嬤嬤在一旁聽著眉頭緊緊皺了起來，趙嬤嬤雖知道京城永甯伯府的人貪墨不少銀子，卻沒想到竟這麼多，膽子也太大了一點。

沈錦時不時地點頭，等趙管事說完，趙嬤嬤就問道：「夫人有何打算？」

「嬤嬤覺得呢？」沈錦問道。

趙嬤嬤沈聲說道：「讓他們把銀子和東西還回來，東西若是還不回來的話，就折現好了。」

趙管事說完後，就站在一旁不再說話，趙嬤嬤心知這些管事之中定有探子細作，道：「再請幾位管事的子女到府中作客，通知家人，三日內若是東西上還即可領回家人。」

「那沒還上的呢？」沈錦問道。

趙嬤嬤開口道：「抄家。」

沈錦想了一下說道：「有點麻煩，府中就這麼多人，人手也不夠，直接把人和證據都送到官府。」

趙嬤嬤愣了一下看向沈錦，沈錦覺得自己的主意不錯。「每個管事貪墨了多少東西也告訴官府，讓他們幫著追繳回來就好。」想到瑞王妃說的，想要人幹活必須給人好處。「追回來多少，我取十分之一送與他們，當作辛苦費。」

趙管事眼睛亮了一下，看了沈錦一眼，沈錦的辦法簡單直接，趙嬤嬤的辦法雖然也妥貼，可是難免會讓不知情的人覺得府中太過，而沈錦把事情都交出去，證據確鑿，不用絲毫力氣就讓官府的人幫著收拾了那些人。

這些管事拿了錢和東西，還不知道花了多少用了多少又剩下多少，若真的不留情面想要讓他們還上，怕是少不了要變賣家產，人都是更同情弱者的，這個惡人永甯伯府自然不願意做，可是不做留著他們又覺得厭惡。

而沈錦把事情交予官府，怎麼追繳就是官府的事情，也不用怕官府不出力，錢財使人心動，這話可是擺在明處，就算是當官的不心動，那些小吏士兵能不心動嗎？自然會賣力地幫著收繳，畢竟交上來的越多，大夥兒分得也就越多，還不怕這些人偷偷藏起來，因為損害的是所有人的利益，自然會有同僚等人看著。

「夫人好手段。」趙管事真心地讚嘆道。

沈錦有些疑惑地看了趙管事一眼，毫不客氣地收下讚美，點頭說道：「看來趙管事也是認同的，那就這樣辦吧。」

「是。」趙管事說道。「夫人能否告知在下，為何會想到送官府？」

沈錦很莫名其妙地看著趙管事說道：「首先，府中人手不夠，其次，母妃說過不好辦的事情自當交給官府去做，我身為郡主，官府也當照顧的。」

趙管事仔細看了半天，竟然發現沈錦是認真的，她是真的這麼想！趙管事只覺得心中很難以接受，他想了這麼多的理由，只要沈錦能說出任何一條，趙管事都覺得可以接受，沈錦卻只因為身邊伺候的人不夠，和她是郡主可以仗勢欺人，所以覺得把事情交給官府去做？

花了半個時辰來聽趙管事的話，用不到一盞茶的工夫處理好，弄好以後沈錦就和小不點玩去了，也不知是不是因為天氣的原因，小不點沒有在邊城的時候那麼活潑了。

沈錦坐在小凳子上，拿著刷子給小不點刷毛，牠還時不時翻個身，好讓全身都被沈錦照顧到。沈錦摸著小不點的毛感嘆道：「你也想家了吧？」

小不點用頭蹭了蹭沈錦的腿，吐著舌頭呼哧呼哧的，沈錦捏了捏牠的耳朵。「再過段時間我們就回去啦，等改日我帶你去見見我母親，我母親會做大繡球，可漂亮了，到時候給你做一個。」

「我可不喜歡我四妹了。」沈錦一邊給小不點梳毛一邊說道：「她特別喜歡和我搶東西，每次都是當著父王的面，父王就說我是姊姊要讓著妹妹，不過母妃總是在後來給我更好的，我都不讓她看見。」

小不點舔了舔沈錦的手指，翻身把肚皮露出來，沈錦在牠肚子上揉了幾下。「不過這次我不會讓給她的，下次我帶你去王府，要是見到四妹，你可要好好嚇嚇她。」

趙嬤嬤瞇了下眼，笑著道：「夫人，老奴平日都不出門，您與我說說王府的趣事吧。」

沈錦看向趙嬤嬤，笑道：「好啊。」

「夫人和大郡主關係很好？」趙嬤嬤並沒有馬上問關於許側妃那幾個女兒的事情，而是先從沈錦最親近的人說起。

「嗯，大姊人很好。」沈錦笑著揀了出嫁前的趣事說了幾樣，趙嬤嬤心中對沈琦的性子倒是有了瞭解。

趙嬤嬤也笑道：「是啊，大郡主對夫人真好。」若不是真的好，怎麼會操心問沈錦的吃食。

沈錦點頭。「不過……大姊夫對大姊不好。」

趙嬤嬤也想起來了，皺眉說道：「老奴還記得，大郡主落了胎？」

沈錦咬了咬唇，心裡也有些難受，那是她的小外甥，把今日的事情大致說了一遍。「表哥表妹的真討厭。」

趙嬤嬤忽然想到楚修明的那個表妹，這事情夫人是知道，這個討厭不單單指著永樂侯世子和他表妹吧……

「其實大姊很厲害。」沈錦給小不點的尾巴梳了梳，然後拍拍大狗頭，小不點就站了起來甩了甩毛，看起來更加蓬鬆了。

趙嬤嬤也想到沈錦說的那幾件事，按理說大郡主手段和想法都不差，可沒想到會陰溝裡翻船，竟然在永樂侯府被算計了，其實說到底不過是在意而已，因為在意丈夫，所以才處處忍讓。

沈錦抱著小不點蹭了蹭說道：「不過沒關係了，大姊只不過昏了頭，現在已經被母妃給敲醒，只是可惜了小外甥……」

趙嬤嬤眼睛瞇了一下，明白了沈錦話裡的意思，想到瑞王妃，她覺得永樂侯世子以後有戲可瞧了，好好的日子不想過，以後可別想翻身了。「我聽說二郡主嫁了鄭家大公子，鄭家大公子文采飛揚，引得不少姑娘春心萌動。」

沈錦先看了看四周，見沒有外人，就脫了鞋襪露出白嫩嫩的小腳丫子踩在小不點身上，小不點也不惱，換了個姿勢趴在她腳底下，趙嬤嬤看了一眼，可是看著沈錦一臉舒服又期待的樣子，終究沒開口，而是讓安寧她們也坐過來，幫沈錦給擋著。

「嬤嬤最好了。」沈錦小小地吐了下舌頭，撒嬌道。
趙嬤嬤嘆了口氣說道：「夫人若是喜歡，等天冷了，給屋子裡鋪上一層皮毛就是了。」
沈錦笑得眼睛都瞇了起來，有些小羞澀地說道：「夫君也說過。」
趙嬤嬤把沈錦的樣子看在眼底，也露出些許笑意，將軍和夫人關係越發親近了。
「對了，聽說二姊夫寫了一個什麼花什麼曲的詩集，廣為流傳。」沈錦其實不喜歡看詩集一類的，她更喜歡那種遊記類的。「聽說二皇子讓人買來，被宮中知道了，還訓斥了二姊夫呢。」
「是《詠花曲》。」安平抬頭笑道：「奴婢都記得。」
「就是這個。」沈錦點點頭。
「老奴怎麼聽著雲裡霧裡的？」趙嬤嬤一臉疑惑地看向沈錦。
沈錦眨了眨眼，說道：「哪裡？」
「要不奴婢給嬤嬤說？」安平笑著問道。
沈錦點點頭。「好。」
安平就把大致的事情說了一遍，從夫人還沒進門，沈梓就開始帶著兩個妹妹尖叫，被瑞王砸了杯子，到面紅耳赤滿臉羞愧，也說了關於《詠花曲》和離開的時候沈靜的作派。
趙嬤嬤面無表情地聽完，點了下頭說道：「還真是……哼。」
沈錦也點頭。「四妹很討厭吧。」
趙嬤嬤冷笑道：「夫人今日做得極好。」

「沒想到夫人竟然還發現了四姑娘的妄想。」趙嬤嬤笑著誇讚道，心中倒是放心了不少，不過她倒是覺得沈錦不一定明白，她給沈梓上了眼藥，怕是那個鄭嘉瞿和沈梓回去就要鬧一場，不過和他們有什麼關係？

沈錦皺著小鼻子。「很討厭！」再一次強調了自己的感覺。「我當然能發現，我可聰明了。」

「夫君說以後不用見四妹了，嬤嬤妳說我還能帶著小不點去嚇她嗎？」

「夫人何須如此？」趙嬤嬤笑得和善，這種事情果然應該她來。「交給老奴，老奴幫著夫人出這口氣就好。」

沈錦撓了撓臉，拉著趙嬤嬤的手撒嬌道：「嬤嬤最好了。」

趙嬤嬤拍了拍沈錦的手，那些人不自量力，眼中寒光閃過，看向沈錦，越發溫和地說道：「夫人開開心心的就好。」

沈錦點點頭，覺得事情又交出去了，就踩了踩小不點說道：「好了，你現在沒用了，嬤嬤會幫我出氣。」

小不點抬頭，黑潤潤的眼睛看向沈錦，伸出舌頭舔了舔沈錦的手指，弄得沈錦就笑了起來。

晚上沈錦趴在楚修明懷裡，眼睛紅紅的，一看就是剛剛哭過，渾身都沒有力氣，因為楚修明成親時對她的承諾，她如今倒是有膽子朝楚修明的臉上咬了幾口。「疼……」聲音有點啞啞的，格外的嬌氣。

楚修明也知道剛剛過分了一些，不過誰讓今日的沈錦這般熱情，他自制力一向極好，可是面對自家小娘子，倒是潰不成軍，伸手在她腰上輕輕按著說道：「明日怕是見不到妳二姊那一家了。」

「嗯？」沈錦有些迷迷糊糊的，被按得舒服了，閉著眼睛哼唧起來。

楚修明聲音裡面帶著笑意，還有一種滿足過後的慵懶。「他們兩個在回去的路上就打了起來。」

「啊？」沈錦提起了點精神。「他們不是坐車嗎？」

「是啊。」楚修明也覺得不可思議，可是知道的人還真不少。「妳二姊夫滿臉是血地從車上滾下來，多虧馬車的速度不快，倒是沒傷到。」

滾了下來……滾了下來……

「二姊真厲害啊。」沈錦感嘆道。

「然後妳二姊也追了出來。」楚修明繼續說道：「臉上倒是沒什麼傷，不過也很狼狽就是，搶了車夫的鞭子就要跳車去抽妳二姊夫。」

追了出來……抽……

沈錦不知道說什麼好了。「在車子裡打架不太好，怕是許側妃又要哭了。」

楚修明眼中帶著笑意，他聽出沈錦的意思，夫妻之間在外面打架不好，回家後關著門打比較好一點。許側妃當然會哭，她又沒有別的本事，不哭著去找瑞王，還能怎麼辦。

「母妃會生氣的。」沈錦想到瑞王妃生氣，身子抖了抖，多虧她已經嫁出來了。「父王會倒楣的。」

瑞王妃生氣起來不僅會收拾許側妃，還會收拾瑞王，因為她覺得瑞王就是禍根子，可惜瑞王一直沒有發現過。

楚修明應了一聲。「睡覺吧。」

「嗯。」沈錦小小地打了個哈欠。

只是計劃趕不上變化，沒承想第二天一大早楚修明就被宮中的人叫走，也不知道誠帝怎麼想起了他，弄得沈錦只能一個人去永樂侯府，不過趙嬤嬤這次跟著一起去，她要看著，免得夫人受欺負。

沈錦到的時候是沈琦親自出來接的，沈琦見楚修明沒來還問了一句，知道是誠帝召他進宮就沒再問什麼，笑挽著沈錦的胳膊往正院走去，總歸是要給永樂侯夫人請個安的，而永樂侯已經上朝了，並不在府中。

永樂侯夫人和瑞王妃一般年紀，瞧著卻比瑞王妃稍顯大一些，她並沒有嫡女，也沒讓府中庶女出來。

「夫人。」沈錦給永樂侯夫人行禮。

楚修明的爵位比永樂侯低，而且永樂侯夫人也算是長輩，倒是受得起沈錦的禮。

永樂侯夫人起身親手扶了沈錦起來，然後握著她的手上下打量一番，扭頭對著沈琦笑道：「一看就是好孩子，可人疼的。」

沈琦也笑著說道：「婆婆見了妹妹就不喜歡我了。」

「哈哈。」永樂侯夫人笑著鬆了沈錦的手。「可不是，我都恨不得把錦丫頭搶到府中給我做女兒呢。」

沈錦臉一紅，有些羞澀地低下頭。

永樂侯夫人笑道：「坐下吧，快讓廚房端了糕點來，給妳們甜甜嘴。」

沈琦牽著沈錦坐在身邊，說道：「婆婆這邊小廚房的點心味道極好，妳一會兒可要多吃些。」

「好。」沈錦眼睛亮亮地笑著說道：「謝謝夫人。」

「叫什麼夫人，叫伯母就是了。」永樂侯夫人笑道。

沈錦點頭。「伯母。」

「欸。」永樂侯夫人應了一聲。「我也聽說那些蠻族圍城的事情了，妳沒受傷吧？」

「沒有的。」沈錦笑得很甜，眼睛彎彎的格外討喜。

永樂侯夫人說道：「這就好。」

剛剛永樂侯夫人是讓身邊的丫鬟去廚房端點心的，誰知道此時進來的卻是一名樣貌柔美的女子，穿著一條粉色的紗裙，頭上僅簪著一支鳥雀的步搖，走動間輕輕搖擺，給人一種弱不禁風的味道，腹部圓潤，一看就知有孕。

沈錦從她的肚子又看向永樂侯夫人，永樂侯夫人臉上有些尷尬的神色，說道：「芸娘，妳怎麼出來了？」

站在沈錦身後的趙嬤嬤已經對女子的身分了然，更知這女子今日來不過是炫耀自己得寵，在沈琦的家人面前狠狠落沈琦的面子，若是換成瑞王妃這般的人物來，她就不敢如此了，而沈錦不過是沈琦的庶妹，在她看來和沈琦也親近不到哪裡去，說不得見到這樣的情況心中還會高興，絕不會給沈琦出頭。

這樣的人不過是寵得太過，沈琦以往又心慈手軟，所以她仗著是永樂侯夫人親戚、世子表妹的身分橫行罷了。趙嬤嬤看了沈琦一眼，就見沈琦臉色變都沒變，端著茶水喝了一口。

芸娘的聲音帶著一種江南的綿軟，雙手捧著糕點微微一笑說道：「姨母，我想著姊姊家的親戚來了，所以親手做了糕點來。」然後看向沈錦。「這位就是永甯伯夫人吧，我也沒什麼拿得出手的，所以只能做了南方那邊的糕點，也不知合不合妳胃口。」

沈錦有些疑惑地看著女子，問道：「那妳為什麼端上來？」

芸娘愣了一下，沈琦嘴角微微上揚。

永樂侯夫人也不知道說什麼好，芸娘說的是客套話，一般都會說嚐一嚐或者什麼，可是沈錦說錯了嗎？也沒有，妳不知道我口味就端了點心上來，為什麼？

芸娘咬了咬唇，眼睛都紅了，像是強忍著傷心一樣說道：「是芸娘失禮了。」

永樂侯夫人心中嘆息，看了沈琦一眼，見沈琦沒有說話的意思，到底是自家的親戚，說道：「芸娘這孩子……把糕點端到我這兒來吧。」

芸娘應了一聲，把點心端到永樂侯夫人的手邊，丫鬟也端了點心上來，低頭擺在沈琦和沈錦那兒，沈錦一看就笑道：「謝謝伯母，定是姊姊告訴伯母了，我就喜歡這幾樣。」

沈琦開口道：「快嚐嚐吧。」

沈錦笑著應了下來，拿了一塊用帕子遮著嘴就吃了起來，味道正是她出嫁前喜歡的，不過後來趙嬤嬤把她養得嬌氣了。

芸娘伸手摸了摸肚子，微微垂眸說道：「永甯伯夫人和姊姊真是姊妹情深啊。」

沈錦正好嚥下最後一口，端著茶抿了抿，這才把茶盞放在一旁。「我們是姊妹，自然姊妹情深，妳又是誰？怎麼對我姊姊一口一聲姊姊的？我可不記得姊姊還有別的妹妹呢。」

還沒等芸娘說話，沈錦接著道：「妳夫婿呢？怎麼妳大著肚子還做這樣丫鬟的活計？伯母，她不是叫您姨母嗎？」雖沒有明說，可沈錦的臉上寫著，既然是親戚為什麼好好的表小姐被妳當丫鬟。「這樣……不太好吧？」這話說得委婉，不過還不如不說的好。

永樂侯夫人臉色一變，她可不想擔著虐待甥女這樣的名聲，剛想解釋，就見芸娘一臉著急，淚眼矇矓地說道：「夫人誤會了，不是姨母讓我做的，姨母對我可好了……我……」

沈錦覺得京城的人有些奇怪，就像是好好的太后不去享福偏偏吃齋唸佛，好好的表小姐不當非要做丫鬟的活兒，滿臉詫異地看著芸娘這般稀奇的性子……沈錦扭頭看了趙嬤嬤一眼，然後又看向芸娘，忽然說道：「哦，我明白了。」

妳明白什麼？

不僅是永樂侯夫人和芸娘，就是沈琦和趙嬤嬤都很好奇。

第二十章

沈琦眼神閃了閃，笑著問道：「妹妹別說話說半截，姊姊還沒明白呢。」

沈錦低頭看向盤子，又選了一塊做成梅花形狀的糕點，問道：「這是梅子的嗎？」

「是啊。」沈琦忍下催促，說道：「還有梅花，不過是曬乾的梅花。」

沈錦點點頭，開始吃了起來，趙嬤嬤已經習慣了沈錦，所以並沒有多著急，永樂侯夫人見的世面多了，也忍得住，芸娘差點去抓著沈錦使勁搖。

等沈錦吃完了，又喝了口茶水才說道：「咦……」看著眾人都盯著她，沈錦眨了眨眼，扭頭看向趙嬤嬤。

趙嬤嬤強忍笑意說道：「夫人，她們等著夫人解釋明白這位表姑娘為什麼搶了丫鬟的活計這件事。」

「喔。」沈錦點頭說道：「很簡單啊，有人喜歡詩詞歌賦，有人喜歡琴棋書畫，有人喜歡舞劍弄茶，個人喜好啊，永樂侯夫人只是姨母，又不是生母，怎麼能干涉呢？雖然表姑娘這個喜好有些……嗯，在自家也無礙的。」最後一句她是對著芸娘說的，帶著幾分安慰的意思，畢竟是大姊婆家的親戚，萬一生氣了可就不好。

芸娘臉色都變了，永樂侯夫人也是滿心的尷尬和難堪，雖然沈錦沒明說，可是意思很明白，芸娘就是喜歡做丫鬟的活計，天生伺候人的命，她們可不相信沈錦不知道芸娘的身分，都以為這是來給沈琦出氣的。

沈錦根本不知道她們的想法，就算知道也不在意，又不是她婆婆家，沈錦本想再拿一塊點心嚐嚐，可是忽然想到瑞王妃讓她過來是替沈琦出氣的，畢竟有些事情沈琦不好自己出面。眼神在糕點上看了一圈，然後便落在芸娘的肚子上，剛剛看趙嬤嬤的眼神她也猜出了芸娘的身分，她決定要為大姊出氣，稍微為難她一下，然後一會兒狠狠為難永樂侯世子，唔，她還沒為難過人呢，想想竟然覺得有些興奮！

「妳夫婿是誰？怎麼有孕了還讓妳出來？」沈錦雖然想好了要為難一下芸娘，可是還真沒什麼經驗。

沈琦用帕子擦了擦嘴角，才笑道：「這位是夫君的表妹，也是夫君的妾室。」

「哦。」沈錦看了芸娘幾眼。

芸娘臉一紅，像是無限嬌羞地給沈錦福了福身說道：「妹妹，妳喚我芸娘就好。」

「……」沈錦一臉呆滯地看著芸娘，她什麼時候多出了一個姊姊？

趙嬤嬤臉色一變，怒斥道：「大膽！」果然她跟來才是對的。「永樂侯夫人，您這是在侮辱我們永甯伯府嗎？」

沈琦臉色也很難看，眼睛看向了永樂侯夫人。「婆婆，我看表妹病糊塗了，還是送下去休息吧。」

「世子夫人雖是我們夫人的姊姊，」趙嬤嬤眼神銳利地看向沈琦。「如今這涉及到永甯伯府，絕不能這樣算了。」

沈琦果斷地不再說話，有些抱歉地看了看永樂侯夫人，心中滿意得不得了，早就被這賤人叫姊姊叫得心煩了。

沈錦有些擔心沈琦生氣，伸手去摸了摸沈琦的手，沈琦輕輕捏了她手指一下，這是她們出嫁前定下的一些小暗示，果然沈錦放下了心。「嬤嬤，到底是大姊的夫家，算了，我回去會和夫君說的。」

這樣更恐怖好不好！想到永甯伯的傳聞，就算知道傳聞不一定是真的，可也不是空穴來風啊！永樂侯夫人臉色都白了，她現在恨不得回到剛剛……不對，是回到昨日知道沈錦要來的時候，一定好好讓人把芸娘關在院子裡不放出來。

可是這世間最沒有的就是早知道。

如果能有早知道的話，沈梓一定不哭不鬧，高高興興地嫁給永甯伯，免得不僅嫁得匆忙還被削減了嫁妝，就連兩個妹妹那邊都多有埋怨，若不是許側妃和沈梓保證到時候會給她們補償，三姊妹早就生了嫌隙。

還沒等永樂侯夫人想起怎麼回話，就聽見有丫鬟通傳，世子過來了。他一進來就見母親滿臉難色，站在母親身邊的芸娘眼中含淚滿臉委屈的樣子，而妻子沈琦一臉無奈，而妻妹正準備拿盤中的糕點品嚐。

世子看了一圈，笑著問道：「這是怎麼了？」

「表哥。」芸娘再也忍不住地落淚。

這聲音讓世子心中一軟，說道：「表妹這是怎麼了？可是出了什麼事情了？」說著就忍不住走了過去。

沈錦也覺得很疑惑，所以問道：「是啊，妳為什麼哭？」

這話一出，世子看向坐在一旁的妻子，腳步頓了頓，到底沒有去安慰芸娘，畢竟沈錦也在，回瑞王府若是說了什麼，怕是不妥。

「明明是妳自己說錯了話。」沈錦皺著眉，說道：「妳有錯不認錯，卻這般作態……」

趙嬤嬤開口道：「夫人，我們還是回去吧，怕是永樂侯府並不歡迎您。」

沈錦一向聽趙嬤嬤的話，聞言點頭說道：「夫人、大姊夫、大姊，我先告辭了。」說著就起身要離開。

而且永樂侯夫人看出來，沈錦不是作個姿態，她是真的準備一走了之，這要是傳出去了，他們永樂侯府還要不要做人了？永樂侯府為了一個世子的小妾，趕走了永甯伯夫人，簡直變成了京城的笑話。

「伯夫人……」永樂侯夫人也不倚老賣老了，趕緊起身叫道：「琦兒，快去攔著妳妹妹。」

沈琦果然起身，卻不是去攔著沈錦的，而是哭道：「妹妹帶著姊姊一起走吧，姊姊請了妹妹來，卻讓妹妹受辱……」說著就要和沈錦一起離開。

沈錦哪裡見過沈琦這般模樣，趕緊拉著沈琦的手說道：「姊姊莫要這樣說，妳對妹妹的好，妹妹都記得呢。」

「這到底是怎麼回事啊？」世子滿頭霧水，看向了母親和妻子。

永樂侯夫人也上前拉著沈琦的胳膊，畢竟沈琦是她兒媳婦，而沈錦可是永甯伯夫人，永甯伯又是個殺星。「我一定會給永甯伯夫人一個交代的。」

這種情況沈錦也不好再走，沈琦也說道：「好妹妹，就當給姊姊幾分薄面，再留一留，若是……姊姊絕不再勸。」

沈錦看向了趙嬤嬤，趙嬤嬤微微點頭，沈錦這才止步。

永樂侯夫人趕緊讓丫鬟端了水，看了世子一眼，世子親手弄了帕子給沈琦淨臉，然後說道：「有什麼委屈，夫人儘管和我說。」

芸娘已經哭得臉色慘白，可是並不會讓人覺得狼狽，反而帶著一種楚楚可憐的味道，若不是丫鬟扶著，像是都要軟倒在地了一般。她走到沈錦的面前，這才鬆開丫鬟的手，一手扶著肚子一手扶著腰，格外柔弱地跪下來，說道：「伯夫人，都是小女不自量力，得罪了伯夫人，若是伯夫人要怪罪，就怪罪小女一人吧，和永樂侯府沒有任何關係。」然後看向沈琦。

「夫人，都是我的錯，我身分卑微……」

芸娘說的時候沈錦正在喝茶，等放下了茶杯，就問道：「怎麼不自稱姊姊了？」

芸娘差點一口氣沒上來，心口悶得慌，她看向沈錦，並沒有她以為的得意或者別的神色，就像是發現了一個問題，然後問出來一樣，很理所當然的樣子。

世子本正因為芸娘而心疼，誰知道被沈錦的一句話給打斷了，就好像醞釀出的感情一下子消散了，就算再醞釀也沒了最開始的那種。

沈錦皺眉看著芸娘的肚子說道：「妳怎麼就這麼不愛惜肚子裡的孩子呢？」像是責備又

像是關心一樣。

世子臉色緩和了一些，起碼沈錦對他的孩子還是很溫和的，與妻子的態度是相似的，所以說道：「是啊芸娘，趕緊站起來，別傷了孩子。」說著就把芸娘給扶了起來。

沈錦聽見世子說話，想起了她最開始的問題，指責道：「姊夫，她既然是你表妹，那都有孕在身了，為什麼丈夫不陪在身邊？」

永樂侯夫人有些尷尬地說道：「伯夫人，芸娘正是我兒的妾室。」

「那為什麼她還管您叫姨母？」沈錦看向永樂侯夫人，又看向世子。「管姊夫叫表哥？」最後的目光落在沈琦身上。「管我家大姊叫姊姊？然後管我叫妹妹？」

說到最後一句，沈錦又想起來剛剛趙嬤嬤生氣要帶她走的事情，問道：「我永甯伯府，何時多了這麼一位姊姊？」

世子臉色大變，看向芸娘，又看向母親，就見母親微微點頭，他才相信竟然是真的，平時他沒覺得芸娘這般叫法有什麼不對，可是她竟然管永甯伯夫人叫妹妹？真論起來，永甯伯的地位可比他這個世子高，而且永甯伯手握兵權，就是永樂侯見了都要退讓幾分。

而現在，他的妾室竟然喊永甯伯夫人為妹妹？也怪不得剛剛那般樣子，若不是永甯伯夫人性子好，又有沈琦的面子，怕這事情就不會像現在這樣，甚至很難善了，他的世子位下面還有幾個弟弟覬覦著。

永樂侯夫人厲聲斥責道：「芸娘，以後莫要亂叫，妳既然當了妾室，就盡一個妾室的本分。」

「伯母也別生氣了。」沈錦反而柔聲勸道：「想來是規矩不好，當初我們出嫁前，母妃特地請了宮中嬤嬤來教導規矩的。」說著就看向沈琦。

沈琦眼睛還有些微紅，聞言嘆了口氣。「這樣吧，我明日就回府，請兩個宮中的嬤嬤來好好教教芸娘。」還沒等永樂侯夫人拒絕，接著說道：「今日多虧來的是我妹妹，若是換了個人呢？」

這話一出，永樂侯夫人不說話了，世子倒覺得妻子思量得不錯，然後看向沈錦說道：「三妹，這次是姊夫這邊不好，改日特地設宴請三妹夫和妳來吃酒賠罪。」

「算了。」沈錦見沈琦有了解決的辦法，又見趙嬤嬤沒有動靜，就說道：「只是姊夫，既然是你的妾室，以後就不要讓她做丫鬟的活計了，就算是她的喜好，等生了孩子以後再做也好。」

世子滿頭霧水，沈錦也沒有興趣再多說什麼，芸娘心裡明白，若是真讓沈琦請了什麼宮中的嬤嬤來，怕是她就危險了，所以微微仰頭看著沈琦懇求道：「夫人，奴……奴婢再也不敢了。奴婢月分已經大了，不若等孩子生下來，到時候奴婢一定跟著嬤嬤學規矩。」

沈琦像是忽然想到了什麼，抿了抿唇，有些為難地看向永樂侯夫人。

倒是沈錦問道：「妳生了孩子就學規矩，那孩子怎麼辦？誰照顧？」

世子看向沈琦，沈琦只當沒看見他的眼神，沈錦想到昨日世子說的話，看了過去問道：「妳莫非打著讓我姊姊給妳養孩子的主意？」

「這是世子的第一個孩子，自然要養在夫人身邊。」芸娘倒還有點腦子，並沒說什麼長子，可是話裡的意思卻很明白。

沈錦皺眉，看向永樂侯夫人，說道：「伯母應該不會贊同吧？」

沈琦用帕子擦了擦眼角，遮去了臉上的冷笑，開口道：「婆婆又不是那種不知禮數的人，自然不會同意，怕是夫君也是一時糊塗，才會在我母妃面前說出那樣的話，不過昨日回來夫君還沒來得及與芸娘說就是了。」

永樂侯夫人看了兒子一眼，又看向滿眼乞求的芸娘，心中思量了一番，還是覺得兒媳的身分太高，總歸想辦法壓上一壓，否則以後這永樂侯府中怕是沒她說話的位置了，所以開口道：「琦兒最是孝順，我想著她當初一時沒注意落了胎，難免會覺得空虛又思念孩子，才想著等芸娘的孩子生下，抱到琦兒身邊去養。」

沒注意？沈琦心中暗恨，為了肚中的孩子，她每日再注意不過了，很多以往愛吃的都不再吃，只用一些對孩子好的。

「有姊夫陪著姊姊呢。」沈錦開口道。「若是姊姊真的覺得寂寞，我那兒還養了一窩雪兔，寫信讓人送來幾隻，特別可愛。」

永樂侯夫人一皺眉，她兒子可是要做大事的人，怎麼能時常陪著沈琦。「芸娘也是良妾，和一般妾室不同。」

「不都是妾嗎？」沈錦反問道。「我記得只有公以上的爵位身邊才能立側室。」說完也有些不確定地看向趙嬤嬤。「嬤嬤我說的對嗎？還是京城裡改了規矩我不知道？」

什麼良妾，說到底和妾室沒什麼兩樣，只不過說著好聽自欺欺人罷了，趙嬤嬤沈聲說道：「夫人所言沒錯。」

沈錦看向永樂侯夫人，像是在問——都是妾啊，怎麼在妳口中就不一樣了呢？

這讓永樂侯夫人怎麼回答？難不成說因為那是她家親戚？

芸娘微微垂眸，輕輕按了丫鬟的手一下，丫鬟眼珠子轉了轉，開口說道：「我家姑娘可是貴妾，自然和一般妾室不同。」

沈錦愣住了，詫異地看向芸娘身邊的丫鬟。

沈琦怒斥道：「說什麼胡話！」

丫鬟絲毫不怕沈琦，反駁道：「夫人莫要生氣，這可是世子爺親口說的。」

「掌嘴。」沈琦厲聲說道。

在所有人沒反應過來前，沈琦身後的丫鬟就過去一把將那丫鬟拽了過來，然後另一個丫鬟狠狠搧打起來，芸娘驚呼一聲，世子本還在想他什麼時候說過，見到這樣的情形，趕緊說道：「夫人，母親面前這樣……」

永樂侯夫人也明白過來了，打斷兒子的話，指著那丫鬟說道：「給我狠狠地打，不，給我拖出去打死。」

「母親……」世子叫道。

芸娘已經軟倒在世子身上。「姨母，那是從小跟在我身邊……我母親親自給我選的丫鬟啊……求求姨母饒了她這一命。」然後又對著沈琦跪下哀求。「都是這丫鬟胡言亂語惹怒了夫人，什麼貴妾……我這樣卑微的身分，哪裡擔當得起，我只要能留在表哥身邊就好，就是當個丫鬟都行，求夫人了……」

「夫人。」世子也叫道。

沈錦滿臉驚恐，伸手去拉沈琦說道：「大姊，這……妳還是與我快快回父王那裡吧。」

世子怒瞪著沈錦，沈錦可絲毫不怕他，不客氣地說道：「世子，你這個妾室莫非是前朝餘孽！」

「前朝餘孽」四個字也把世子給嚇醒了，又看向永樂侯夫人，這才明白為什麼她竟然要把說話的丫鬟給打死，天啟朝可沒有什麼貴妾之說，而良妾倒是有，指的是那些沒有賣身契的妾室，正正經經抬進來，而不是丫鬟升上來的。

天啟朝開國皇帝小時候可吃過貴妾的虧，前朝是有貴妾的說法，只比正室地位低一些，甚至可以在正室死後升為繼室，貴妾所出的子嗣在正室沒有嫡子的情況下，也是可以繼承家產的。

而其他的妾室卻一輩子只能是妾室，根本不可能當繼室的。

當初天啟朝開國皇帝的生母就是被他父親納的貴妾弄死了，甚至連皇帝也差點被害死，最終皇帝為了躲避殘害入伍當兵，那時候的兵士地位極低，後來前朝大亂，皇帝揭竿而起，帶著一幫人成功造反了。

在天啟朝開國後，皇帝就下令廢除了貴妾這一條例，所有妾室都不能扶正，妾室所出之子不可承爵，除非有正室和正室父親的同意書。

「什麼前朝餘孽！」芸娘可知道這罪名的嚴重，再也顧不得什麼，直言說道：「永甯伯夫人，妳上下嘴皮子動動就要冤枉我嗎！我知道妳是為了給夫人出氣，妳們是姊妹，可也……」

「閉嘴！」世子一巴掌搧了過去，罵道：「蠢貨。」

永樂侯夫人整個身子都軟了，被身後的丫鬟扶著。「我這是造的什麼孽啊？什麼貴妾，妳這個丫鬟竟造謠，拖出去打死！」

沈琦也是滿臉惶恐地拉著沈錦的手懇求道：「妹妹，也不知這個小丫鬟從哪裡聽來的，我們府裡絕對沒有什麼貴妾……妳相信姊姊，妳姊夫也不是這樣糊塗的人，就當姊姊求妳了好不好？」

沈錦第一次見沈琦這樣，簡直嚇壞了，說道：「大姊，我不說了，我只當沒聽見，妳別……什麼求不求的，妳別這樣啊。」

永樂侯夫人沈聲說道：「永甯伯夫人仁義，我卻不能當作理所當然。」

這話說得大氣凜然，可是在當初就能把沈琦的退讓當成理所當然呢？

永樂侯夫人開口道：「來人，送薛氏去莊子裡待產。」

此時永樂侯夫人連芸娘都不叫了，直接稱呼其為薛氏。

沈琦微微瞇眼，柔聲勸道：「婆婆，到底是您的親戚，那孩子又是夫君的骨肉，不如等薛氏生產以後，就把孩子抱回來，放在您身邊撫養，再給薛氏一筆錢讓她回家鄉嫁人算了。」

永樂侯夫人看向沈琦，她聽出了沈琦的意思，這並不是商量，瑞王府的郡主在出嫁後第一次亮出了爪子。「我知道婆婆為難，這事就交給瑞王府的人去辦好了。」

趙嬤嬤抬眸看了沈琦一眼，這到底是怕為難還是怕等孩子生下來再把人接回來就難說了，而且貴妾這事一個小丫鬟從哪裡知道的，世子真說了？他也沒那麼傻，想來大郡主可不像是在夫人面前說的那麼無能為力，有些事情早就安排了，此時不過是借了夫人這把刀罷了。

「姊姊多給點嫁妝吧。」沈錦感嘆道：「到底……」後面的話沒有說出口。

世子此時腦中倒是一片空白，雖然有些不捨，看著芸娘的樣子，更是猶豫，唇動了動想要開口。

沈琦說道：「夫君身邊也不好沒了人伺候。」

沈琦說話間，已經有丫鬟去捂住了芸娘的嘴，然後態度恭敬手段強硬地請她往莊子上去了。

「我託了父王手下的人，去江南那邊採買幾個女子，最是柔美不過。」沈琦端莊賢慧地說道：「等教了規矩，就讓人送來。」這是昨日沈琦偷偷和瑞王妃商量的，人是早就買好的，瑞王妃特地給瑞王準備的，不過還沒送到瑞王面前，倒是可以挪出幾個給沈琦用。

沈錦覺得大姊真的很累，還不如出嫁前自在，看著眾人你來我往，只覺得沒趣。

沈梓來的時候，屋中的氣氛又變得其樂融融了，芸娘就像是沒有出現過一樣。

沈琦和沈錦都沒想到沈梓會來，就連趙嬤嬤心中都覺得奇怪。

永樂侯夫人也聽說了沈梓的事情，可沒想到沈梓會過來，一時間都不知道該和她說什麼好，再加上甥女的事情，只是笑著點了下頭，然後開口道：「妳們姊妹說說私房話，我就不參與了。」

言下之意就是讓沈琦帶著她兩個妹妹趕緊走，一個總是滿臉無辜說著噎死人的話，一個出了那樣丟人的事情還出來，瑞王府還真是……

沈琦從善如流，笑著說了幾句，就帶著沈梓和沈錦離開了。

——未完，待續，請看文創風347《吃貨嬌娘》2

小清新·好幽默／夕南

2015年11月出版

吃貨嬌娘

聽說他的名字小兒聽了都能止啼……

聽說李姑娘與他訂親，在看見他的畫像不久就抑鬱而終了……

聽說他一有不順就殺人解氣……

嫁給這麼個男人，她倒覺得——百聞還不如一見呢！

文創風 346 1

聽著關於永甯伯楚修明的各種可怕傳言，
沈錦怎麼也想不到，自己竟被賜婚給這麼可怕的男人，
但她就算再怕也不濟事，
誰教她是庶女，親娘是不得王爺寵愛的側妃，
她成了皇上手上的棋子，被嫁去邊疆牽制這天煞孤星一樣的男人。
才嫁去，她人還沒見到，就要先豁出生命去抗敵守城，
等終於見到他了，她萬分驚嚇，他怎麼跟聽説的那些完全不一樣啊……

文創風 347 2

有沒有這麼尷尬啊，當她正説給婢女聽自己當初對夫君的想像及傳言時，
竟然全被夫君聽了去，她的眉飛色舞對比他的冷靜自若，簡直讓她無地自容，
哎呀！都只是傳説嘛，她現在可知道自己嫁得有多好！
當初沒人想嫁她的夫君，京裡的姑娘們光聽聞他的名聲就像見鬼一樣，
現在見了他的人，英姿颯爽，長相斯文俊逸，
姊姊妹妹們竟爭先恐後想給他留個好印象，反倒是酸她撿了便宜高攀了……

文創風 348 3

幫他挺身守城門、幫他打理內跟外、幫他忍痛生兒子……
全是因為夫君對自己真的好，疼她、寵她，
只要她想吃的都送到面前來，有好吃的，她怎能對他不上心？
當然，美食當前，她還是忍不住把夫君先擺一旁的，
相信這麼愛她的他，不會怪她的！

文創風 349 4 完

並非不怕死、並非不怕夫離子散、生死兩別，
但她清楚夫君的能耐，更信任他絕不會棄她不顧，
所以她要幫他一臂之力，懷著一個秘密，等著跟他相聚……
他們夫妻一條心，
既然他能為她不納妾，她便願意拿命守候他、成為他堅實的後靠，
就算昏君當道，她也信他能殺出一條平安坦道，
終能接她一家團圓，過起神仙般的好日子……
真的，清苦的日子她都能忍，忍著等他來，
只是她真的好想吃吃他為她張羅的好飯好菜啊……

2015年9月出版

嫵妹當道

文創風 335～339

雖是清流忠臣之後，
但外頭都謠傳她空有皮囊，不遵三從四德，乃京都女子之恥；
而她的未來夫婿則是讓人聞風喪膽、令小兒止哭的大奸臣，
身懷惡名的兩人如今結親，豈不登對？

世道忠奸難辨，唯情冷暖自知／朱弦詠嘆

她前世是一名精英特務，
而今卻穿越到這風雨飄搖的大燕朝來，
作為忠臣之女，為了援救身陷詔獄的親爹，
才委身於這外傳以色邀寵、擾亂朝綱的大奸臣霍英。
原想她的出閣不過是回歸老本行，身在敵陣以刺探消息，
孰不知與這相貌極品的夫婿相處日深，她就越發難辨忠奸……
對內，他為她散去姬妾，與她一生一世一雙人，
對外，他為君王犧牲清譽，忍辱負重做個奸臣，
好不容易費盡心力剷除了意圖篡位的英國公，
夫君的惡名終於得以洗刷平反，一躍成為忠臣之士，
無奈小皇帝因服用過五石散而變得性情多疑，
他們夫妻二人想急流勇退，反倒屢次遭帝王的私心所迫害。
縱然心懷退隱之意，夫君仍秉持著忠君之心為其效命，
誰料，一道「與九王聯合謀逆」的聖旨便將他劃為亂臣賊子，
一片丹心竟換來「奸臣得誅」的下場？

流浪貓狗介紹所

為流浪貓狗加油 和貓寶貝 狗寶貝

廝守終生(一定要終生喔！)的幸福機會

對人來說，貓寶貝狗寶貝只是生活的一部分，但妳(你)對牠們來說，卻是生活的全部，領養前請一定要考慮清楚——

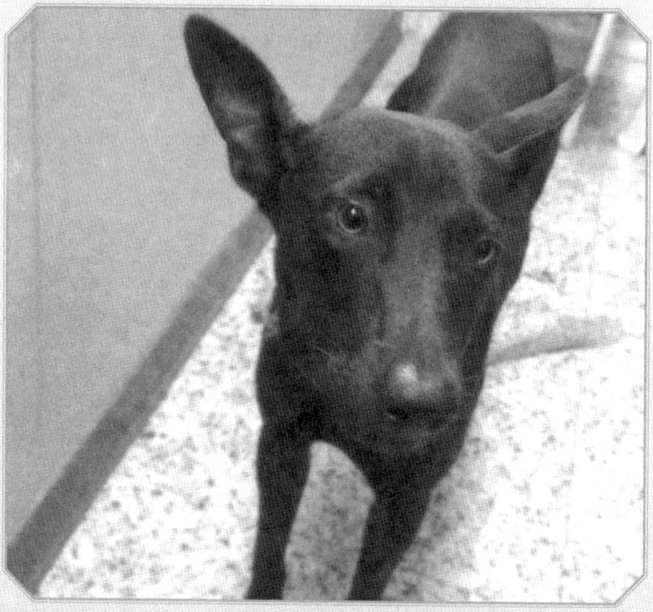

▲ 流浪妞妞尋找一輩子的家

性　　別：女生
品　　種：米克斯
年　　紀：10個月大
個　　性：活潑好動、愛玩，但聽話
健康狀況：已施打狂犬病疫苗，已滴體外跳蚤藥
目前住所：屏東縣潮州鎮

本期資料來源：http://www.meetpets.org.tw/content/61747

『妞妞』的故事：

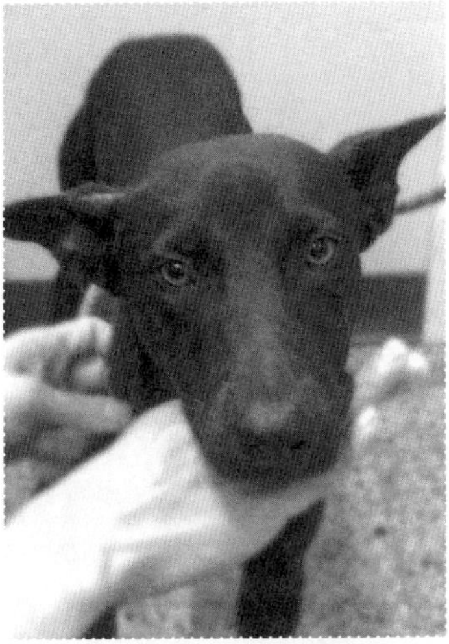

妞妞是某天突然出現在我家前面大馬路上的狗狗。起先我以為牠是附近的流浪狗，因為我每次下班都看到牠在大馬路左右穿梭，似乎在尋找食物，然而牠卻也不像我家附近的流浪狗。畢竟牠實在太瘦，和平時在這裡徘徊的流浪狗體型完全不同，我家附近就算是黑狗也都十分壯實。

有一天，妞妞在大馬路對面看著我，我不禁默念：不要過來。因為老一輩有個觀念──認為養兩隻狗不好。誰知我一有這想法，就剛好跟牠對上目光，於是牠很快穿過馬路、直奔向我！

妞妞就這樣跟我回家，雖然我想趕牠出去，但牠和我家的狗玩得好開心。想到牠來來去去都找不到食物，眼前的身體如此消瘦，不忍心之下我拿飼料罐頭到離我家遠一點的地方餵牠，這一餵妞妞更是跟定我了，只能好人做到底，開始照顧牠。牠早上通常不見蹤影，傍晚五點時就出現在我家大馬路旁遊蕩，看著來來往往的車輛和路人，直到晚上才回我家前院空地睡覺。

住家附近人煙不算多，前面就是大馬路和大片草地，因此往往不少人半夜來這裡棄養貓狗，所以看著妞妞像是等人的行為，我不由得開始猜測牠的來歷⋯⋯貓狗們雖然在人眼中不過是畜牲，但牠們也是地球上有血有肉的寶貴生命，要養就要負責牠的一生！願意用心愛護妞妞的人，歡迎來電097518389，(邱小姐，白天上班可留簡訊)或來信b2011423@gmail.com，謝謝。

認養資格：

1. 認養者須年滿23歲，有獨立經濟能力，並獲得家人與同住室友或房東的同意。
2. 有足夠空間讓妞妞奔跑，且禁止放野式餵養、關籠(除非其他原因)，每個禮拜抽空陪妞妞玩耍，或牽出去散步。
3. 不給妞妞吃含有尖刺骨頭或魚刺等對狗狗不好的食物。
4. 須帶妞妞去施打晶片，避免走失。
5. 須每年讓妞妞定期施打預防針和狂犬病疫苗，每月吃心絲蟲預防藥，生病必帶牠去看診。
6. 同意送養人後續追蹤探訪，若是居住地不遠希望能讓我們去探望妞妞。
7. 謝絕認養者認養妞妞成為顧農田或工廠的狗。

來信請說明：

a. 個人基本資料：姓名、性別、年齡、家庭狀況、職業與經濟來源等。
b. 想認養「妞妞」的理由。
c. 過去養寵物的經驗，及簡介一下您的飼養環境。
d. 若未來有當兵、結婚、懷孕、畢業、出國或搬家等計劃，將如何安置「妞妞」？

吃貨嬌娘 1

國家圖書館出版品預行編目資料

吃貨嬌娘 / 夕南著. --
初版. -- 臺北市 : 狗屋, 2015.11
冊 ; 公分. --（文創風）
ISBN 978-986-328-515-1（第1冊 : 平裝）. --

857.7　　104018846

著作者	夕南
編輯	王佳薇
校對	黃薇霓　周貝桂
發行所	狗屋出版社有限公司
地址	台北市104中山區龍江路71巷15號1樓
電話	02-2776-5889～0
發行字號	局版台業字845號
法律顧問	蕭雄淋律師
總經銷	知遠文化事業有限公司
電話	02-2664-8800
初版	2015年11月
國際書碼	ISBN-13　978-986-328-515-1
原著書名	《将军家的小娘子》，由北京晉江原創網絡科技有限公司授權出版

定價250元
狗屋劃撥帳號：19001626
網址：love.doghouse.com.tw　E-mail：love@doghouse.com.tw